「こんなに綺麗でかわいい胸なんだから、見ていいに決まってる
——ん……菫の瞳のかわいこちゃん?」
Illustration©Mogitateringo

Tiara Label

ティアラ文庫

眼鏡王子の溺愛×罠《ハニートラップ》

王宮図書館のミダラな昼下がり

藍杜 雫

presented by Aimori Shizuku

プランタン出版

目次

※本作品の内容はすべてフィクションです。

プロローグ　初出勤は危険な誘惑でいっぱい!?

美しい楽園には、甘い罠が潜んでいる。

――そんな言葉を、誰に聞かされたのだろう。

降るような口付けも、耳朶《じだ》を震わせる甘い言葉も、蜜の誘惑に誘いこむためのもの。

もしこのとき、この美しい楽園に足を踏み入れなかったら――。

ディアは何度も思い返す。

月と星が描かれた扉を開き、この図書館塔で待ち受ける甘い罠に囚われた瞬間を――。


「何だおまえはいったい……帰れ！」

いきなり飛んできた拒絶の言葉に、ディアは菫《すみれ》の瞳をまるく瞠《みは》る。

まるで楽園のようなところで、黒髪眼鏡の青年から、しかめっ面のお出迎えとは。

新米司書としてうきうきと初出勤してきたのに、これはない。

「ええっ⁉　い、いやです、わたし新しい司書ですよ？」

ディアはとまどい、真新しい制服を纏《まと》う娘らしい体を強張らせてしまう。

目の前にいる青年の、高い鼻梁《びりょう》に頬骨《ほおぼね》の高い骨張った顔つきは、端整で格好いい。

けれども、眼鏡のせいだろうか。

少し神経質そうにも見える。ぴきりといまにも青筋を立てそうな気配に身が竦むけれど、帰れるわけがない。

なんとしてもお金を稼がなくてはいけない。

そのために身分を隠して、ひそかに司書の資格を取ったのだ。ディアには高給がもらえる王立図書館の司書をやめるわけにはいかない事情がある。

まさかこのあと、目の前にいる黒髪眼鏡の青年からニセモノの恋人をやらされるとは夢にも思わないまま、新米司書ディアは唇を引き結び、その場で固まっていた。


「まるで楽園のよう――」

そんなことをうっとりと呟いて図書館塔に入ってきたのは、ついさっきのこと。

目に飛びこんできたのは、本・本・本・本――。

華奢《きゃしゃ》な指でそっと革の背表紙を辿ると、古びた革のでこぼことした手触りが感じられて、それだけでもうため息が漏れる。

ここはまさしく本好きにとっての楽園に違いない。

「こんな素敵な塔なら、囚われの身になってもいい……」

ディアは図書館塔の吹き抜けをつらぬく二重螺旋《にじゅうらせん》の階段を上りながら、夢見るように金色の髪を揺らしてあちこちに目移りしてしまう。

どこぞの屋敷の玄関ホールかと見まがうような華麗にして堂々としたエントランスや、吹き抜けから零れ落ちるように咲く、艶やかな百合《ゆり》の花形のシャンデリアよりも、無数の本が気になって仕方ない。

しかも、二重螺旋階段の優美な曲線が絡まり合いながら、遥か上方へ延びている先へ辿り着いたところで、ディアはまた茫然とした。

「ここは……温室？　楽園の先には、また楽園なんて——」

ガラス天井から降り注ぐ陽光と生い茂る緑が、鮮やかに目に映る。

噎《む》せ返るような濃厚な緑の匂い。

大きな扇のような濃緑の葉が夢見るように手を広げ、まるでこちらへおいでと誘いかけているかのよう。ふらりと足を一歩踏み出して近づけば、背の高い南国の植物が円格子を描く高いドーム天井に届かんばかりに伸びるさまに、圧倒されてしまう。

図書館という学術的な響きに似合わず、美しい装飾に満ちた塔の最上階にさらなる楽園があるなんて、誰が想像しただろう。

こんな塔には甘い罠よりも、お姫さまが似合うのではないかしら——。

あまりに美しい光景にディアが言葉を失っていると、

「誰だ!?　――あっ」

誰何《すいか》する声がした。

と思うと中途半端に途切れ、どさどさどさーと……大きな物音が響き渡る。

ディアにも心当たりがある。おそらく積んである本が崩れた音だろう。階段のそばに置かれた背の低い本棚の裏へ回りこむと、崩れた本の中から起きあがる人影が見えた。

「あ……あの、館長さんですか？　今日からこの図書館塔のお手伝いを拝命いたしましたディア・フィールダーと申しま……す」

挨拶を続けようとして、ディアはまたしても言葉を失った。

そこにいたのは、館長という言葉から想像していたよりずっと若い青年だった。

本の国の王子さまみたい――。

ディアはふわふわと波打つ深いはちみつ色の金髪を光に燦《きら》めかせて、立ち尽くした。

ずれた眼鏡を直す黒髪の青年のまなざしは、深く物事を推しはかる賢者のよう。

天井から降り注ぐ光が、金糸と白の肩かけにきらきらと乱反射する。長い黒髪をリボンで後ろに束ねているのが、司書の制服によく似合って格好いい。

眼鏡に覆われた明るい青灰色の瞳で、じっとディアの菫色の瞳を探るように見つめる。

この塔には眼鏡の王子さまが住んでいたんだわ。お姫さまじゃなくて。

長い睫毛《まつげ》だなと、ディアが感嘆の吐息を漏らしたところで、ぷしゅっと水音がした。

そこで魔法が解ける。

はっと我に返り奥を見やると、温室の奥で小さな噴水が上がっていた。

そういえば仕事に来たんだっけ。ディアは勤めを思い出して、帽子を脱ぐ。

「あ、あの以後、よろしくおねが……」

そう挨拶の言葉を述べようとしたところで、冒頭に戻る。

「何だおまえはいったい……帰れ！」

あまりにも唐突な拒絶に新米司書ディアはとまどい、その場で固まった。

「ええっ!?　い、いやです、わたし新しい司書ですよ？」

「女の司書の手伝いなどいらない。とっとと出て行け」

続けざまに繰り出された傲然《ごうぜん》としたあしらいにカチンときた。

なんて冷たい言い方なの!?　我に返ったところで、すかさず文句を言い立ててやろうと身構えた。と同時に、ディアはふっと青年の顔をどこかで見たような気がした。

まっすぐで艶やかな黒髪に青灰色の切れ長の瞳。

眼鏡からさがる鎖は飾りだろうか。少し動くたびにしゃらりと音を立て、金糸の肩かけとともに光を反射して燦めく。

どこか、もっと華やかな場処で見た印象が脳裡《のうり》を掠めて——。

「あ……で、殿下！　クロード王子殿下！」

いつだったか、やむなく出かけていったどこかの夜会でたくさんの着飾った娘たちに囲まれていた仏頂面。あれは確かにいまこの目の前にいる青年だった。

クロード・ギー・カルリエ＝グノー。

ディアが住むこの国――グラン＝ユール国の世継ぎの王子だ。

「そのとおりだ。わかってるなら逆らうな。とっとと消え失せ……」

「館長さんじゃなかったのね……あ、殿下動かないで！　ダメ！」

クロードが身じろぎしたせいで、崩れて変な形で床に落ちていた本を押しつぶしそうになりディアは叫んでいた。びくっと動きを止めたクロードの膝の辺りからさっと本を拾いあげて、埃《ほこり》をひと払い。

本が傷んでないことを確かめて、ほっと胸を撫でおろす。

「よかった……『花宮詩編』の初版本なんて滅多にない本でしょう。傷んでたら大変な文化的損失になるところだった。危ない危ない」

「なに!?　おまえよくわかったな、その本……」

「あ、殿下ダメです！　ちょっとそのままわたしがいいと言うまで動かないでください！」

「なんだ、と!?　貴様、この俺に命令するのか？」

すっと整った双眸《そうぼう》を細めて低い声に脅される。

けれども、本に気をとられていたディアにはあまり効果がなかった。

「あ、『ユーレリア奇譚《きたん》』の美麗本！」だとか、「こっちは『聖獣物語』のニナ・ホーン挿画の限定美装幀絵本！」とかうれしそうな声を出して、クロードの周りに転がった本を次から次へと拾いあげていく。やがて、ふーっと満足げな息を吐いて、

「片付いたぁ……落ちた本、傷んでなくてよかった」

と額の汗を拭ってみせる。

「おまえな……」

「あ、殿下、もう動いて結構です。ご協力いただき、ありがとうございました！」

「ありがとうございましたじゃなくて……おまえ、ずいぶん珍かな本に詳しそうだな」

やりとげた感に満ちたディアをクロードはどこか訝《いぶか》しそうにじろじろと見つめる。しかも、その声にはどこかしら興味を覚えたことをうかがわせるなにかがあったのだけれど、ディアは感じとれないまま、質問にだけ、はきはきと答えた。

「あ、はい。稀覯本《きこうぼん》はある程度詳しいモノでないと扱わせられないと館長さんがおっしゃっていたそうで、それでわたしが拝命を賜《たまわ》りました！　っと、そういえば殿下、王立図書館の館長さんはどちらにいらっしゃるかご存じですか？」

「もちろん知ってるが……おまえ、名前はディアとかいったか」

「よかったぁ……時間にうるさい方だそうで慌ててきたんですけど、どこにも見当たらないので焦ってしまいました。あ、はい。改めましてディア・フィールダーと申します」

ディアはスカートを両手の指で抓み、腰を屈めて一礼してみせる。

少し大人びて見える顔立ちと、無邪気さを感じさせる、零れおちそうに大きな菫色の瞳。

動くたびに三つ編みで広がりを押さえている髪が光に散ってふわりと舞う。

図書館司書の女性用の制服は一見すると、まるで貴族の令嬢のデイドレスのようにかわいらしい、とても華やかでいて、きりりとして見える。

白い肩かけがわずかな動きで揺れるのも、司書の矜持《きょうじ》を感じさせられてくすぐったい。

胸元で揺れるリボンに腰回りでスカートの上に出た艶やかなブラウスは、さすがは王立を名乗る図書館の制服なだけはある。裾にはレースの意匠を凝らしてあり、愛らしいディアの顔立ちによく似合っていた。

ディアは自分がどう見えているかなどまるで気にしていないようで、何の気なしに愛らしさと大人っぽさが同居する魅力的な相貌を綻ばせた。

「ふふっ、このお仕事、とってもお給金がいいんですよね。頑張ってお役に立ちたいところです——で、館長さんはいまどちらにいらっしゃるのでしょう？」

「おまえの目の前だな」

「目の前——」

腕を組んでふんぞり返ってにやりと笑う眼鏡の王子がひとり。

「って、え？」

ディアはクロードに言われたことをしばし固まって考え、一巡して表情を変えた。

「俺がこの王立図書館の館長にして、この図書館塔の持ち主だ。ディア・フィールダー」

「は……？　…………殿下が？　館長さん？」

「そのとおりだ。それで俺は最初に言ったとおり手伝いなどいらない。とっとと出て行け」

知らなかったこととはいえ、失礼なことを既にしてしまった。

そもそも王子殿下と王立図書館の館長とどちらの位が高いのかと言えば、圧倒的に王子のほうだ。しかもそのどちらよりもディアは稀覯本を優先した。怒らせたのも無理はない。

「や、だめです！　だって今月のお給金は支度金も合わせて、もう使ってしまいましたし」

「わかった。その分は仕方ないからおまえにやろう。二度と来るな」

「そ、そんな……時間があれば、稀覯本を読むこともできるって聞いてわたし……」

「…………残念だったな」

本を読みたいというディアに、冷ややかだった王子が呆れた気配を帯びて幾分やわらぐ。けれどもディアは気づかずに、この職に残れる言い訳を一生懸命考えていた。

「それにやっぱりお金だけいただくのは困ります。その……職がなくなるのも困りますし！　一生懸命頑張りますから、この本たちのお世話をどうかさせていただきたく……」

「おまえの最大の目的は本と金と就職先と、どれなんだ……」

「それはやっぱり……全部です！」

呆れ顔で眼鏡の奥で怜悧《れいり》な瞳を眇《すが》めるクロードに、ディアはきっぱりと言ってのける。なぜだか自慢げな風情さえ漂わせて。

「嘘つけ、おまえいまちらりと本の山を見ただろう！　怪しいな。案外本を盗みに来たんじゃないか？」

「……盗めますかね？」

ディアが指を顎に添えてかわいらしく小首を傾げてみせると、クロードは盛大なため息を吐いた。

「王族の財産を盗んだものは、よくて国外追放。悪くて極刑だが、やりたければやってみるがいい。そのほうがクビにする手間が省ける」

脅かすように顎を聳《そび》やかすさまも格好いい。

ディアはほう、と小さくため息を吐いて一瞬見蕩れてしまうけれど、すぐにはっと我に返り慌てて言いつくろった。

「わ、殿下。冗談ですってば冗談！　――職！　いま職を失うと困るんです。家には病気のおっかさんとお腹を空かせた兄弟とかわいい猫がわたしの俸給を待っていてですね！」

「そんなごたくはいいからとっとと帰れ。むしろ仕事の邪魔だ」

「う……でも」

本も職ももちろんだけれど、お金。お金がなにより欲しいんです！

趣味と実益を兼ね備えたこんな俸給のいい仕事を簡単に諦められるものですか！

ディアは心の中で叫んで、作業を再開しようとした王子を恨みがましそうに見つめる。

そこに、ぶぅん。と何か機械的な起動音がして、はっとクロードが温室の奥へと視線を走らせる。その動きをディアは見逃さなかった。

「殿下……どうかされました？」

「そうだな、そんなにここで働きたいんなら、司書の仕事とは別にひとつ個人的な手伝いをしてくれるなら、雇ってもいい。しかも賃金を上乗せしてやる」

「え、て……本当ですか？　やったぁ！　あ、じゃなくてお手伝いなんてもちろんお引き受けしますとも！　なんなりとお申しつけください、殿下！」

「その言葉、忘れるなよ。ディア」

チン、とやけに軽い金属音がして、クロードがにやりと楽しそうに片方の口角をあげた意味をディアはまだ知らない。


光降り注ぐ緑の温室に、無数にある大好きな本たち。

塔の上にはお姫さまではなく、ちょっと意地悪そうな眼鏡の王子さま。

王子さまのからかうような笑顔は気になるけれど、それでもやっぱり、こんな楽園みたいな場処で働けるなんて素敵。

しかもお給金もいいなんて、夢じゃないのかしら――。

そう思いながら、ディアは満面の笑顔で王子の言葉にうなずいてしまった。


知らなかったのだ。

どんなに美しい楽園にだって、危険な誘惑は隠れている。

いま、甘美な蜜のふりをして、危険な罠が甘く誘いかける――。

楽園の甘やかな罠へと自分が堕ちようとしていることなど、ディアには気づくすべはなかった。

第一章　口説かれて初めてのキスを奪われて

なんの音だろう。

ディアが聞き慣れない音に気をとられていると、不意に手を引かれて近くにあったソファへと座りこまされた。

「え、と……殿下？」

しかもクロードが隣のあまりに近くに座るから、ディアはさらに戸惑ってしまう。

なにか様子がおかしい。

そう思っての問いだったのに、しっと唇に指をやわらかく押しつけられ、いままでどこか冷ややかだった相貌が、まるで人が変わったかのようにやさしく微笑んだ。

「ディア——かわいいわたしの恋人《マイ・スイート》。その零れそうな菫色の瞳には、観葉植物なんかより俺を映してくれないか？　ん？」

さっきまでの険《けん》に満ちた声音と顔が、まるで嘘のよう。

やわらかくも低い声が耳朶に甘やかに響く。

「ええっ？　突然なに言って……――？」

ディアは驚きに目を瞠り、抗いに本でクロードの体を押し返そうとした。

殿下ってば、いったいどうしちゃったの!?

「いまさらそんなに照れるな、真っ赤な顔もかわいいが」

照れるなと言われても、混乱してなにが起きたのかわからない。なのに魅惑的な声にくらりと酩酊したような眩暈《めまい》に襲われて、抗いにもうまく力が入らなかった。

「この深いはちみつ色の髪も……口付けたら甘く蕩けてしまいそうだ。ディア、この俺を誘惑するかわいこちゃん……？」

髪を手繰られて、王子の口元に寄せられる。こんなのおかしい。

甘やかな囁きが、聞こえているのに理解できない。

理性は奇妙だと訴えるのに、口にすることはできないまま、ディアは細かい刺繡《ししゅう》が施された布張りのソファに押し倒されていた。

冷たい笑みが豹変して、いとおしそうに見つめられるとか、ない。どきどきと鼓動が速まる。頭の奥が甘く蕩けて、顔がもっと真っ赤に染まってしまう。

「あ、で……やっ……わ……ッ」

否定したいのか受け入れたいのか、自分でもわからない。混乱するあまりまともな言葉が出せないでいると、くすり、と頭の上でやさしく笑われた。

「ディ・アーー」

まるで怯えきれない愛しさを噛みしめるように名前を呼ばれる。と思うと、王子の青灰色の瞳が眼鏡の奥でふせられてーー。

冷たい。しゃらりと音を立てて眼鏡の鎖が頬に触れた。と思うと、器用に顔を傾けたクロードにディアは口付けられていた。ソファに沈みそうになりながら。

「ーーッ!? 殿下、え? ンぅ……」

ふっとやわらかい感触が唇に押しつけられ、ほんのわずか離れてまた押しつけられる。

ディアはやっぱりわけがわからずにクロードにされるままになっていると、唇が動いて、下唇を啄《ついば》むように挟まれていた。

「ふぁっ、あ……やぁっ……あ、ンンっ」

弄ぶように唇を引っ張られるうちに、ざわざわとこれまで覚えのない感覚が湧き起こる。むず痒い感触に甲高い喘ぎ声が思わず漏れて、たまらなく恥ずかしいのにどうしても止められない。

「く、るし……」

ディアは身を強張らせたまま、どうしたらいいかわからなかった。ようやく唇が離れて息ができるようになったかと思うと、くすりと笑い声がする。

「俺を夢中にさせるくらい、おまえがかわいらしいのがいけないんだよ? ディアーーかわいこちゃん? もちろんいまから責任をとってくれるな?」

甘やかな言葉をすぐそばで囁かれて、ディアは菫色の瞳を大きく瞠る。

「せき、に……ん？」

ぷっくらと膨らんだ唇は、疑問を投げかけようとしても、官能に痺《しび》れてうまく動かない。

なにが起きてるの――？　ディアが蕩けた頭をどうにか働かせようと理性をたぐり寄せていると、離れた場処でかさりと衣擦れの音がした。

「きゃあ……あ、殿下あの何を、なさって――!!」

見知らぬ声が甲高く響いて、ディアははっと我に返った。

ソファに押し倒されて口付けられている。

しかも王子に甘い言葉を囁かれて――。

「何をって、どこの誰だか知らないが、邪魔をしないでくれないか。それともどこぞの国の言い回しじゃないが、馬の足にでも蹴られたいのか？」

その言い回しは東国の訓話にでも書かれていたものだったろうか――皮肉めいたクロードの言葉を聞きながら、ディアはついどうでもいいことを考えてしまう。

「わ、わたくしは王妃殿下の許可をいただいて、殿下のお相手をとっ！」

ディアが王子の腕のなかで身じろぎすると、ちらりと艶やかな深紅のドレスが見えた。

光沢のある絹に精細なレース。貴族の――それもお金持ちのご令嬢が身に纏《まと》うドレスに違いない。殿下の婚約者かなにかかしら。だとしたら、自分の置かれている状況は不本意にしても、ずいぶんと問題があるのではないだろうか。

「わたしはただの司書――ひゃっ！」

　言い訳しようと身を起こしたのに、そのままクロードに抱きしめられて、言葉が続けられなかった。

「さっきなんでも手伝うって言っただろ？　少し黙って押し倒されていろ」

　耳元で音もなく囁かれて、そのあまりの鋭さに「ひぃっ」と息を呑んで身を縮めてしまう。なのに、どっどっと心臓は鼓動を速めて、喉の奥がきゅんと息苦しくなる。

　力強い腕が温かくて心地いい。その感触に身をゆだねてしまいたくて、ディアは思わず目を閉じてしまった。

　はちみつ色の金髪のなかに指を挿し入れられて、ゆっくりと撫でられるのもひどく心が満たされる。陶然とされるままになっていると、ふっと腕が緩められて、あれ、と目を開けたところに、また口付けられていた。

「ん、ぅ……あ……」

　眼鏡のフレームの冷たさにびくりと喉が震えて、意識せずに王子の腕にしがみついてしまう。

「かわいこちゃん、そんなに強くしがみつかれると、もっと深く口付けたくなるんだが」

　くすくす笑われて、唇の次に頬、そして目元と、ちゅっちゅっと音を立ててバードキスを浴びせかけられた。あまりにも見せつけるような仕種《しぐさ》だったのだけれど、そもそも男性からこんな愛情表現をされたことがないディアはよくわかっていない。ただ熱を帯びた顔

を真っ赤に震わせて、ときおり甘い吐息を漏らすだけ。すると、

「あ……わ、わたくし……失礼！」

震える声と深紅のドレスの鮮やかな残像を残してご令嬢は去っていった。どうやら王子の言葉と行動は、実際に口付けられているディアだけでなく、見せつけられた娘にとっても衝撃的だったらしい。ご令嬢が去ると、またしてもぶぅん、と機械音がして、ディアは我に返ってようやく理解した。自分がクロードになにをされたのかを。

「わ、わたし……き、キスッされ……やぁっ！」

「痛っ！　おい……ちょっと落ち着け、ディア」

ぱちんと軽い音を立てて、ディアは思わず王子の頬を叩いていた。混乱に陥り王子の腕のなかで暴れ、菫色の瞳から大きな雫をひとつ、ほろりと零して——。

「わたし……ッ」

そう言ってディアは、そのままふぅっと意識を失ってしまった。

† † †

ひんやりしたやわらかいもの、気持ちいい——。

ディアはぼんやりと意識を取り戻して、うっすら目蓋《まぶた》を開く。

降り注ぐ光と大きな扇のような葉の緑と円天井の格子模様。

なんて美しい場処なの――などと考えているると、視界の隅に眼鏡をかけた黒髪の青年が映った。整った相貌が険を潜めさせて、どこか困ったような雰囲気を漂わせている。

「『なんなりとお申しつけください』なんて大口を叩いたくせに、なんだおまえ……市井の娘のくせにずいぶんと箱入りだな。たかがキスで気を失う娘なんて初めて会ったぞ」

「た、たかがキスって！」

皮肉めいた言葉を聞いて、ディアは自分がどこにいるのかようやく思い出して、ぱっと起きあがろうとした。すると再びくらり、と眩暈に襲われて、「いきなり起き上がるな、馬鹿」と、ぺちりと額に新しい冷たいものを押しつけられた。どうやら、水に浸した布を火照った額に載せて介抱していてくれたらしい。

「冷た……。殿下、あの、さっきのご令嬢はなんだったんですか？」

「仕事の障害だ。言い換えれば、母上が送りこんでくる俺のつがい候補だな」

「は？　つがい？　……って、えと、つまり殿下の婚約者候補ということですか？」

〝つがい〟だなんて――。

いったい王子はどんな顔をして女性にそんな言葉を使っているのだろう。ディアは額と目の辺りを覆う白い布を持ちあげて、クロードの顔をうかがおうとした。

「ふん……まぁ、こぎれいな言い方をするとそうなるかもな。俺としては候補にするつもりもない娘だが」

「え、て、ででででも、あの方は王妃殿下がどうのっておっしゃってませんでしたか？

わたしのことなら放っておいて構いませんので、早く誤解を解いてらしてください！」

慌てて上半身を起こすと、ふらつく肩を力強い手に支えられてしまった。

本を持っているときにも思ったけれど、王子の手はディアよりもずいぶんと大きくて骨張っている。しっかり摑まれると、またしても体が近づいていることに気づいて、再びかぁっと頬が熱くなってしまう。

「あのなぁ……ディア。誤解なんて、むしろしてもらうためにわざとやったに決まってるだろ……おまえどれだけ箱入りなんだよ」

「は、い……？　わざ、と？」

「『司書の仕事とは別にひとつ個人的な手伝いをしてくれるなら、雇ってもいい』――そう言っただろ？　つまりこれが個人的なお願いだ。ここにいる間、おまえには俺のニセモノの恋人になってもらう」

「ニセモノの恋人、ですか？」

わけがわからないとばかりに大きく瞠った菫色の瞳に金色の睫毛をしばたたき、ディアは不思議そうに小首を傾げた。その仕種にクロードの青灰色の瞳がわずかに色を濃くして、

「ったく、無防備に男を誘う顔をするやつだな」

と低く呟いたことも、まるで気づかないまま。

ある意味、王子の『箱入り』という指摘は的を射ている。

ディア・フィールダーという庶民の名前は、仮の姿。

ディアの本当の名前はエルフィンディア・フィル・ウィングフィールド。

れっきとした伯爵令嬢だ。

しかも伯爵家と一概に言っても、実はいろいろと位が分かれているけれど、ウィングフィールド家はそれなりに由緒正しい家柄だ。ディアの祖父が生きていた時代には裕福で、さすがに目の前にいる王子の婚約者は難しいかもしれないが、王族と自由に拝謁がかなうほどの家格だったという。

けれども父親が家を継いだ頃から、風向きが変わった。

父親にあまりにも領主としての才覚がなかったのか、あるいはそれ以上に時代の変化についていけなかったせいなのか。ともかく、ウィングフィールド家はいつからかかつての輝きを失い、しかも父親のある趣味によって、決定的に困窮《こんきゅう》の道を歩み始めた。

稀覯本の蒐集《しゅうしゅう》――。

父親のその趣味こそ、ウィングフィールド家の不幸の源だった。

もともと歴史ある家柄にふさわしく、たくさんの稀覯本を書庫に抱えていたというのに、自分が持っていない珍しい本があると聞けば、父親は出かけていって手に入れずにはいられなかったらしい。

「稀覯本の蒐集家とは、常に自分が持っていない本を手に入れる瞬間を夢見ているのだよ、かわいいディア。わかってくれるね？」

父親はそう言っていつも小さなディアに手に入れたばかりの本を読んでくれ、ときにはまだ見ぬ本について熱く語った。おかげでディアは若いうちから珍しい本には詳しくなったけれど、気づいたときには、ウィングフィールド家の家計は火の車。

なんといっても珍しい本は小さな国が買えるほどの値段がつくこともある。

近年蒐集家たちの間で、誰がより珍しい本を手に入れているかを自慢し合うことが盛んだったこともあり、美しい装幀の本や、稀少本——有名な誰かが書いた数が少ない本。また流行の物語の初版本などがオークションでも高値を更新するばかり。

あまりにも困窮したため、今度は逆に書庫にあった本を売ってはしのいでいたけれど、金貸しへの借金は膨大になり、いつ家屋敷を取られても不思議ではない。

最近では金貸しは、大きくなったディアに対し、

「おまえさんが爵位とともに私のところに嫁いできたら、借金を帳消しにしてやろう」

などと持ちかけてくる始末。

いつどこで調べて来たのかは知らない。けれども確かに、ディアには爵位が残されることが決まっていた。

ウィングフィールド家の伯爵位は嫡男である弟が継ぐにしても、古くからある家柄のウィングフィールド家にはまだほかにも爵位があり、母親が持っていたランバート男爵位は長女のディアに残されることになっていたからだ。

三十も年上の、しかも金貸しに借金の代わりに嫁がされるなんて——。

ディアは慄然《りつぜん》とした。

最初にそれを聞かされた夜は、怖《おそ》ろしさのあまり一睡もできなかったほど。

けれども夜が明けてみれば、物語のごとく白馬に乗った王子さまが助けにきてくれるということもない。ディア自身そんなお伽噺《とぎばなし》を信じるほど、もう小さいわけでもない。

かといって借金を作った当の本人――自分の父親や母親も当てにはならず、考えたあげくディアは、伯爵令嬢の身分を隠して働くことにした。

自分を苦しめてきた高い稀覯本だけれど、ある意味救ってくれたのも稀覯本だ。

最初は稀覯本に詳しいディアの目利きを見こんで、親しくしていた古書店が雇ってくれた。けれどもそのうち、

「そんなに本が好きならば、いっそ司書の資格をとったらどうだ？　王立図書館にでも勤められれば、定期的に給料ももらえる。なにより王立図書館には、珍しい本がたくさん所蔵されているそうだ。司書になれば、きっと稀覯本だって読みたい放題だぞ」

そう店主に唆《そそのか》され――もとい勧められ、ディアは司書の資格をとることにした。

定期的に給料が支払われることと稀覯本が読みたい放題の、どちらがよりディアの心を動かしたかはディアにだってよくわからない。

ともかく、母親に隠れてディアは資格試験の勉強を死にものぐるいで頑張った。その甲斐あって晴れて司書の資格がとれたところに、運良く稀覯本に詳しいものを王立図書館の館長が探しているという話がきたのだ。

ついてる。これはきっと天啓に違いない。

ディアはそのとき初めて働きに出ようと決めた自分の決断に感謝した。

ともかく月末の利子の支払いをどうにかすること。

あわよくば元本の返済を少しでもどうにかすること。

借金は必ず利子をつけて返さなければならないけれど、ひとまず毎月一定の額の利子を払ってる間は返済を待ってくれる。けれどももともと借りた額を返していかなければ、借金そのものはいつまでもなくならない。

いまウィングフィールド家は利子の支払いにも窮しているくらいだから、元本の返済はディアの一番の夢だ。そしてもしもできるならば――。

ディアだって、まだ十八のうら若い乙女。かすかな希望が捨てきれない。借金だらけでろくに社交界に顔を出せない境遇でも、夢見ることは自由だ。

「借金なんて僕がどうにかしてあげよう。だから君は僕の花嫁になるんだよ？」

そんな甘い言葉とともに自分のどうにもできない苦境を救ってくれる相手が現れる素敵な妄想。その相手は三十も年上の金貸しとは違い、ディアと結婚してもおかしくない年齢の青年で、できれば伯爵家令嬢に相応しい家柄だとなおいい。もちろん顔が好みならば、いうことはない。

あまりにも都合がよい願望は、もちろんすべてが叶うとは思っていない。それでもディアは、いつか現れるかもしれない旦那さま候補のために、貴族の娘らしく、結婚するまで貞淑を守る心づもりでいた。

貴族の貞淑な娘は、間違っても今日初めて会った男とみだりに口付けなどしない。しかもディアにとっては初めてのキスだった。

こんなことで、夢見ていたファーストキスが奪われてしまうなんて——。

憧れを奪われた悔しさやら、どうしてこんなことになったのかといった困惑やらが押し寄せて、じわりと大きな瞳が潤んでしまう。

確かに『何なりとお申しつけください』といったのは自分だけれど、まさかこんなことをされるとは想像もしていなかった。あるいははじめから知っていれば、断っていたかもしれない。職も金も本も大事だけれど、自分の唇の貞操だって同じくらい大事だ。いまはそう思うくらいの衝撃を受けていた。

あまりの心の動揺を隠せずに、ディアはクロードを恨みがましそうに睨んでしまう。するとクロードの青灰色の瞳と目が合い、不意に大きな手を頭に伸ばされて、がしがしとどこか乱暴な仕種で髪をかきまぜられた。

どうやら倒れたときに楽にしようと考えてくれたのだろうか。髪留めを外され、髪をまとめる両脇の三つ編みさえ解かれている。深いはちみつ色した髪が、くしゃくしゃに乱されて光を弾く。その光の煌めきが眩しかったのだろうか。クロードが拗《す》ねたような顔でわずかに目を細めた。

「なんだおまえその目。だ、だからその……悪かった、な。まさかその年でキスもしたことがない娘がいるなんて思わなかったものだから……」

「え？」

眼鏡の奥に透かし見える目元が少し赤い。

「それに一応、助かった。おかげでとっとと邪魔者を追い払えたし……このところあの手の女が来ては変に居座られて一日中うるさく話しかけられて——弱り切っていたんでね」

「それは……その……心中お察し申しあげます……」

図書館みたいに静かな場処で作業をするのに、仕事とは関係ないことをずっと話されるのは、確かにいやなものだろう。ディアだって本が好きだから、その気持ちはまったくわからないでもない。

しかも自国の王子に謝られてしまった。

端整な顔を赤らめられて悪かったなどと言われると、少しは恨みがましい気持ちが収まった。これが借金の代わりに爵位と共に嫁に来いなどと言われたどこぞの金貸しにされたのだったら、あるいは世を儚んでしまうほどの衝撃だったかもしれない。やはり顔というのはとても大事だ。ディアは改めてその大切さを思い知った。

だって眼鏡をかけた王子さまは素敵なんだもの。

円天井から降り注ぐ光のなかに黙って佇むクロードは、眼鏡の奥でふっと黒い睫毛をふせた憂い顔も、とても絵になる。背の高いすらりとした肢体に、足首まで覆われた裾の長い黒衣の制服。金糸の飾りを施された肩かけをかけた姿は凛々しい。

本を手にした姿なんて、ずっとただ見ていたくなるようなそんな気持ちにさせられるから、ディアはとくんと自分の胸が高鳴るのも意識しないまま、王子が次の言葉を紡ぐ口元をじっと眺めてしまう。

薄く引き結ばれた薄赤色。あの唇が自分の唇に触れたのだ。

そんなことをいまさら意識して、ディアはかぁっと顔に熱が集まるのを感じた。

自分はいったい、なにを考えているのだろう。

ぶんぶんと頭を振って雑念を振り払うけれど、クロードはそんなディアの様子など気にも留めていなかったらしい。ふぅ、と大きなため息を吐いて、言葉を続けた。

「母上には悪いが、貴族の娘というのは姦《かしま》しいうえ、隙あらば媚を売ってきて鬱陶《うっとう》しい。人が静かに本を読んでるところへやってきて、『なんでわたくしのほうを見てくださらないの？』なんていう女、虫唾が走る。それでなくてもこの図書館塔の手入れもしたいし、図書館本館の仕事も楽しいし、女なんかに煩わされたくないんだ」

それは殿下が世継ぎの君だから仕方ないのでは。とディアは冷静に考えたけれど、賢明にも言葉にはしなかった。

どうやら王妃殿下は早くクロード王子殿下に身を固めさせたいらしい。それで貴族の娘たちをこの図書館塔へ送りこんでいるらしいのに、クロードのほうはそんな母親の愛情に反発を抱《いだ》いているのだろう。

クロードの気持ちはまったく理解できないでもない。

妙齢の貴族の娘として、ディアもそんなやりとりに心当たりがあるからだ。

ディアの母親――つまりウィングフィールド伯爵夫人はディアにたくさん縁談を持ちかけてきたけれど、その中身はディアの趣味や希望を無視したものばかりだった。妥協に妥協を重ねて進めた話もあったのだけれど、伯爵家が多額の借金を抱えていると知ると、あっというまに立ち消えになってしまった。

おそらくは持参金目当ての貴族だったのだろう。

好きになれそうもない人だったから、破談は特に悲しくもなかったけれど、それでもどこかしら傷つきもした。しかも年を追うごとに憧れの結婚からは遠離《とおざか》っていく一方だというのに、ディアには相手を探しに行く新しいドレスさえない。

「でもそれでしたらなおさら、早く婚約者を決められたほうがいいのでは？　そうすれば殿下にいいよってくる方もなくなるでしょう？」

なんの気ないディアの指摘はどうやらクロードの痛いところをついたらしい。

さっき気まずそうに目元を赤らめていた青年はどこへやら。眉根を神経質そうにしかめて、眼鏡の奥の青灰色の瞳を鋭く眇めさせる。しかも、さっきどこか謝罪するようにディアの髪をかきまぜていた指で、ぐに、と頬を引っ張った。

「い、いひゃ……で、んひゃなにして」

「生意気なことばっかり言う口だな。新人司書のくせに」

「申し訳ありまひぇん……でもどーかんぎゃえてもひょーだと思うんですけど」

じっと痛みに潤んだ菫の瞳で見あげていると、青灰色の瞳と視線が絡む。その途端、クロードの明るい青灰色の瞳がわずかに色を深めて、端整な顔がふっと表情を変えた。

意地悪そうに笑っていた口元が物言いたげにわずかに開いて、切れ長の瞳のうえに長い睫毛がすぅっとふせられていく。その影が形作られるのに思わず見入っていると、骨張った指に抓まれていた頬が自由になって——。

「ん、うぅ……」

さっきまで頬をつねっていた指先がディアの細いあごを捉える。骨ばった指が冷たい。そう思ったところで、クロードに覆い被さられるようにして口付けられていた。

ざわり、と背中に悪寒《おかん》に似たざわめきが走る。なにが起きたか理解して抗うよりも先に、唇を割って舌を挿し入れられて、ディアはかくりと軀の力を失ってしまう。

「ンンぅ……ッ」

やわらかいものが自分の口腔の中で蠢《うごめ》いている。

そのありえない感触におののくのに、舌を搦め捕られてふるりと撫で回されると、軀の奥の訳のわからないところが熱く震えた気がした。喉が塞がるような切ない息苦しさに、訳もわからず王子の腕に強くしがみつく。

「ディ・ア……？　鼻で息をすればいいんだよ……かわいい箱入りちゃん？」

やっと息が楽になって唾液が糸を引いて唇が離れても、ディアは熱い吐息を漏らすだけ。呼びかけられても答える余裕はない。

「……な、んで……？」

いま悪いって謝ってくれたばかりなのに――。蕩けた頭で非難するけれど、どうして？という疑問が渦巻くばかりで、明確な答えが見つからない。

「おまえは口答えするのが好きなようだから……あんまり文句を言うようなら、次からこうやって反論を塞いでやるからな」

そう言って、クロードは仰け反って逃れようとするディアの唇をまた捉える。

「ふぁ……や、め――んんッ」

ふるりと下唇を啄まれて、ディアはびくりと軀を震わせた。

ダメ。こんなの――。唇に軀中の神経が集まってしまったかのように、ざわざわと官能をかきたてられる。肌が粟立つ感覚を堪えるように、ぎゅっと指を握りしめ、力なくクロードの胸を叩く。と、顔を覆っていた影が遠離り、苦しかった息が楽になった。

「あ、でん、か――やぁっ」

「俺の恋人なんだ。そんなふうに嫌がるなんておかしいだろ、ディア。それにキスにそんなに慣れていないというのもやっぱり訝しまれるかもしれない」

「ええっ!? や、でもその、わたし、こんなことはもう……ッ」

無理。そう言おうとしたら、今度はソファに倒されて、喉元に唇を寄せられていた。

「ひっ！ でで殿下、なにして～やぁっ、く、くすぐったッ……！」

「……本当に箱入り娘なんだな。言っておくが、おまえ恋人にそんなふうに抗ってばかりいるとあっさり振られるぞ。恋人との予行練習だと思ってもう少し自然な応対をしろ」

「やぁっ、あ、ふぇ……殿下、首筋に唇当てたまま話さないで！　うぅ……予行練習だなんて……だって殿下わたし」

ディアはくすぐったさとさっきまでされていた口付けの余韻とでいまだ混乱しながらも、どうにかクロードのこの甘やかな攻撃から逃れようと足掻いていた。なのに。

「殿下じゃなくクロードと呼べ。恋人から殿下と呼ばれるのかと突っこまれると厄介だ」

「は？　いや、でもですね……ひぇゃあっ！」

いつのまに王子の唇は首筋から耳に移っていたのだろうか。

耳朶を甘噛みされて、そのむず痒いような、ただひたすらこそばゆいような感触に、言葉にならない悲鳴じみた声があがる。

「おまえ、懲りない性格だと言われたことはないか、ディア……ん？」

「ひあ、あぁ……やめ、殿……や、く、クロード、さま……ッ」

「あのな……もうちょっと親密な雰囲気で呼べないのか。はぁ……おまえはキスもしたことがなくて男の名前も呼び慣れてなくて――その様子じゃ恋人がいたことないんだろう」

「なっ……ッ！」

ディアは菫色の瞳を大きく瞠って絶句した。

王子のあまりにもずばりと的を射た物言いに、羞恥に顔を真っ赤にして震えるしかない。

「図星だな？　ふふん、それならなおのことよかったな、ディア……マイ・スィート？　そう怯えた顔をするな……それとも、やっぱり司書の仕事を辞めるというなら――」

「や、やめませんよ？　わたし、ここで働きたいです――ぜひ頑張らせていただきます！」

とっさに王子の襟首《えりくび》を摑んでそう宣言すると、頭のすぐ上でくすりと魅惑的な笑いを零される。眼鏡の中の青灰色の瞳がやわらかい光を湛《たた》えているように見え、ディアの心臓がとくんと不規則に跳ねてしまう。いやいやいや、とくん、じゃなくて！　とディアは今度は必死で理性を呼び覚ます羽目になった。

「ふぅん……なかなか見あげた根性だ、ディア・フィールダー。そんなに金が欲しいか？　庶民らしい考えだが――そういうのは嫌いじゃない。金でカタがつく話のほうが後腐れないからな。給金なら弾んでやる。しばらくいうことをきいてくれさえすればいい」

そう言ってクロードはディアから軀を離したので、ディアもようやくソファから起きあがることができた。立て続けに起きた事態にまだ心臓が早鐘を打って、息苦しいくらいなにかを訴えてくる。

胸が、痛い。

こぶしをぎゅっと胸元で握りしめて、ディアが早く静まってと祈っていると、クロードは手近にあった鞄からなにやら手帳のようなモノを取り出した。父親が使っていてディアにも見覚えがある。小切手帳だ。クロードは無造作にページを開くと、ローテーブルの書類の海から万年筆を拾いあげて、さらさらさらっと数字を書きいれた。

「一週間分の前金だ。おまえがうまく立ち回ってくれれば、一週間後にまた同じ額を支払ってやる。悪い取引ではないだろ？」

これだけあれば、毎月の利子返済だけじゃなく、元本が減らせるかも……！

手にした小切手の数字を見て、ディアの頭のなかで借金返済の算段が巡った。

一週間分で、図書館塔の仕事の一ヶ月分に近い支払い。

そんな高額な仕事なんて、なんのつてもない女には普通ない。しかも貴族でもない、ディアにとっては破格の待遇だ。

それに——とディアの出方をにやにやと待つクロードをちらりと見る。

言い寄ってくる娘を追い返せ。あんな女たちなんて虫唾が走る。とまで言うからには、王子は女嫌いなのかもしれない。それならむしろ、ディアには好都合なのではないか。

そんな打算も働いて、ディアはよし、と心を決めた。

どちらにしても働いてお金を稼がなくてはならないディアに、あまり選択の余地はない。しかもこの図書館塔で働けば、大好きな本に——それも無数の稀覯本に囲まれて仕事ができるのだ。

あるいは探してる本だって——。

ディアは辺りに積まれた珍しい本へと一瞬、視線を走らせた。その瞳の動きをクロードがはっきりと捉えて秀麗な眉を跳ねあげたことにも気づかないまま。

「お仕事……続けさせてください。殿下、よろしくお願いします」

ディアはソファから立ちあがって両手でスカートを摑むと腰を屈めて礼をした。

「つまりニセモノの恋人も続ける——そういうことだな、かわいい菫ちゃん？　おまえに恋人ができたときはどう対処したらいいか、ちゃんと手取り足取りいろいろ教えてやろうな……ありがたく思えよ」

まるで手の内の獲物をいたぶる猫のように、眼鏡の王子はにやりと人の悪い笑みを浮かべてみせる。

そんなのむしろありがた迷惑なんですが！　と言おうとして恨みがましそうな目をクロードに向けたところで、どうやら口答えする気配を感じとられたらしい。さっと腕を引かれてソファに座るクロードの――上司にしてニセモノの恋人の膝に転がりこまされた。

「なにをなさるんですか……んッ」

苦情は最後まで口にできなかった。

ディアのすぐ目の前でふっ、とクロードの瞳が睫毛にふせられ、眼鏡の端が軽く頬に触れた――と思うと、口付けられてしまったから。

今日もう何度目かわからない口付けのせいだろうか。

初めはあんなにひんやりと冷たかった眼鏡の縁は、ディアの熱を帯びた頬に温められてしまったらしい。

いつのまにか温まり、もう冷たく感じられなかった。

第二章　ニセモノの恋人の淫《みだ》らな情事

図書館塔に勤めはじめて二日目の朝。

「おはようございます、殿下っ。昨日は――あまりっ、本の整理のほうが進みませ……でした、ので、今日はきりきり仕事したいと思います！」

ディアは図書館塔の最上階にやってきて、開口一番にそう言った。しかもぜぇぜぇと息を切らしながら。

「……朝からやる気だな、ディア。あの螺旋階段を上ってきたばかりでずいぶん息を切らしてるじゃないか。まぁまずここに座って休んだらどうだ？」

ぽん、と自分が座るソファの隣を叩いて、クロードはにっこりと微笑む。

黒髪眼鏡の王子さまの満面の笑顔が怖い。むしろ真っ黒に見える。

「殿下、そう言ってなにか変なことを考えていませんか？　せめてこの積み本の山を少しは片付けて、休憩はそれからにいたしませんか？」

「ディアは真面目だな……上司が休んでもいいと言ってるのに、そんなに働きたがるなんて。それともほかに理由でもあるのかな？」

ん？　隠しごとをせずに話してごらんとばかりに顎を聳やかされて流し見られる。

そのあまりにも魅惑的なまなざしに、ディアはうっと言葉に詰まり、真っ赤になってしまう。けれども、甘やかな言葉に屈するわけにはいかない。

『それともほかに理由でもあるのかな？』

まったくもってそのとおりなのだ。

見透かされたような言葉が空恐ろしい。

この誰もいない図書館塔に引きこもる変わりものの王子。王妃が送りこむ婚約者候補をあまた袖にし続け、いまだ独身でいる国の世継ぎ。

クロードに対する世間の風評はディアも聞き知っていたけれど、その噂を鵜呑《うの》みにしてかかると痛い目を見るかもしれない。ディアは心持ち気持ちを引き締めて、本を整理するためにカートを積み本の近くへと引き寄せた。実はさっき、ディアが息を切らせていたのは、この図書館塔の二重螺旋階段を上ってきたせいばかりではなかった。

王立図書館は、王宮の開かれた一角にある。

図書館塔はその王立図書館の敷地のさらに奥に建つ。

だから朝、ディアは王宮にやってきて、まず図書館本館へと顔を出した。

すると、ディアが無事、館長に——つまりクロード王子殿下に解雇されずに二日目もやってきたことで、ちょっとした騒ぎになった。

「いままで何人も司書を手伝いに送りこんだけれど、殿下が嫌がらせしてすぐ送り返してしまうんで困ってたんだ。『稀覯本はちゃんと詳しいものじゃないと扱わせられない』と遠回しに手伝いを断られてばかりいたのだけど――ケンネルに相談してよかったよ」

ケンネルとは、ディアが以前に勤めていた古書店の店主のことだ。

どうやら、本を取り扱うもの同士の繋がりがあるようで、王立図書館の副館長とケンネルは知り合いだったらしい。それで都合のいい話がうまく転がりこんできたのかとディアはようやく納得した。

「手伝いを受け入れたということは、本の整理が進んで、王宮のほうにももっと顔を出してくださるんだろうな。国王陛下も王妃殿下もクロードさまに甘すぎる。あの方に見てもらいたい案件は王宮にだってたくさんあるのに」

話を聞きつけてやってきたという官僚らしき人に盛大なため息をつかれた。いまいちわけがわからずにディアは途方に暮れる。

「それであのう、お話というのはなんなのでしょう？　そろそろ出勤時間なのですけど」

思い切って切り出したところ、年配の太り気味な官僚ははっと我に返ったように目をしばたたいた。

「む……なかなかはっきりものを言う娘だな。その、だな。クロード王子殿下は王立図書館の館長をされているが、もちろんそれ以外にも仕事があるのだ。だが殿下はいつも図書館塔に籠もってばかりで、なかなか王宮にいらしてくれない」

「はぁ……そうなんですか。いわゆる引きこもりってやつですかね。最近金持ちの息子や娘たちの間で流行しているとかいう……」

「これ、ディア！　殿下に対してなんて物言いだ！」

上司である副館長から注意されて、ディアは思わず言い過ぎたとばかりに口元を手で隠した。王子について語り、副館長が平身低頭するからには、この年配の官僚は身分の高い貴族なのかもしれない。ディアが申し訳ありませんと頭を下げたところで、官僚は「よい」と、謝りの言葉を遮った。

「む、まぁいい。それでだな……ディアとやら。おまえには図書館塔の本の整理を進めて欲しいわけだ」

「はい。もちろんそれがわたしの仕事と存じます」

「む……ではなくてだな。殿下の手が空くぐらい、やって欲しいのだ。もちろん娘ひとりにできることだとたかが知れているだろうが……でもおまえがなんとか、殿下に王宮に来る時間を作ってくれれば、私のほうで褒美を出すこともやぶさかではないぞ」

「は……？」

ディアは一瞬何を言われたのかよくわからなくて、菫色の瞳を大きく瞠ってしまった。

「うん、まぁそういうことだ。チェルニー副館長、あとはよろしく頼むよ」

そう言って、少し下腹が重たそうな官僚は辺りをうかがうようにして王立図書館本館の一室を去っていった。

「あの方はもう、いつも忙しい方だな……まぁ、約束を違えるような方ではない。それは私が保証しよう。そういうことだから、ディア。心して本の整理に努めるように」

そう強く言い含められてきた。

ディアには理解できない世界だけれど、確かに世継ぎの王子が毎日ひとりでこんな図書館塔の最上階に引きこもっているというのはどうなのだろうと思わないでもない。

王宮の仕事と言うからには国の政務に関わる仕事だろうし、身分ある官僚が、雇われたばかりの庶民であるディアにまでわざわざ顔を出して頼んでくるからには、おそらく切実な理由があるのだろう。

もちろんディアにだって、切実な理由がある。

頑張れば、また別のところからも褒美をもらえるというのは、かぎりなく魅力的な申し出だ。もちろん個人的に、積み本の状態の本も、きちんと整理してあげたい。

だからディアはむしろ鼻歌を歌いたい心地で、手近な本の山に手をつけた。

しかも図書館塔の最上階は円天井がガラス張りになっていて、目に鮮やかな南国の観葉植物に光降り注ぐ楽園のようなところだ。こんな素敵な職場で、大好きな本のお世話ができて、しかもお金がガッツリと稼げるなんて！

はりきって働かないわけにはいかないだろう。

ディアが楽しそうに本の整理を始めたところで、クロードは意地悪を諦めたらしい。

悠然と脚を組んでいた姿勢から立ちあがり、サイドテーブルに積んでいた本の山をローテーブルの上に移し替えている。

本を分別していくつかの山に作り替えたらしいところで、ディアははっと目を瞠った。

「殿下、その右手にある本はなんでしょう⁉　ちょっと見せていただいてもいいですか?」

そう言いながらディアはローテーブルから、さっと本を取りあげる。

「『砂塵紅楼抄』?　初めて見る装幀だけど……」

「おまえな……俺が許可する前にもう見てるじゃないか。ったく……これは個人が特別に作らせた別装幀本だな。挿画は特注だが、中身は底本と変わりはない」

「……そう、ですね」

ディアは本をぱらぱらめくり、王子が言ったとおりだと知ると、パタンと本を閉じた。

「そうですよね……」

自分を納得させるようにもう一度くりかえして、大きなため息をつく。

「ずいぶんがっかりしたようだが……何か別の本だとでも思ったのか?」

「え?」

ディアの様子に、何か感じるところがあったのだろうか。クロードは昨日のような有無を言わせない調子を潜めさせて問いかけてきた。はっと我に返り、眼鏡の青年を振り向くと、青灰色の瞳が物問いたげに見つめている。

軽くごまかしてしまえ。心にそんな考えが過《よぎ》ったのに、クロードの瞳を見て、ディアは言葉に詰まってしまった。

まるでこの図書館塔に住む賢者かのように静かな光を湛える瞳に、嘘なんてすぐ暴かれてしまう――そんな心地にさせられる。あるいは、本当の賢者なら、ディアが探し求める答えを知ってるのではと思ったのかもしれない。

手にした『砂塵紅楼抄』を元あった山に返して、ディアは気を落ち着かせるように、こぶしを胸のところでぎゅっと握りしめた。

「殿下は――『ルベイユ瞑想録』ってご存じですか？」

静かにそう問いかけると、クロードが思わず息を呑んだのがわかる。クロードはどちらかというと、常に主導権を持って話し、あまり驚きを表に出さない。まだ一日しかまともに話していないけれど、ディアはクロードのそんな用心深さを充分感じとっていた。

だからこそ、いまの驚きがあまりにも予想外のことを言われたためのもので、しかも心からの驚きなのだとはっきりとわかる。

「それはまた、稀覯本のなかでもずいぶん珍しいモノを持ち出してきたな。あの本は焚書《ふんしょ》で失われて――おそらくもう現存してないはず……またなんであんな本が見たいんだ？」

「そうですね……。わたしの運命を変えた本だからでしょうか」

そういうと、クロードは訝しそうに片眉を跳ねあげた。

『ルベイユ瞑想録』――ディアの父親が血道をあげ、騙されたあげく多額の借金を作った諸悪の根源。隣国ヴェダリオンの貴族が書き、焚書騒動で失われたとされる稀覯本。

ディアだって目の前にあったら、灼《や》きたい衝動にくらい駆られるかもしれない。

安定した王政が続いているグラン＝ユール国とは対照的に、隣国ヴェダリオンでは何百年もの間、思想における派閥争いが続き、いくたびもの政変と焚書騒動があった。そのなかで『ルベイユ瞑想録』という本は理由もわからず焚書の指定がなされ、もともと少なかった本はすべて没収されて灼かれてしまったのだという。

書かれた内容すらわからない本は、むしろグラン＝ユールなどの周辺国の蒐集家の間で有名になって値が吊り上がり、ニセモノまで無数に出回る始末。

「『ルベイユ瞑想録』はもともと現存が記録されていたのが三冊という少なさで、しかもそのすべてが失われたという記録が残っていたはず――」

「そう、ですね。それでもどこかで誰かが見たと言えば噂が持ちあがり、あるいはもともと記録にあった三冊以外にも本があっただとか、焚書で灼かれた記録こそが、逆に誰かが手元に残すためにわざわざ残されたモノだったとか――」

「ああ、そういうのに騙されるやつというのがいるらしいな。だが、あの本に関してはさすがに話を持ちかけられた時点で疑うべきだろう。信頼できる人間で現存物を見たという記録はもう何十年も出ていないかったはず」

クロードの言うことは正しい。

けれども父親はそうしなかった。

だから伯爵家令嬢であるディアが、こんなふうに身分を隠して動きに出るまでに、伯爵家は落ちぶれてしまったのだ。ディアは湧き起こる昏《くら》い気持ちを押し隠して、ふ、と自嘲するような笑みを浮かべた。

「……なるほど、さすがですねぇ。目の前にして申しあげるのもなんなのですが、殿下が王立図書館の館長だなんてどんな遊興かと思ったのですが、だてにこれだけの稀覯本を集めてるわけじゃなかったんですね！」

「おい……ディア。おまえ、俺を試したのか？」

「まさか！　ただちょっと……これだけの稀覯本があるのなら、あの本ももしかして――そう思っただけで……」

ディアは春を思わせる菫色の瞳に金色の睫毛を静かにふせる。その様子をじっとクロードが青灰色の瞳を眩しそうに細めて見てることなど、気づく余裕はない。

クロードはディアの頭を慰めるように、ぽん、と大きな手で軽く叩く。

「珍しい本は……どういう事情なのか、たまたま世の表舞台に出てくることもあるし、本当に失われて二度と手に入らないこともある」

「ヴェダリオンの焚書のように――」

「そうだ。だから俺は、稀覯本をこの図書館塔に集めて、後世まで残していきたいと思っている。グラン＝ユール国はずっと政情が安定しているし、少なくとも俺があとを継いで王でいる間と自分の子どもの治世ぐらいは混乱から守ってやることができるだろう」

「ずいぶんなご自信ですねぇ……まだ婚約者もいらっしゃらない図書館塔の引きこもりだ

というのに、お子さまの治世まで保障されるなんて」

ディアは呆れきって半眼でクロードを睨んでみせる。

「そういう台詞は結婚でもされて、子作りの目処がたってから言ったらどうです？」

「あのな、ディア。自国の王子に対してなんて言い種だ。だいたいだな、婚約者なんていなくたって子どもは作れるんだぞ？　なんならいまここで作り方を教えてやろうか？」

にやりと笑うクロードの顔はもう、賢者のような深い静けさがかき消え、企みを秘めた人の悪い笑顔になっていた。

「は？　いえあの、わたし遠慮しておきます！　どうぞご自分の婚約者でも決められたあとでお試しくださいな！」

危険を察知して王子から遠離ろうとしたところで、腕を強く引かれた。するとスカートの裾がローテーブルに積まれた本に絡みそうになり、ディアが慌てて身を捩ったところで、逆にクロードの腕の中に転がりこむ結果になった。

「おまえは本当に本想いだな、ディア。菫の瞳の本好きちゃん？　この甘く蕩けてしまいそうなはちみつ色の金髪も、大人びているのか子どもっぽいのか——見るものを惑わせてしまいそうな魅惑的な顔立ちも、充分男が欲しがりそうなものなのに……これまで恋人のひとりもいないなんて、おまえこそ家にずっと引きこもっていたんじゃないか……ん？」

肩幅の広い胸に抱きしめられて、ディアは真っ赤になった。

羞恥なのか、慣れない男性との唐突な触れ合いにどぎまぎとさせられているのか。

よくわからない。

クロードの言うことも認めたくないにしても遠からず当たっている。それだけに、むっと頭に来ないでもない。なんて答えて、この状況からどうやって逃れよう。そう悩んでいると、クロードの細長い指がディアの喉元に伸びた。

「ひゃっ、あ、な、に……？　やめ……」

クロードはディアの制服のリボンをぴーっと解いて、ブラウスのボタンをも外しはじめた。しかもそこに顔を埋めて、ちゅっとやわらかい唇が濡れた音を立てて触れてくるから、羞恥がとか自分のプライドがとかいう以前に、ディアはすっかり困惑してしまう。

「や、だ、なにして、殿下、やだ……やめ……ふぁっ！」

胸元を広げられ、膨らみのすぐ近くを吸いあげられて、なにが起きているのかはよくわからなくても、みだりがましい気配を感じ、ディアは身悶えて抗う。指先が柔肌を滑る感触に、肌がびくりと粟立って、ごくりと生唾を呑みこんだ。

「おとなしくしていろ、マイ・スィート・ハニー？　そうすれば極上の蜜楽を味わわせてやる……もちろん子どもも作れるようにだな……ディア？」

甘く囁かれる言葉に、ぞわりと得体のしれない感覚が背筋を這い上がる。

からかわれてるだけなんだから。そう思うのに、躯の力が抜けて、普段は意識しないところがひくりと震えて、熱くなってしまう。

流されて――しまいそう。

髪のなかにやさしく指を挿し入れられる気配にディアは陶然と菫の瞳を細める。

「かわいいディア……いい娘《こ》だ……おとなしくしていれば、やさしくする」

胸に口付けられて、コルセットの上から触れられると、ディアはまるで躯に電気が走ったかのような衝撃を受けた。

「なんだ。制服の重装備ではわからなかったが、ディアは胸が豊満だな。細い腰も、触れて弾力のある肌も……悪くない。脱がせてみたくなる」

「ぬ、脱がせてって……はぅっ、や、待って殿下わたしダメっ……ぁ」

肌を強く吸いあげられて、痛みとともに奇妙なむず痒さが躯に響く。

「ダメという声が……そんなに甘やかだと、本当はして欲しいといってるようにしか聞こえないぞ、ディア。瞳がすっかり熱に蕩けてる。本当は気持ちいいんだろう?」

とっとと認めたらどうだと言わんばかりの囁きにディアはぶるりと身を震わせる。

やだ。このまま流されちゃダメ——借金返済。元本返済。

呪文のように自分の目的をくりかえしていると、視界の隅に積み本の山が映る。殿下になんか負けないんだから！　ディアは甘い当惑を堪え、理性の欠片《かけら》をかき集めた。

「気持ちよくなんか、ないです！　いいんですか、殿下？　まっ昼間っからこんなこと！」

いまだに気を抜けば肌を蠢く感触に、甲高い嬌声《きょうせい》が漏れそうになる。それでもディアは震える喉を抑えて、できる限りはっきりとした声で呼びかけた。

「『クロード王子殿下は図書館塔に引きこもってばかりいて、政務を疎《おろそ》かにされているから、殿下が跡を継がれたら、グラン＝ユール国は傾くのでは？』――街ではそんなふうに噂されてるんですよ？」

「なんだと⁉」

鋭い声とともに、肌を這う唇の動きが消えて、ディアはやったと心で快哉を叫んだ。

口から出任せを言ったのだけれど、似たようなことをまったく聞かなかったわけでもない。といっても、いまの国王陛下のおかげで、政情は安定しているし、政務のことなどよくはわからない世間が心配しているのは、むしろ王子の結婚に関するものの方が多い。

先日も珍しく貴族の友人であるノーラが訪ねてきたかと思うと、クロードに関する噂を振りまいていったばかりだ。

「ディア、ねぇこの夜会なんてどう？　クロード王子殿下が顔を出されるってもっぱらの評判なのよ。もちろんエスコートがいないと困るけど……誰か知り合いに頼んであげてもいいわよ。あなただって婚約者を見つけたいって嘆いていたじゃないの」

ブロンダン伯爵家令嬢ノーラは夜会の招待状を見せながら、自慢の巻き毛を揺らした。

はっきりした顔立ちの美少女で、豊かな金髪は明るいはちみつ色。

ふたりで光溢れるなかにいると、ディアの深いはちみつ色と対照をなして見えるけれど、遠目には髪の色がよく似て見えるらしい。

知り合ったきっかけはディアがノーラに間違われて話しかけられたことで、それ以来、なんとはなしに話すようになった。といってもノーラはディアとはまるで違う。

ディアが屋敷に引きこもりがちなのと比べると、社交界でもその華やかな相貌で、男性たちの目を釘付けにしている。ノーラの家は同じ伯爵家でもディアの家とは違い、事業は順風満帆《じゅんぷうまんぱん》らしい。いつも新しいドレスを纏い、しかも非常に自信家なのだけれど、なぜかディアとは仲がよかった。本人が言うには、

「私があなたを友だちだと思ってるのわね、ディア。あなたはいつも私が何か言うと淡々と冷静な意見を言うでしょ？　そういうところが嘘を感じさせなくて、あなたっていい人なのよねって思うからよ」

ということらしい。

社交界にあまり顔を出していないディアにはよくわからないのだけれど、それじゃあほかの人は話をしながら、そんなに嘘ばかり言っているのかと聞きたい。

けれどもたまに訪ねてきてくれて、華やかな装いとともに社交界の便りを届けてくれるのは、うれしい。困窮してあまりぱっとしない生活のなかでは、ノーラの訪れはいつもちょっとした気分転換をもたらしてくれる。この日もそうだった。

「いま貴族の娘たちはみんな、誰が王子殿下を射止めるのかと、火花を散らしているわ。どうやら王妃殿下があちこちの娘たちに声をかけてるらしくて……私ももちろん殿下の婚約者候補なら、名乗りをあげたいけど！」

熱っぽいノーラの言葉に唖然《あぜん》とする。

「でもノーラ。あなた確かもうすでに婚約者がいなかった？」

ノーラを狙っていた男はたくさんいたけれど、十八になる前に婚約はしたいと息巻いていたノーラが選んだのは、ずいぶん意外な人だった。

「ばっかね！　いくら事業で成功してるとは言え、しがない男爵と殿下を比べるの？　もし私が殿下のお眼鏡に適《かな》うなら、もちろん婚約なんて解消するわよ！」

そうあっさり言い切られてしまう。

『しがない男爵』――ノーラがそう言い切ってしまう婚約者は、けれども若い貴族のなかでは珍しく新しい事業で成功している青年で、一度しか見たことがないけれど、見た目もそう悪くなかった。

ディアにしてみれば、お金を持っていて年齢もふさわしく、見た目も釣り合う婚約者なんて贅沢過ぎると思うのだけれど、そんなディアが憧れている〝普通〟をいとも簡単に捨てると言い切ってしまう彼女が眩しくも妬ましい。

「でもノーラ、わたし夜会はしばらく出られそうにないし……王子殿下にも興味ないわ」

「ディアってば張り合いのない娘ねぇ……いくら口では結婚したいとか言っても、ちょっとは熱意を持って行動しないと、婚約者なんて向こうからは絶対やってこないわよ」

そんな会話を数日前に交わしたばかりだ。まさかそののち、王子と顔を合わせるばかりか、こんなふうに押し倒される事態になるなんて――。

人生とはわからないものだとどこか達観した心地で思うけれど、触れ合って高鳴る心臓はいまにも壊れてしまいそうに暴走している。

ただ強引にされてしまうより、むしろたちが悪い。

王子の優雅でいて人を誘惑する雰囲気は、あまりにも魅惑的すぎる。

この甘い言葉にどこまでも堕ちていきたい——。

気を抜くとそんなふうに流されてしまいそうになってしまう。そんなのダメ。とディアの理性が囁くけれど、力ない抗いではどうにもならない。なんとか逃れないと！　ディアはクロードの腕の中で、この魅惑的な檻《おり》から逃れようと必死にもがいた。

「だいたい殿下はですね——」

どうにかクロードを王宮に出向かせて、一攫千金を狙いたい。

その一心で口を開くと、チン。というやけに軽い音がしてディアはどきりとした。

昨日も温室の奥から聞こえてきた音。

あの音はいったいなんなのだろう。押し倒されたまま、音がした方に目線を向けようとすると、耳元でちゅっとわざとらしい音を立てて、王子に唇を寄せられた。再び首筋の柔肌に唇を這わされて、ようやく静まりはじめたざわめきが再び疼き出す。

「俺のかわいい菫ちゃん？　このふるふると震える白い胸は、俺に口付けられるのを待っているのかな？　ん？」

「ひ、ぁ……や、ダメ」

胸元を両手で寄せられて膨らんだところにちゅっ、と口付けを受けて、ディアは軀の奥が熱く震えた気がして身をくねらせる。

「びくびくと躯が跳ねるたびに、もっともっとと言われてるみたいだ、ディア。もっと深いところで繋がりたいんだが……いいだろ？　ディア・マイスィート……」

髪のなかに指を挿し入れられ、まるで本当の恋人にするかのようにいとおしげな仕種で抱きしめられる。指に指を絡められて、その手を口元に寄せられて手のひらに口付けられた途端、頭が真っ白になってしまう。

「かわいいディア。おまえがいない世界なんてもう考えられない。ずっといっしょにいて、そのかわいい唇で俺の名前を呼んでくれるだろ？」

名前を——。ディアは真っ赤になったまま、混乱した頭にクロードの言葉をくりかえした。昨日このニセモノの恋人を頼まれたときに、名前で呼べと言われたことが頭を過る。なんだかわからないけれど、いま、名前を呼べと——そういうことかしら。

「く、クロードさ……ま……あ、あの……」

クロードの腕のなかでディアは顔をあげることすらままならないから、いったいなぜ、クロードがこの芝居を始めたのか、いまいちよくわからなかった。わからなかったけれど、

「ディ・ア——」

低い声で名前を呼ばれて、心臓が大きく跳ねる。

クロードの声。

いとおしさを堪えきれないとでも言うような——やさしくも甘やかな囁き。

ただ名前を呼ばれただけなのに、なぜこんなにも動揺させられるのだろう。ディアは自

分で自分がわからなくなって、どきどきと速まる鼓動に早く静まってとひたすら祈るしかなかった。抱きあって密着しているのだから、クロードには自分の動揺など手に取るように知られているだろうに。そう思うことさえ、羞恥が湧き起こる。

『その様子じゃ恋人がいたことないんだろう』

昨日指摘されたこと、王子に小馬鹿にされてからかわれたことが思い出されて、できればいますぐ心臓を止めてしまいたい。そんな衝動に駆られてしまう。

ぎゅっと目を閉じて消え入りたい心地に耐えていると、目元にやわらかいモノが触れ、次に唇に触れた。

「ディア？　そんなに固く目を閉じていたら、いとしいおまえの瞳が見えないじゃないか。俺のために、その愛らしい菫を咲かせて見せてくれないかな？　ん？」

「だって、でん……クロードさま、わ、わたし……んふぅッ」

ふるふると頭を振って無理だと伝えたところで、また唇を合わされた。しかも今度は話そうとして唇を開いたところに、ふるりと舌の侵入を許してしまう。

「あ、んぅ……ふぅ、ン」

舌先で歯列を辿られると、それだけで喉の奥がきゅんと切なくさせられてしまう。

やだ。こんなの……軀に力が入らない。

ディアはクロードの舌に舌を弄ばれたまま、がくがくと腰が崩れる感覚に慄然とした。

「は、ぁ……や、もぉ、わた、し……」

「もっと？　ディア……おまえのその感じてるときのかわいい顔にお強請《ねだ》りされると、俺もつい聞いてやりたくなってしまうな……このお強請り上手なかわいこちゃんめ」

くすくすと笑う声に、ディアがもうどうしたらいいのかわからないまま困惑していると、

「か、感じてるとき……!?　で、殿下、その娘は何なのです？」

見知らぬ上品そうな声がした。すると、呼応するかのように、ふん、とディアの頭の上で、クロードが鼻で嘲笑《わら》う。

「……無粋な女だな。何しに来た？　この図書館塔に用があるなら、先に副館長を通して許可と予約をとってくれ」

「で、でも私はその……殿下の婚約者としてどうかと王妃さまにお話をいただいてうかがったのです！　なのにそんな司書の娘なんかと～破廉恥ですわ！」

破廉恥――。

その言葉でディアはようやく、甲高い声で言われているのが自分のことだと気づいた。

身じろぎしようとすると、クロードの手がとても大事な宝物をかき抱くときのように、さすりながら背中から肩へと動く。大きな手の感触に、ディアはまるで自分が本当にクロードの大事な恋人かなにかのような錯覚を覚えて、どきりと心臓が大きく跳ねる。

違う――これは演技なんだから。

必死に自分に言い聞かせるディアをよそに、王子は演技を続けて見知らぬ娘に言い放つ。

「おまえはいったいここに何しに来たんだ？」

「……わ、私……！　失礼いたしますわ！」

クロードの冷ややかな物言いに、娘はどうやら耐えられなかったらしい。というか、もしディアが言われるほうだったとしたら、あるいは泣いてしまうかもしれない。そのぐらい、クロードの冷ややかな態度には威圧感がある。引きこもりでも、こういうところは、さすが王族だ。などと、頭の片隅で冷静に考えてしまう。

「きんきん騒いでヒステリックな女だ。はぁもう母上ときたら、どうしてこう……」

「殿下殿下、わたしの上で頭を抱えてないで、そろそろどいていただけませんか？」

ディアは襟を大きく開かれて乱されたまま、ソファに寝転んでいる。この状態をどうにかしたくても、クロードがスカートに膝をつき、ディアの顔の横に手をついているものだから、身動きがとれないのだった。

ディアとしては頑張った。

クロードの甘い攻撃に陥落寸前になりながらも、悲鳴をあげたり、昨日のように気を失ったりしなかった。さらには名前を呼べという暗号めいた要請もどうにかこなしたのだ。

クロードの希望はすべて満たしたはず――。そう思ったのに、早くどいて欲しいと言うと、クロードはあからさまに嫌そうな顔になった。

「ディア、おまえは――どうしてそうあっさりしてるんだよ。もう少し、情事の名残というか、甘やかな雰囲気を残すという感覚をもてないのか？」

「情事の名残……」

そんなものは、もちろんあるに決まっている。

胸元に口付けられた感触はいまもまだ生々しく、肌の上に残っている。

それだけではない。王子が囁く甘い言葉に、ディアはまだくらくらと、まるで酩酊したときのように、眩暈を覚えている。頭のなかがどろどろに蕩けて、甘い蜜の誘惑に心も躯も融《と》けてしまいたい——そんな心地にさせられているのだ。

クロードが指摘したように、いままで恋人のひとりもいなかったディアには、あまりにも危険な誘惑過ぎて、正直どうしたらいいのかわからないほど。

友人のノーラが言うように、ディアも口では結婚したいと言っていたけれど、その中身がどんなものなのか考えたことはなかった。

もっと淡々としたもの——たとえば借金するときのように、借用書にサインをすれば終わり。そんなものだと思っていたし、ノーラの婚約者のように、年齢も適度で、爵位もある成功した青年貴族がさっと現れて、ディアの苦しい生活をすべて変えてくれる。そんな憧れを抱いてはいたけれど、その妄想のなかにはこんな頭の芯まで蕩けてしまいそうな感覚というのはなかった。なかったのだけれど——。

ちらりと膝立ちのまま自分を見下ろすクロードを見て、ディアは自分の心臓がとくん、と高鳴るのがわかった。

あの、甘い言葉は危険だ。

ディアの頭のなかで、警鐘が大きく鳴り響く。なのにもう一方では、あの、甘い罠に落ちてしまいたい――。

そんなふうに強請る自分がいる。

自分がこんなにも睦言《むつごと》めいた甘い言葉を求めていたなんて――。

ディアは自分で自分がわからずに怯えてもいた。

今日は本の整理をすると決めていたのに。ディアは自分の腕で自分の軀をぎゅっと抱きしめると、きっとクロードを睨みつける。

「殿下、本の整理を続けますよ！　下りてくださいませ！」

目下の、しかも女にこんな口を利かれたことがないのだろう。クロードが茫然としたところを、ディアは無理やり押しのけて、床に落とされたリボンを拾いあげると、乱れていた身なりを整えた。

甘い言葉なんかより借金の返済のほうが大事に決まってる。それに本の整理だってしてあげたいし、見知らぬ本と出会えるのは楽しい。たとえ探している本がないにしても。

ディアが気合いを入れ直して見様見真似で王子が分けていた山に本を分け始めると、クロードもやれやれとでも言うふうにため息をついて、本の仕分けに戻る。そうしてしばらく作業に没頭し、ディアが一冊の古い本を分けたところでクロードが声をあげた。

「あ、ディア。その本はダメだ。別にしておいてくれ」

「え、あ、はい……ダメって、どういうことでしょう？」

「こういう紙の本は華奢で、分類の紙を貼る場処もないからな。ちょっとこっちへ来い」

王子に手招きされて、ぐるりと時計回りに円形の最上階を歩くと、その一角に巨大な本棚がいくつも厚い壁のように並んでいた。

「こ、れは……?」

ディアがわけがわからない顔をして問いかけると、王子はそばにあった分類棚からカードを無造作に引き出した。なにやら本のタイトルらしい文字と、どういうわけだかわからないけれど、規則正しくところどころに穴が空いているカードのようだ。

「このカードは分類別に入っている。これをこちらの機械に入れて、と——ディア、その本棚についているハンドルを回してみろ」

言われて、まるでどこかの工場の得体の知れない機械についているような大きなハンドルに手をかける。

自分の力で回るのかしら。そう思ったけれど、意外なことに見た目の厳《いか》つさとは正反対に、ハンドルは軽く回った。カラカラカラカラ、ガタンと音がして、王子が本棚の向こうに手を入れると、小さな革の鞄を手で持ちあげる。

「稀覯本のなかでも、格別珍しい本や、普通に棚に入れるだけだと装幀がすぐに傷んでしまいそうなものは、こうやって管理してるんだ」

こうやって管理してるんだ。

そう言われてもいまいち何がどうなってるのか、ディアにはよくわからない。

巨大な工場の巨大な機械で作られたものが、いまディアが着ているブラウスの布地だよ。

と言われてもよくわからないのと同じだ。

「えーっと……このカードをこの機械に挿しこむと、このカードに書かれた本が出てくると——そういうことですか？」

「そういうことだ。なかなか理解が早いな。革鞄に入れてしまうと、背表紙が見えなくて本が探しにくくてな。業者に頼んで特注で作ってもらったんだ」

「ふわぁあ……すっ……ごい！　すごいです、殿下！　これは本当に便利ですね！　こんな機械が作れるなんて——確かに装幀の弱い本の整理にはとてもよさそうです！」

ディアは思わずはしゃいで、クロードの手を取った。

自慢げに機械を紹介したクロードとしても、瞳をきらきら輝かせていっしょに本の話で盛りあがれるとあってまんざらでもないらしい。目元をさっと赤らめて、話を続ける。

「ディアはあまり機巧《からくり》機械の類を見たことがないのか？　新しい自動車も電話も電灯も便利なものだぞ？　それに——」

「殿下、あの奥にある扉のようなものはなんでしょう？」

いつもいる場処から離れると、見える景色も違ってくる。

ディアはそのとき初めて、温室の濃厚な緑の向こうにもうひとつ、門なのか扉なのか、四角い暗闇を覆うものに気づいた。

やはり門だろうか。

鉄でできているらしい頑丈そうな格子と蔓《つる》文様の飾りを見て、ディアは小首を傾げる。

「あれか。あれはな……エレベーターだ」

「えれべーたー？　——ってなんですか？」

「そうかおまえ、だから螺旋階段を上ってきたのか。ようは昇降機のことだ」

「しょーこーき……」

ディアがわけがわからないと言わんばかりに言葉だけくりかえすと、クロードが苦笑いして、ぽんと、まるで子どもを慰めるようにディアの頭に大きな手を置いた。

「ディアおまえな……古い稀覯本だけじゃなくて、もっと最近の——恋愛小説でも読んだらどうだ？　そろそろエレベーターぐらい扱っている本が出てると思うぞ」

しょうがないなぁ。そう言わんばかりのクロードは、初めて見る表情をしている。

冷たい顔。甘やかに誘惑する顔。少し照れた顔。人をからかう企み顔——。

昨日初めて会ったばかりなのに、クロードはずいぶんといろいろな顔をディアに見せてくれる。

それはなんだか、うれしい。

そう思って、次の瞬間ディアはなんでそんなことを思うのだろうと首を傾げてしまう。それでいて、しょうがないやつだなと苦笑いするクロードの顔から目が離せない。自分で自分がますますわからない。

「一度乗せてやるから、こっちへ来い。ほら……」

手招きされて、門らしきもののそばへ行く。

鉄格子のなかをのぞきこむと、床はなく、ぽっかりと暗闇が広がっている。怖い。びくりと後ずさろうとすると、クロードの大きな手に肩を抱かれた。すると恐ろしさがあっというまに遠離って、むしろ触れられている肩が熱く感じる。

クロードのほうはなんの気ない仕種としてやっているのに――。

触れ合うたびにいちいち動揺してしまう自分が、ディアはなんだかいやだった。

「さっきの女が乗って下がったままだからな。ちょっと待て」

そういって、門脇の壁に埋めこまれた小さな扉を開き、なにかのボタンを押すと、暗闇のなかから、がたんという音が響く。しばらくすると、チン、というあの謎の軽い金属音がして、扉の向こうに小さな部屋が現れた。

「あ……これ」

「さ、どうぞ。菫の瞳のかわいい姫君」

クロードが仰々しい仕種で、ディアの手の甲に口付けて、小さな部屋へと誘《いざな》う。

知り合ったばかりで言うのもなんだけれど、こういうところが、妙に如才《じょさい》ないと思う。あれだけ女性を嫌悪するような言葉を吐きながら、ときにはこんなふうに紳士的にもふるまえる。

謎ばかりだ、この王子は。ディアはじっとクロードの顔を見て考えてしまう。

「ディア？」

うっかり考えに耽《ふけ》って動きを止めてしまっていたのだろう。ディアは慌ててクロードのあとについて、小さな部屋へと入った。なにやら数字が書いてあるボタンがたくさん並んでるところから、クロードが『F』というボタンを押した。とたん、がたんっと小部屋が揺れて足下が覚束なくなる。というか、ふわりと気持ち悪く体が浮いて——。

「ひゃっ……なに？」

ディアは思わず王子にしがみついていた。くすりと頭の上で笑われて、そっと抱き寄せられたことにも気づかないまま、ディアは怯えてしまう。

「殿下、この部屋、変なふうに揺れます……！　わっ壁が動いて！」

前を見れば、木枠に嵌めこまれたガラス窓の向こうで黒い壁が、すーっすーっと流れていく。

「……大丈夫だから、ディア。怖かったら、こっちを向いてごらん？」

なだめるような声とともに顔をクロードのほうへと向かされる。とたんに眼鏡をかけた顔が目に入り、歪んだガラスの向こうで、青灰色の瞳がやさしく微笑んでいた。

「ね？　こうしていれば怖くないだろう？　それにな、壁が動くのを見ていると、たいていの人は気分が悪くなってしまうんだ。だからあまり部屋の外のものを見ない方がいいんだよ、かわいこちゃん？」

「はい……殿下。承知……いたしました」

いつになくやわらかい微笑みにディアがじっと魅入られていると、がくん、という音と、チンという音とが同時に聞こえた。

「ほら、エントランスフロアだよ、ディア」

「クロード？　あなたいったいなに、して……」

楽しそうな声と茫然と非難する声が同時に聞こえた。その瞬間、クロードの顔に浮かんでいたやわらかな笑顔はさっとかき消される。端整な顔は眉根を険しく寄せて傾く。

「でん――んんっ!?」

殿下とそう呼びかけようとしたのに、言葉は封じられて出てこなかった。

「んん～～！」

乱暴に唇を押しつけられているせいだろう。眼鏡が当たって痛い。ディアはそう苦情を言いたくて、どんどんとクロードの胸を叩く。苦しい。痛い。

「菫の瞳のかわいこちゃん？　前にも言ったけど――おまえが俺の名前を呼んでくれるときの声が好きだよ……ディア」

含めた物言いに、ディアはあっと思った。名前を呼べということらしい。

「く、クロード……さま、あの……」

ちらり、とエレベーターの外を見れば、白と黒の大理石の床の上にかわいらしい少女が目を瞠って身を震わせていた。小さな頭に大きなリボンをつけて長い亜麻色の髪をまとめている。

少女の観察に気を取られて、不意をつくようにちゅっと頬に口付けられるのに、反応できなかった。顔を真っ赤にして、ぱくぱくと口を開いて、気が遠離りそうになる。

「クロード、私、王妃さまからあなたの婚約者にならないかと言われてきたのだけれど、これはどういうことなの？」

「リネット、それはこっちの台詞だ。母上にはまだそんなつもりはないと伝えてあるのだからな……このディアのことは言ってないが」

名前で呼び合う少女と王子をディアは見比べて、状況を把握しようと試みる。

「王妃さまはご存じよ。昨日、塔を訪れた娘が泣きながら訴えたみたい。それで王妃さまは貴族でもない司書の娘なんか、絶対にあなたの婚約者にさせないとおっしゃって、私にまでお話を持ってらしたのよ」

リネットと呼ばれた少女は淡々と話していたけれど、ディアと目が合うと、顔を真っ赤に染めた。ディアはまだクロードの腕に抱かれたままだし、細長い指はディアのはちみつ色の髪を弄んでる。確かに恋人同士に見えるかもしれない。

——ニセモノに過ぎないけれど。

「ディア？　悪い……リネットの言うことなんて気にする必要はない。俺はかわいいおまえが欲しい。俺のかわいい菫ちゃん……その愛らしい瞳に俺はもう夢中なんだからな？」

「は？」

顎に指を伸ばされたかと思うと上向かされ、「あ」と思う間に口付けられていた。

「ん……ふ、ぁ……」

唇を塞がれたあと、ちゅ、ちゅと音を立てて唇を啄まれる。人が見ているというのに、お構いなしに唇を吸われて、びくりと躯が震えてしまう。立っていられない――。

「や、あ……で、クロー……ドさま、待っ……ッ」

殿下と呼びかけようとして、ディアは慌ててクロードと言い直す。さっき殿下と呼ぼうとして唇を塞がれたことを考えれば、きっと正しい判断だったと思う。

「ディア。ディア・マイスィート……焦らしてばかりいないで……もう我慢できないよ？かわいい菫ちゃん、ふたりきりになったら……」

甘い言葉に躯の奥が震える。

ふたりきりになったら、どうだというのだろう。

さっきのように、リボンを解かれてブラウスのボタンを外されてしまうのだろうか。

それはそれで正直に言うと怖い。怖いのに、甘い言葉に流されてしまいたい。そんな気持ちが心の奥底に垣間見えてしまうことが、ほかのなによりも怖い。

「く、クロード……あ、あの……本気、なの？　そんな……」

はっと我に返って、リネットのほうへ目を向けると、リネットはさっきよりもさらに真っ赤になりいまにも泣き出しそうな顔で固まっていた。

「リネット……悪いな。そういうことなんだ。ふたりきりにしてくれるな？」

その物言いはさっきやってきた娘に向けた言葉よりはずいぶんとやわらかい。それでもリネットはひどく衝撃を受けた顔をして、ぶるぶると震え出したかと思うと、何も言わないまま、ぱっと身を翻して去っていってしまった。

「はぁ……行ったか。まったく母上にも困ったものだ」

そう言いながらもクロードはディアを腕に抱きしめたまま。

「それだけ殿下のことを心配なさっているのだと、思いますよ……一応」

クロードが操作盤のボタンから『R』という文字を押すのを見て、ディアはびくりと少しばかり身を硬くした。さっきのふわりとした気持ち悪さを思い出して、思わずクロードの腕を握りしめる。

「一応とは何だ。一応とは——まぁ、そうだな。うん……やっぱり一応かもはしれないが、ディア？」

小部屋がまたがたんと動き出したから、ディアはぎゅっとクロードの腕に強くしがみついてしまう。まるで大木にしがみつく小動物のようだ。

「うぅ……な、なんでしょう、殿下」

目を閉じて必死にクロードの腕をよりどころにしている様子が、どうやらおかしかったらしい。くすくすと笑い声が降ってきて、ディアはいたたまれなくなった。

「おまえ、怖いのか！」

「だ、だってこんなの、わたし初めてで……だからその……わ、笑うなんていくら殿下でも失礼ですよ!?」

必死になって言い訳してみても、クロードの腕にしがみついている身。

あまり説得力はない。むしろさらに笑いを誘ってしまったようで、触れ合っているところから振動が伝わってくる。

「いやそうはいっても……そんなに怖いか、これ？　別にとって食われたりしないんだぞ、かわいこちゃん？」

からかうようにいわれて、かぁっと頭に血が上る。

「べ、べべべつに、怖くなんてないですよ。平気です。ひとりでだって乗れますよ。あの長い螺旋階段を上らなくていいんですから便利ですよね！」

精一杯の虚勢を張ってみたところで、くっくっと堪えきれない笑いとともに肩に頭をつけられた。

「かわいいディア？　そんなに無理する必要はないぞ？　おまえが螺旋階段をぱたぱた上ってくる姿はなかなか愛らしい。見られなくなるのは残念だしな」

「あ、愛らしくなんかないですよ、わたし！」

そこまでいったところで、チン、といつもの軽い音を立てて、小部屋が——エレベーターが止まった。光溢れる最上階の楽園に戻ってきて、ディアはその美しさにしばし目を奪われてしまう。

「ディア？　気分でも悪くなったか？」

「え、いえ大丈夫です。この図書館塔は華麗なだけでなく、美しいなと思って……まるで、楽園のようだなって」

「楽園ねぇ……おまえみたいなのは、これだけ本があれば、それだけで楽園なんだろ？」

くすりと笑われて、額を軽く小突かれた。

「う。それはまぁそうなんですけど……でも昨日最上階まで上ってきたとき、円天井から光が降ってきて、南国の植物の大きな葉っぱが重なり合って見えて——そのなかに……」

クロードがいたのだ。

ソファに悠然と腰かけて、片手には大きな革の装幀の本。

後ろでリボンにまとめられた黒髪がさらりと流れて、眼鏡の奥で明るい青灰色の瞳がじっとディアのことを見つめていた。

物事の真実を探ろうとする賢者のような理知的なまなざし。

この本ばかりある塔そのものの化身のように思えて、まるで本の国の王子さまのようにディアには見えた。思い返すだけで、目が合った瞬間のことが鮮やかによみがえる。

「ディア？　どうした？　今日は本の整理を頑張るんじゃなかったのか？　朝から邪魔が入りっぱなしだからな……」

『何だおまえはいったい……帰れ！』『女の司書の手伝いなどいらない。とっとと出て行け』——そう拒絶されたときの顔はあんなにも冷ややかだったのに、いまのクロードからはそんな気配は感じられない。むしろ、好意すら感じられる。

好意——!?　ディアはそこまで考えて、頭をぶんぶんとふった。

「おい、本当に大丈夫か？」

好意だなんてそんなこと、絶対にない。

ニセモノの恋人らしくふるまうには、つんけんと距離をおいていたら怪しまれるからに違いない。あるいは百歩譲って本当に好意があるにしても、それは同じ本好きに抱くようなものだろう。決して個人的な好意ではないのだから——。

誤解しちゃ、ダメ。

「な、なんでもありません。さぁやりましょう！」

ディアは無理やり声を張り上げ、本の整理に意識を集中しようと試みる。

いつもなら大好きな本の整理なのに、このときはなぜだか強く自分に言い聞かせなくてはならなかった。

† † †

翌朝、ディアは図書館塔にやってきて、裏口にクロードが誰かといることに気づいた。

内容は聞き取れないまでも、話し声がときおり風に乗ってやってくる。

防犯目的なのかもしれないけれど、塔の周りには身を隠すところがない。いつもは裏口を使っているのだけれど、クロードを避けて表に回るべきか。

そんなことを考えていると、ふと話し相手はドレスを纏う令嬢だと気づいた。

「昨日塔に来ていた……」

亜麻色の髪のかわいらしい少女。確かリネットとか呼ばれていた貴族のご令嬢だ。

ふたりが話すところはなにやらいわくありげで、少し様子をうかがってしまったあとではなおさら話しかけにくい。どうしよう。このままでは定時出勤に遅れてしまう。

それでもふたりの前に顔を出す勇気を持てないままでいると、クロードはリネットをそっと抱きしめて、よくわからないけれど、口付けているようだった。

まるでいまのふたりこそ、恋人同士のように。

そう思った途端、胸がちくりと痛んだ。

唇をへの字に曲げて、ディアは図書館塔の壁に背を押しつけて空を仰ぎ見る。晴れやかな初夏の風を受けて、ディアの深いはちみつ色の髪がふわふわと揺れる。

「殿下は本当に女嫌いなのかしら――」

思わずひとり言を呟いて、ディアははっと我に返る。

「ううん。本当はどういうことだってわたしには関係ないのよね」

そう言いながらなぜか、ため息が漏れてしまう。

ぱたんと扉が開閉する音に気を取られていると、リネットが王立図書館の本館のほうへ歩いてゆくのが見えた。ということは、クロードはもう図書館塔のいつもの定位置――最上階へと向かったところかもしれない。

「うん……わたしはなにも見なかった。わたしには関係ない――行かなくちゃ」

ディアはこぶしを胸でぎゅっと握りしめて自分に言い聞かせると、深呼吸をひとつ。

何事もなかったかのように、裏口の扉を開けて、図書館塔を貫く二重螺旋の一方の階段を上っていった。


「とりあえず装幀の弱そうな本からやるんですよね？」

「そうだな。先日みたいにうっかり積み本の山を崩すと、装幀が弱かったり傷んでいる本はダメになりかねないからな……あまり傷みがひどい本は専門の修復士のところに修理に出しているんだ。見つけたら別に分けておいてくれ」

「はい、殿下。承知いたしました」

ディアの返事をきっかけに、クロードとディアはきっぱりと仕事整理モードに入ってしまった。カートを引き寄せるときのカラカラという音と、ときおり噴水が上がる音。それに背の低い書棚に置かれた大きな置き時計の振り子が動く音。それだけが光降り注ぐ静かな楽園に響く。

ディアはちらりとクロードに目を向けて、複雑な気持ちになってしまう。

リネットが来たときのクロードの態度は、ほかの娘のときと明らかに違っていた。

もしさっき見たのがなにかの間違いではなくて、本当はふたりは恋仲なのだとしたら、ディアがわざわざニセモノの恋人をやる必要なんてないはず。そんなことを考えてしまうけれど、涼しい顔をして作業をするクロードに、聞けるわけもない。

「ディア、手が止まってる」

「は、あ、す、すみません！」

非難がましい鋭い目線に、びくりと緊張をよみがえらせる。

クロードが本の山の中から順にカードを作り、テーブルの上に置かれたタイプライターを兼ねているらしい専用の機械で、分類の穴を開ける。するとディアがカードの挟みこまれた本を革鞄に入れて、機巧《からくり》のある本棚にしまいこみ、カードを分類棚にしまっていく。

流れ作業だから、手早くやっていかないと、じろりと睨みつけられてしまう。

ちゃんとお給金分の働きをしなきゃ。

ディアはいま一度気合いを入れて、別の本の山に取りかかる。そうして作業を続けるうちに、今度は没頭してしまった。ふたりして黙々と作業を続けるところにまた、チンという軽い音が響いたことにも気づかないまま。

「ディア……マイ・ハニー、ちょっとこっちにおいで？」

そう言われてクロードに手を引かれた途端、よろけて本を抱えたまま盛大に転び――はしなかった。腰をがっしりした手で掴まれ、そのままゆっくりと床に下ろされる。

「かわいい菫ちゃん？　本も大事だけど、かわいいその顔が床に激突するのを見るのは忍びないよ？　ん？」

「殿下――あ！　く、クロードさまあの……またどなたか殿下の婚約者候補のお嬢さまがいらしたんでしょうか？」

ディアはようやくクロードの言葉に何が起きているのかを理解して、ひそひそと話しかける。対して王子はエレベーターがあるほうを気にしながらも、ディアが大事に抱えていた本を取りあげて床に置き、しぃっと言わんばかりに指を唇に押しつけてきた。

最上階の隅っこ。

壁に背をつけて座るところに王子が膝をついてディアの軀を覆うと、一見睦み合いをしているように見えなくもない。

「いや、おそらくどこかの娘じゃなくて、もっと用心したほうがいいのがきたようだ」

「用心したほうがいい……の？」

ディアはわけがわからずに、零れおちそうに大きな菫色の瞳をさらに大きく瞠った。

そこに響いてきた声は、確かに甲高い悲鳴でもかわいらしい声音の非難でもなかった。

「クロード！　ここにいるのはわかってるんだぞ。いますぐ出てこい！」

低い声が訳知った調子で張り上げられる。恫喝《どうかつ》するような男の声。ディアは軀をびくりと震わせて、クロードの服をぎゅっと摑んだ。その無意識の動きに、クロードが眼鏡の奥で瞳を鋭くさせたことにも気づかないまま。

「ランドルフ……もう少し上品に入ってきてもらいたいものだ。俺のかわいい菫ちゃんが怯えてしまう。ディア、大丈夫だ。こいつはこれでも一応公爵家の跡取りなんだが……おまえに何か危害を加えようものなら、俺が守ってやるからな」

俺が守って――。

ディアは目を瞠って、クロードの青灰色の瞳を見つめた。

本当に、どんな苦難からもクロードが守ってくれるなら、どんなにいいだろう。

そんな、祈るような想いが頭を過り、けれども同時に儚い夢だとも気づいていた。

たとえいまだけの小芝居の言葉に過ぎなくても、クロードの言葉にディアは少しだけ慰められる。抱きしめられる腕の温かさを感じながら、肩かけが少し乱れている広い胸にディアはそっと顔をうずめた。

「その女は何だ……クロード。昨日、うちの妹は泣き腫らした目で帰ってきたんだぞ⁉ クロードなんかに傷物にされて……王妃殿下からの下命《かめい》だからと思っていたのに」

「むしろ母上の手当たり次第を非難してくれたほうがありがたいんだが……リネットは勝手にショックを受けて帰っただけだ。婚約なんてするつもりはないし、迷惑なんだから、おまえもとっとと帰ってくれ」

まるでまるめこんでゴミ箱にぽいっと放り捨ててしまうようなあしらいだった。

対してランドルフと呼ばれた公爵家の御曹司——ランドルフ卿《きょう》とディアが呼ぶことにした赤い髪の青年は、クロードにいたくご立腹のようだった。

「リネットはおまえの婚約者としてもったいないぐらいだろう？　気立てはもちろんのこと愛らしい相貌、身長差だってちょうどいい。持参金は十分なほど付けてやれるし。リネットの支度なら、いま流行りの仕立屋にウェディングドレスも注文してやらないと」

「だからランドルフ、注文はいらない。俺はリネットと結婚はおろか、婚約するつもりもないとそう言ったんだ。いいから人の話を聞け」

「シスコン……」

王子が呆れて拒絶の言葉を吐いたのと、ディアが茫然と呟いたのはほとんど同時だった。

「いま誰かシスコンとか言わなかったか？」

クロードは慌ててディアの口を大きな手で覆う。むぐ。「わたしが言いました」と言いそうになったディアの口元をクロードが覆っているから、ディアは隣で膝をついているクロードを上目遣いに見やることしかできない。

ランドルフと呼ばれた青年は赤い髪に少し垂れ目気味だけれど、甘やかな風貌をしている。クロードの鋭い物言いにディアは身を竦めてしまうけれど、どうやらランドルフは他人の言うことはあまり気にならない性格らしい。王子の言葉などどこ吹く風。自分の世界に酔ったように言葉を続ける。

「リネットはかわいい。性格ももちろんかわいい。くだらない男どもなど、いままで蹴散らしてきたのだが、王妃殿下の要請だからな。それで婚約の日取りだが……」

「黙れとっとと帰れおまえこそ馬に蹴られてどこかに飛んでいけ。うるさいし、人の話は聞かないし果てしなく迷惑だ。俺はリネットとは結婚しない。恋人がいるんだからな」

「恋人……？」

そこで初めてランドルフは、クロードの腕のなかにいるディアに目を留めたらしい。

「正気か、クロード。リネットからも聞いていたが……王妃殿下は、庶民の司書の娘など、おまえの結婚相手としてふさわしくないとおっしゃっていたぞ」

その言葉にクロードの瞳がすぅっと眇められるのをディアは見ていた。

黒髪眼鏡の王子はディアの華奢な軀を腕のなかに抱えこむように抱きしめると、指に髪を絡めながら、ディアの深いはちみつ色した金髪に顔をうずめた。ちゅっと髪に口付けられる音が静かな図書館塔に響く。

さすがにそろそろ慣れてもきたのだけれど、やはり人前でされるのは恥ずかしくて、顔が真っ赤に熱くなる。しかし強く抱きしめられる腕の感触に、抵抗してはいけないと言われている気がして、どうふるまったらいいかわからない。

「く、クロードさまあの、わたし……」

「ディア、俺のかわいい本好きちゃん？　何も……心配しなくていい。リネットとは結婚も婚約もするわけないからな」

『何も……心配しなくていい』——なんて心に沁《し》みる言葉だろう。

かりそめの言葉だとわかっていても、ディアは思わず目を閉じて噛みしめてしまった。

「……はい。クロードさま」

もし本当のディアに何も心配しなくていいなんて言ってくれる人がいたとしたら、ディアはきっとこんなふうに答えた。だって王子が言う言葉はディアの願望そのものだ。

本当のディアに言ってるわけでもない。

本当の恋人として言われてるわけでもない。

それでもやっぱり、ディアはクロードの言葉を聞くと、心が震えるのを感じてしまう。

いつか誰かが、いまクロードが言ったような言葉を甘やかに囁いてくれて、ディアを花嫁に娶ってくれるのだ。そう信じたい。希望を捨てたくない。できれば、三十も年上の金貸しなんかに嫁ぐのではなくて。

そんなことをディアが考えている間にもディアを慰めるようにクロードは髪や耳に口付けていた。その仕種に、ランドルフが眉を跳ねあげて、少し怯むような表情を見せたのだけれど、目を閉じていたディアはもちろん知る由もない。

「ほら、ランドルフ。そんなしょっぱい顔をしていないで、不快な顔をするぐらいならとっとと消えろ。おまえは邪魔者だ。いますぐ帰れ」

「……リネットの何が不満なんだ、クロード」

「本が好きじゃないところに決まってるだろ」

即答だった。

ようやく目を開けてランドルフを見れば、ぐ、と言葉に詰まっている。

さっきの調子では、まだ言い返してくるのではと思ったけれど、意外なことにランドルフはそのまま踵《きびす》を返して温室の向こうへ――エレベーターのほうへと去っていった。

あとに残ったのは、もちろんディアとクロード、ふたりきり。

静まりかえった天井高い空間に、ぷしゅっという噴水の音がやけに大きく響く。

あまりにも怒濤《どとう》のしゃべりを聞かされ続けて、毒気を抜かれてしまったらしい。

クロードはげんなりした様子で身じろぎひとつしない。だからディアも沈黙のままに、その腕に抱かれたままでいたのだけれど、不意に、はっと我に返った。

もう抱かれている理由なんかないのに――。

ディアはぐるりと体を回して無理やりクロードと顔を向かい合わせると、努めて明るい声で話しかけた。

「シスコンですよシスコン、殿下。ああ言うのがシスコンてやつですよね。わたし初めて見ました！」

「……ディア。そんなに何回もシスコンなんて言わなくていい。あれでも一応王族のはしくれだし、妹想いというのは、さして悪いことでもないんだからな……一応。昔から鬱陶しいことには違いないが」

クロードの話しぶりには呆れはてたなかにも思いをはせるような調子がこめられていて、ディアは思わずくすりと笑ってしまった。

「ふふっ、なんだ。リネットさまもランドルフ卿も、よくご存じの方なのですね」

「まぁな。ランドルフとは同じ歳だし、リネットも小さい頃からよくいっしょに遊んだ。あいつのリネット大事は本当に小さい頃からで……リネットはよく我慢してるなと子ども心にも感心していたものだ。いまもあんなのがいては結婚できないのではと心配にもなるが……あれでふたりとも仲がいいから、兄妹とはそういうものなのかもしれないな」

「殿下のところは……お姉さまがおひとりいたのでしたっけ？」

「ああ。うちはランドルフのところとは逆だな。お互いあまり相手に干渉しないし……少し歳が離れていたせいかな。逆にランドルフやリネットの方が兄妹みたいな感じだ」

「……それならなおさら、リネットさまは殿下の婚約者として相応しいのでは？」

王族に連なる公爵家のご令嬢。子どもの頃からよく知っていて、お互い気心も知れている。しかもクロードとしても、リネットに相手がいないことを心配しているなんて、婚約者としては理想の相手ではないか――。

客観的な立場にいるディアには、それが一番まるく収まるように見える。

唐突に朝見た光景がよみがえる。

そもそもふたりは恋仲ではないのだろうか。

ディアはそう言おうと口を開きかけて、つきんと痛む胸を押さえて唇を引き結んだ。

なにか問題があるとすれば、もしかしてさっきのランドルフこそが、ふたりの問題なのかもしれない。答えがないことに気づいて、どうなのでしょうと上目遣いに様子をうかがうと、クロードは秀麗な顔をものすごい形相《ぎょうそう》でしかめていた。

「リネット!?　馬鹿をいえ冗談じゃない！　リネットはな、本にまったく興味がないやつなんだ。しかも古い稀覯本は汚くて嫌とか――一度なんてあいつ、足下にあった本を気づかずに蹴飛ばしたんだぞ!?　十世紀前のこの世に五冊しかない本を……！　この本だらけの図書館塔に来るのにあいつはまったく積み本に注意も払わずに――!!」

「…………。それは、その……困りますね」

ディアはなんて言ったらいいかわからずに、そう答えるのが精一杯だった。

確かにそれはなんていうか……本好きとして許せないのもわからないでもない。うん。

ということはやはり今朝見たのは誤解なのだろうか。

さっきは確かに『リネットの何が不満なんだ』と聞かれて、『本が好きじゃないところに決まってるだろ』と答えていた。その場しのぎの言葉だと思っていたけど、どうやらそうではなかったらしい。

それともディアには言えない理由で、冗談じゃないと言ってるだけなのだろうか。

考えあぐねてちらりと秀麗な相貌に目をやると、クロードはにやりと悪巧みに成功した子どものような顔で笑っていた。

「まぁでも、ランドルフの乱入以外はいまのところ順調だな。ニセモノの恋人。我ながらやはり悪くない考えだったようだ」

「そうなんですか」

「貴族至上主義の母上のことだからな。『庶民の司書の娘など、結婚相手としてふさわしくない』か――いい調子じゃないか」

結婚を先延ばしにさせる作戦がうまくいってクロードはご機嫌らしい。

王妃殿下の愛情があまりにも王子と噛み合っていないのは、自分と母親を見ているようで、少し心が痛い。もちろんこの作戦のおかげでお金が手に入るのだから、ディアとしてはありがたいかぎりなのだけれど――。

『おまえに何か危害を加えようものなら、俺が守ってやるからな』

『何も……心配しなくていい』

甘やかな言葉を思い返すだけで、かぁっと顔から火が出そうになってしまう。

とはいえ、王子は女嫌いなのよね？

あるいはさっきのリネットさまとの仲を隠すための隠れ蓑に過ぎないのかも――。

うん、きっとそう。わたしが男女のつきあいに免疫がまるでないから、動揺してしまったけれど、いままでの睦み合いだって形だけなんだわ。

これからもそう――だから全然問題ない……はず。

ディアはそう自分自身に言い聞かせた。というか、そうでなければ本当に貞操の危機だと思う。ディアの心の裡《うち》を知っているのかいないのか。クロードは傲然とした表情で満足そうにうなずいている。

「今後もこの調子で頼むぞ、ディア」

「……そうですね。なんだか釈然としないモノもありますが、前金をいただいてることですし、残金を手にするために頑張りたいと思います」

正直に心情を述べたら、なぜかクロードは苦い顔になり、眼鏡のブリッジを押さえている。

「ディア、おまえな……いくら金目当てとはいえ、人を前にしてあまりにも正直すぎる物言いはどうかと思うな……」

「では明日は整理を進めて、余剰の時間で稀覯本を読むために頑張りたいと思います！」

ディアがきっ、と愛らしい顔を引き締めて言い直したところ、なぜか、クロードはディアの胸元に零れた後れ毛を指に絡めて、ため息を吐いた。

「……わかった。明日は本を読む時間を作ってやる……ディア——」

そう耳元で囁く甘やかな声が途切れたかと思うと、なぜか口付けが降ってきた。

「ふぇ？」

軽く触れるだけの口付け。

ふっと頬に眼鏡の縁が当たったかと思うと、金属が温かくなる前にすぐ離れていく。

「まったく本好きの菫ちゃんには参ったよ」

やわらかな笑顔でくすりと笑われる。

その青灰色の瞳が細められた端整な顔に、ディアだってこんなの参ってしまう——そう心の中でだけ呟いた。

† † †

「『俺が守ってやるからな』か——ふふっ」

ディアは帰り道を歩きながらも、クロードの言葉を思い出しては口元が緩むのを抑えられなかった。

もちろん本当に守ってもらうことを期待しているわけではない。それでも夢見ていた言

葉は甘いお菓子のようにディアの心に染み渡る。だから、

「ただいまー」

ふわふわしたいい気分で、自分の屋敷へ帰ってきた。

門構えは立派で、広い玄関ホールはまだ瀟洒《しょうしゃ》な雰囲気を残していたけれど、古めかしく由緒正しい屋敷は、中身は差し押さえやその場しのぎで家具などを売り払ったせいでがらんとしている。しかも廊下は灯りをあまりつけていないせいで薄暗い。そのなかをディアは歩き進み、食堂に向かおうとしたところで人影が近寄ってきた。

「姉さん、おかえり。遅かったんだね……なにかあったの？」

弟のルイスだ。

濃い金髪に鳶《とび》色の瞳。面差しはディアとよく似て愛らしい。まだ学校に通う身とあって、家にいないことも多いのだけれど、たまたま帰っていたらしい。

母に内緒で働きに出ているディアは、今日は友だちの家におしゃべりに出かけていることになっていた。もともと貴族の娘というのはそういうものだと考えているらしい母親は疑うことを知らない。一応ノーラに口裏を合わせてもらうように頼んであるから、外に働きに出ていることは、よほどのことがないかぎり発覚しないだろう。

けれどもルイスには事情を話してあったから、ディアはなにか問題があって帰りを待っていたのではないか。そう考えた。

「わたしは仕事先の都合だけど……ルイスこそ、なにかあったの？」

問いかけると、薄闇の中でもはっきりと弟の表情が変わる。

「実は……金貸しが利子の請求に来てて……父さんと話してるんだ」

「え？　今月の利子はもう払ったんじゃないの？　わたしちゃんと確認したわよ？」

「……それが僕の学校に納めるお金に母上が払ってしまったらしくて――姉さん、僕はもう学校辞めてお金は返してもらったほうが」

「バカね！　伯爵家の跡取りがいまどき学校を中退なんておかしいわよ」

ディアは声音を鋭くして、弟と向き合った。

「最初から家庭教師にしてるんならともかく、最近はみんな学校に行ってるんだもの。あなたが学校を辞めれば、ますますウィングフィールド家は困窮しているって噂になってしまうでしょう。大丈夫。姉さんに任せなさい」

一昨日、殿下からニセモノの恋人役の前金をもらっていてよかった。

ディアはクロードの気遣いに心から感謝した。ばん、とノックもせずに扉を開き、父親の書斎に入っていくと、弱り切った顔のウィングフィールド伯爵と太った年配の金貸しが驚いた顔をして、ディアを振り向く。

ウィングフィールド家が多額の借金をしているロイスダール金融会社の社長、ダレンだ。

「おやこれはこれは、私の未来の花嫁ではないか。いまちょうどおまえさんの話をしていたところで……」

ディアはダレンの話を遮って、ドン、と大きな音を立てて金貨が入った袋を置いた。

「三〇ベイル。今月の利子よ。帰ってちょうだい」

以前の伯爵家ならともかく、いまのウィングフィールド家にとっては大金だ。

どうやらダレンは今回こそは払えないと思っていたらしい。太って脂肪に覆われた目を大きく瞠り、袋から金貨を出して数えはじめた。

「ほう……確かに三〇ベイルある……しかもちゃんとした金貨だな」

金貨しは金貨を歯で確かめて、渋面《じゅうめん》になる。

当然だ。王室の小切手は銀行に持っていっても霊験《れいげん》あらたかで、しかもクロードは事前に連絡までしていてくれたらしい。

たかが十八かそこらの小娘が王子の小切手を持って銀行に現れたところで、なんでこんな小切手を持っているのだと疑われるかも――。

そう少しばかり怯えていたのだけれど、クロードの気遣いに救われた。銀行は下にも置かない扱いでお金を用意してくれたのだ。

「とはいえ、利子分だけだな。エルフィンディア嬢。私も早く男爵と呼ばれたいところなのだが……まぁいい。もうしばらく待ってやろうか」

ダレンはディアを物欲しそうな目で見つめる。

ぞっとした。こんな男と結婚なんて冗談じゃない。ディアはともすれば震えそうになる体を必死に押さえて、毅然《きぜん》とした声で告げる。

「ご用事が終わりでしたら、早くお帰りください、ダレン社長」

冷ややかなディアの言葉にふん、と鼻を鳴らして、ダレンは部屋を出て行く。

「ディア……おまえあんな大金どうしたんだ？　そんな簡単に稼げる額じゃないだろう」

「父上、大丈夫。変なお金じゃないわ。ちょっと仕事先の人に気にいられて――そう、気にいられて、たくさんのチップをいただいたの」

王族から下賜《かし》された小切手を換金したお金だ。

ディアの仕事内容はともかく、怪しい出所であるはずがない。

「ディア、すまない……私もいろいろと友人たちに頼んでるのだが……」

「ともかくルイスが学校を出るまでは頑張らなくちゃ。学校に納めるお金がなくなるとずいぶん楽になるわ。あと少しの辛抱なんだから」

ディアはまるで自分に言い聞かせるように呟いた。

自分の足下にぱっくりと口を開く、恐ろしい暗闇は見ないことにして――。

第三章　甘く甘く堕ちていく

ディアが図書館塔に勤め出して、あっというまに十日が過ぎた。

いまのところ何もかもが順調。

三日目以降も娘たちは塔の最上階をたびたび訪れてきた。

けれども王子が囁く甘やかな口説き文句とディアとの仲のよさを見せつけられると、あるひとりは顔を真っ赤にして去り、あるひとりは「やってられないわ、こんなこと！」と捨て台詞を吐いて去っていった。

「かわいい菫ちゃん？　おまえのその真っ赤に膨らんだ唇は俺を誘っているのかな？」

などと言われて口付けられれば、またひとつ汚されてしまった。と気持ちは沈む。

けれども眼鏡の奥から、青灰色の瞳に見つめられると、鼓動がとくんと不規則に跳ねるから、怖い。もっと王子と距離をとらないとダメだと決意する。

だから娘がエレベーターとともにいなくなると、囲いこまれた腕のなかから早々に抜け出さなくてはと後ずさったのに。

「かわいい菫ちゃん？　どうかしたのか、そんなしかめ面して後ずさりするなんて」

「いや、殿下……終わりです。もう誰もいませんよ？　仕事。仕事に戻りましょうよ。まだ整理していない本が山ほどあるんですから」

「俸給を上乗せしてやってるんだ。これだっておまえの仕事に違いないだろ？　ディア・マイスィート……おまえのその大人びているようでまだ何にも染まっていない菫色の瞳は、とてもおいしそうだ。——零れそうに潤んで俺を見つめて……俺をいつも誘惑する。つい食べたくなってしまう」

ちゅっと音を立ててクロードはディアの目元に口付ける。しかも口付けだけじゃなくてからかうように目元や頰を唇で啄んでくるから、くすぐったいのと恥ずかしいのとでくらくらと眩暈が止まらない。

こんなの、まるで恋人にすることみたいじゃないの！

「な、な……なにをして……！」

「抗うのか？　それとも今週はやっぱり上乗せ分はいらないということか？　もちろんそれなら俺は余分な金を払わなくて済むんだし構わないが……あ、そうか。俺のためを思ってそんな申し出をしてくれてるのか。かわいいやつだな、ディアは」

ありがとうと言わんばかりに、んーっとまた唇を寄せてくる。

「殿下のためだなんて違っ——わたし、給金上乗せは絶対に放棄なんてしませんから！」

ニヤリと眼鏡をかけた端整な相貌が人の悪い顔で笑う。

しまった！　と思ったときにはもう遅い。力の強い腕に引き寄せられて、唇を奪われる。

「んぅ……あ……」

さっきから何度も触れられたせいで鋭敏にさせられた唇はぶるりと甘く震える。

そのまま予定調和のように首筋に唇を這わされると、ディアは真っ赤になってどうしたらいいかわからなくなった。

「さ、触らないで！　や、待ってわたし……」

くらくらと甘い誘惑に搦め捕られて、身動きがとれなくなってしまいそう――。

「この期に及んで俺を焦らそうだなんて、悪い女だな、ディア。早くおまえを食べたくてしょうがないというのに――男心を弄んで、どうなるのか知ってるのか？　真っ赤な唇は、甘く俺を蕩けさせる果実のよう、濡れて震えて……すごくかわいい――ディア」

どうしよう。クロードから甘い言葉を囁かれるたびに心の奥底で何か見てはいけないものが息づいているのを感じてしまう。

見ちゃ、ダメ。もし見てしまったら――もう戻れない。

そんな予感に、ディアは怯えていた。

けれどもクロードはディアのそんな怯えなど知る由もない。

作戦はうまくいったからと機嫌良く後金を払ってくれ、ディアは今週分の前金も手にした。お金のことだけはディアも満足している。

目指せ、元本の返済！

持参金はマイナスです！　むしろください！　なんて言っていたら、いい相手が見つかるわけもない。自分の未来のために頑張って働かなくては。

この図書館塔での仕事を失うわけにはいかないと心に誓う。

と言っても、王子のおかげでディアの計画も順調だ。

これで来月支払われる王立図書館からの本来の給料を合わせれば、間違いなくいくらかは元本返済に回せる。クロードさまさまと言ったところだ。

そのクロードはと言えば、さっき電話という機械が鳴ってから、忙しくどこかとやりとりしだした。ジリリリリン、と楽園の静けさを打ち破る異音が響きわたると、ディアはぎくりと身を震わせて、音から逃れるように物陰に隠れてしまった。しかもクロードに見咎められて、「何やってるんだ、おまえ」なんて呆れられたばかり。

「ハロー？　こちら図書館塔最上階」

クロードは機械に向かって、まるでひとり言を話しているように見えて奇妙だ。

この電話という機械はコップのようなシャワーヘッドに線をつけたような物体で、どうやら遠くにいる誰かと話ができるらしい。

噂にだけは聞いたことがあったけれど、ディアはなかなか信じられなかった。それでクロードは王立図書館の副館長と連絡を取って、わざわざディアと話をさせたのだった。

いま、クロードは電話でずいぶんと複雑な指示を出したらしい。

長々とした電話を終えて、どこか考えこむような仕種で顎に手をつけていたかと思うと、ふっと時計を見た。何か約束でもあるんだろうか。ディアがそんなことを考えていると、ぱっとクロードが振り向いた。

「でかけるぞ、ディア。支度に王宮に戻る」

「あ、はい。かしこまりました。ではわたしはひとりで本の整理を進めておきますね」

いってらっしゃいましと頭を下げると、すぐさま鋭い声が飛んでくる。

「馬鹿か。でかけると声をかけるからにはおまえも行くに決まっているだろう！」

いや、そんなことは初耳なんですがと口答えできる雰囲気ではなく、ディアはやっていた作業を強制的に中断させられた。しかも、手を引かれてエレベーターまで連れられる。

「どこに、行くんですか——きゃっ」

ぐらりとエレベーターが揺れると、ディアはまだどうしても怖くて小さく悲鳴をあげてしまう。すると、するりと腰にたくましい腕が回されて、躯が密着する。これはちょっと恥ずかしい。なのに、下降の気持ち悪さがやってくると振りほどくどころか、ディアのほうからしっかりと、王子の腕にしがみついてしまう。クロードもそれをわかっているから、いっしょに乗るときは何も言わずにおののくディアの躯を抱きしめてくれる。

この関係はなんなのだろう。

ニセモノの恋人なんだから、人目がないときは別に普通でいいと思う。それともこれは上司と部下の普通のコミュニケーションなんだろうか。

ディアが市井の古書店で働いているときは知らなかっただけで。

「まだおまえはひとりでエレベーターに乗れないのか？　菫の瞳のかわいこちゃん？　機巧のある本棚は『便利ですね！』と絶賛していたくせに、エレベーターは別か？　ん？」

「そ、そんなことないですよ？　ちゃんと昨日だってわたし、カートといっしょに下の階に下りてですね……本の移動には便利だと思ってますもん」

「カートといっしょにじゃなくて、カートにしがみついていたんだろ？」

くすくすと見透かされたかのように笑われて、ディアは羞恥に顔を赤くした。

なんでわかったのかしら――。

からかうようなくすくす笑いに、なおさら顔が赤くなる。なのに、チン、と軽い音を立ててエレベーターが一階に着くと、なぜかディアは少しだけ残念な心地に襲われた。

「残念――？」

ふとディアは自分の思考に気づいて、ぶんぶんと頭を振る。

「ディア、どうした？　真っ赤な顔をして頭を振りまくって――行くぞ」

クロードの腕のなかにもっといたかったなんてそんなことないのに！

ディアは混乱しながらもクロードに手を引かれて、図書館塔の入り口で待っていた華麗な馬車に乗りこまされた。


辿り着いたところは王宮の一室だった。

「う、わぁぁぁぁっ⁉　なに、この部屋すごいです！」

見たこともないほど大きなシャンデリアが、きらきらと天井から下がっていた。

図書館塔の植物を模した飾りと違い、古典的ながらも正統派の豪奢さを兼ね備えた部屋は天井高く広々としている。しかも中庭に向かって開かれた大きなフランス窓だけでなく、壁の高いところに窓が切られているのが、やけに目に訴える。

壁の薄暗いところに歪んだガラスの光がゆらゆらと映り、光と影を芸術的なまでに美しく見せて、ため息が漏れる。

ほんのわずかな装飾も、その時代その時代の芸術の粋を極めているようで、壁にさりげなく施された百合の浮き彫り《レリーフ》も窓枠の曲線を組み合わせた幾何学的な飾りも精緻《せいち》にして雅やかで、さすがにここが王族の住まいなのだと思わされてしまう。

「おい、誰かいないか。早くディアの着替えを頼む」

クロードがいつになく張りのある声を出すと、ディアはどきりとした。

図書館塔にいるときとは違う人を従わせる強い力を感じて、隣に立つ上司にして王子を改めて見あげる。

見慣れてきた端整な顔が、やけに鷹揚《おうよう》さを帯びて、まるで別人のよう。

思わず目をしばたたいて唖然としていると、いつのまにか周りを人に囲まれていた。

「ええっ⁉　な、なに⁉」

ディアが動揺していると、五人、いや六人ほどのメイドたちが一斉にホワイトブリムをつけた頭を下げる。

「ちょっと失礼します」

そう言われ、苦情を言うまもなく、部屋の奥へと連れられてしまった。

「え、ちょっと待って……わわっ」

図書館司書の制服をあっというまに剝ぎとられ、肌着姿にさせられる。

伯爵家令嬢とは言え、ディアはこのところ身の回りのことは自分でする癖がついてしまっている。おかげで見知らぬメイドに肌着姿を見られるのが恥ずかしくて仕方ない。なのに、「ドレスと合いませんので」の一言で肌着さえとられ、胸に膨らみのついたビスチェを身につけさせられてしまう。その辺りでディアもようやく諦めがついた。

もうされるままになるしかない。

「お嬢さま、手を上げてくださいませ」

といわれ、光沢のある滑らかな布地を纏わされる。ひんやりした布が素肌に当たって、動揺に興奮した肌に少し心地いい。

やがて深いはちみつ色した髪を梳《けず》られ、「美しいおぐしですわね」などと持ちあげられながらもなだめすかされて結いあげられる。

化粧も念入りに施され、香水をふりかけられて――。

ディアは、まるで人形の支度が終わりましたとばかりにクロードの前に差し出された。

「うん綺麗になった……というか、かわいこちゃんが俺のために着飾ってくれてうれしい

よ。意外だが、よく似合ってる」

「……これは、なんなのでしょう？」

「菫の瞳に合わせて、紫のドレスにしたんだが……菫ちゃんは司書服のときはどちらかというとかわいらしく見えるけれど、髪を結いあげると印象が変わるな。ずいぶん大人っぽく見える。咲き初めの花のように目を惹きつけられて……素敵だ、ディア」

低い声の囁きに、心臓が跳ねる。

そっけないふりをしようとしても、クロードの言葉が耳にこそばゆい。

『綺麗になった』『素敵だ』という響きを何度も頭のなかでくりかえしてしまうくらい。それにディア自身、確かに印象が変わったと思う。

鏡に映った姿はまるで別人のような艶やかさだ。

鎖骨を見せるようにデザインされた瀟洒なドレスに、右肩には布で薔薇《ばら》を形作った飾り。ちょこんと載せられた帽子にも同じような飾りがついて、シルクの光沢を放っている。

腰でたくしあげるように斜めに襞《ひだ》を作るドレスは体のラインがはっきりわかり、確かにひどく大人びて見える。しかも耳元にはティアドロップ形のダイヤモンド。胸元には花の形を模した細工に光沢を放つ真珠が飾られていて驚いてしまう。品のいい細工も質のよさそうな宝石も、目が飛び出るくらい高価に違いない。

これを売ったら、借金がいくら返せるだろう。

ついそんなことを考えてしまう。

けれども、クロードが眼鏡の奥で切れ長の瞳を眩しそうに細めるのはなぜなのだろう。そっとディアの頰に触れる指先もひどくいとおしそうに感じて、ディアはとまどってしまう。なんだか背中がむずむずするくらい。

というか話が嚙み合ってませんが、殿下。わざとですか。わざとですね。

これもニセモノの恋人がいるという作戦のひとつなのかしら。

そう思うと、うかつなことは口にできない。

なにせ、特別手当がかかっている。

しかもここは王宮だ。クロードの命令で庶民の司書にドレスを着せるくらいはともかく、ニセモノの恋人がお芝居だとばれてしまうようなことを口走ったらまずいだろう。どこから王妃殿下に情報が伝わらないとも限らない。

ディアがそんなことを考えて幾分緊張していると、クロードは腰の辺りから鎖で繫がっている懐中時計を開く。どうやら時間を確認したらしい。

「おまえの司書の制服では、ちょっと出かけにくい場処だからな。ドレスを用意させておいてよかった——時間だ」

そういって極上の笑みを浮かべながら、ディアに手を差し出すから、ディアだってふわふわした心地で手を出さずにいられない。

ドレスを身に纏い、手袋をした手を取られて歩くなんて、庶民出の司書ではなくて、どこかの貴族の令嬢みたいだ。なんて思う。ディア自身、その貴族の令嬢ではあるけれど、夜会になど出たことがほとんどないせいで、ひどく浮かれる自分を感じてもいた。

「ど、どこにいくのでしょう？」

王宮を歩かされると、ときおりすれ違う人が目を瞠って振り返る。

当然だろう。なんといっても王子であるクロードが着飾った令嬢を連れて歩いているのだから――。あるいは顔をふせて歩くメイドたちだって、興味津々で、あの娘はなんだろうと思っているに違いない。

「行けばわかる。趣味と実益をかねたちょっとしたお楽しみだ」

「趣味と実益をかねた？」

ディアが訳がわからないという顔をしていると、小さな屋根のある車寄せ《ポーチ》で待っていたのは、今度は馬車じゃなかった。

馬車の箱部分だけに鼻が突き出たような形と、膨らんだ車輪が四つついた奇妙な機械。

黒と赤の車体はぴかぴかに磨かれ、鼻先の先端には金の紋章《エンブレム》が光って格好いい。

きちんと幌《ほろ》をかけられた姿は、馬車とはまた違った意味で、王家の乗り物らしい上品な威厳が漂う。

「わぁ、これ自動車ですか？　ね、殿下そうですよね？」

「エレベーターは怖くても、自動車大歓迎とは……さ、かわいこちゃん？　お手をどうぞ？」

ディアがはしゃいだ声でぴかぴかの自動車に近づくと、クロードが気取った仕種で手を差し出す。

やっぱりこういうところは王子さまだと思う。

ほんのちょっとした仕種が洗練されていて、ひどく魅力的だ。

ニセモノの恋人だっていい。

そんなことを考えてしまうくらい、クロードが誘ってくるふるまいに目を奪われてしまっていた。しかも、手袋をした手を置いたところで、クロードがディアの手を軽く口元に触れさせたから、車寄せに見物に来ていた人から、ちょっとしたざわめきが起こる。

ちょっといい気分。

あるいは自分がもっと普通の伯爵令嬢であったなら、こんなふうに誰かに夜会に連れていかれる機会もあったのだろうか。そんな考えても仕方ないことが頭を過る。

クロードに箱形をした後部座席に導かれると、エンジンが回され、車が動き出した。

馬車ではなく、エンジンという動力で動くというこの〝自動車〟というのは、街でもときおり見かけるようになっていたけれど、はじめはノーラに自慢されたのだ。

数少ない友だちであるノーラは裕福で新しい物好きだったから、買ってすぐに見せに来て、そのままドライブへと連れ出してくれた。道が悪いところを走ると、車はひどく揺れて大変だったけれど、ふたりできゃあきゃあ言いながら乗ったのはとても楽しかったのを覚えている。

「王宮の道は石畳だから、車で走るのにちょうどいいんですね」

ディアはガラス窓から外をのぞいて感心するように呟いた。

車ががたんと揺れるたびに、ふわりと薄布のシフォンオーガンジーが舞いあがる。

「ディア、そろそろ道が悪くなる。窓に頭をつけてると危ないぞ……っと」

そういうそばから車体が大きく弾み、予定調和のようにディアは頭をごち、と窓枠にぶつけてしまった。

「ったー！」

痛みのあまり頭を手で押さえたところで、不安定な揺れに体が跳ねる。

「うわっ……あ」

座席から崩れ落ちそう——そう思ったら、クロードの腕に抱きとめられていた。

しかも腫れていないか確認するためだろうか。クロードはディアがぶつけたところを慰めるように触れて、今度は体じゃなくディアの心臓が跳ねた。

「ディア～！　おまえはなんというか……しっかりしてそうで抜けてるようなところがあるな。おでこは大丈夫そうだが……」

「大丈夫だから離してください！　なんですか、その褒めてるようでけなしてる発言は！」

「一応、褒め言葉かな？　ちょっと間抜けだが、おまえらしくていいと思うな……かわいい菫ちゃん？」

クロードの腕に体を引き寄せられて、ころんと肩口に頭を転がされると、髪にちゅっと口付けられる。ディアは思わず顔を真っ赤にして、クロードの腕から逃れようと足掻く。

「わたしらしいってなんですか！　殿下にいったいなにが……」

　わかるんですか⁉　そういきり立って反論しようとしたら、唇にしっというふうに指を当てられた。視線が前方に動いて、運転手の存在を暗示する。

　ニセモノの恋人だってばれないように――。

　わかってる。わかってるけど！　ディアが口惜しさを抑えきれずに上目遣いでクロードを睨みつけてると、ふっとクロードの青灰色の瞳が、窓の外へと流れた。

「見えてきたぞ、ディア――ほら」

「え？　あ、あれは――なに⁉」

　窓の外には、広大な草原。まっ青な空。それに、巨大な豪華客船のような乗り物が、波打つ草原のまんなかに停泊している。

　楕円の大きな膨らみはなんだろう。

　まるで小さな村がまるごと入ってしまいそうな大きさだ。

「飛行船だ。巨大な空飛ぶ船。そして、今日のオークションの会場でもある」

「飛行船――⁉」

†　　†　　†

　だだっ広い草原から船内《なか》に入ると、そこは社交界だった。

「ふわぁぁぁ……すごい……」

エントランスに足を踏み入れると、燦めくシャンデリアのもと、着飾った人々が談笑にさざめいている。

「この空飛ぶ豪華客船へようこそ、かわいい菫ちゃん？」

クロードはディアの手の甲に口付けて、招き入れるように船内を指し示す。

植物を模して優美な曲線を形作りながら、パターンをくりかえす装飾。

乳白色のガラスで作られた花びらの形のランプシェードに、くるくると渦を巻いた蔓のような階段の手すり。

精緻な細工は、しなやかな曲線を自由に描いて、訪れた人々を大広間へと誘《いざな》う。

近代的な内装は異国的にも見えて美しい。瞳を輝かせてあちこちに目移りするうちに、ディアはふと、あることに気づいて首を傾げてみせた。

「なんだか、この飛行船の内装って、図書館塔に似てますね」

「ああよくわかったな……いまどきの建物や貴族が見せびらかす最新の機巧《からくり》機械には、こういった植物のモチーフでデザインされたものが流行ってるからな」

「ふふっ、変なの……機械なのにこんなやわらかな花の形なんて」

ディアは大きな花を模した蓄音機をのぞきこみ、零れおちそうな笑みを浮かべる。

その大人びたようで無邪気な相貌に、またしてもクロードが眩しそうに目を細めたことなど気づきもしないで。

「そうだな。奇妙といえば奇妙だが、最新の工業の――鉄の厳めしさや巨大な機械に感嘆しつつも自然に回帰したがるんだとか。――建築士の受け売りだがな」

「そうなんですね。それで図書館塔も温室だけじゃなくて植物の装飾が多いのかぁ。でも百合の花のシャンデリアも飾り窓枠もすっごくおしゃれですもんね！」

ディアが満面の笑顔を向けると、なぜだかクロードはさっと頬を赤らめてしまう。

あれ？

ディアがわけもわからずにじっと青灰色の瞳を見つめると、いつもの嫌味もどこかしらふるわないようだ。ディアの後れ毛に手を伸ばし、するり、と頬を掠めるようにしてかきあげるから、ディアも顔を赤くしてしまう。どきどきしてしまう。

なんだか、ニセモノじゃなくて、本当の恋人同士みたい……。

そんな錯覚を覚えてしまうほど。

どぎまぎとしながらクロードに連れられ、椅子に座っていると轟音《ごうおん》が響いた。ふわりと浮きあがる感覚になったあと少し揺れたけれど、出航の際に揺れるのは船だってあまり変わらない。それに広く豪奢な空間のせいだろうか、エレベーターに乗ったときのような怖さはディアには感じられなくて、ほっとしてしまった。

安定飛行になったところで、最下層の談話室に連れられると、足下の窓から眼下の景色が見渡せる。ときおり流れる雲の向こうにグラン＝ユール国の平野が広がり、一望できる街も平原も、目を瞠るほど美しい。

まるでミニチュア模型のような街に、ディアは菫色の瞳を大きく瞠り、真剣に見入る。

「殿下、殿下すごいです！　見てください、あれ王宮ですよ！　あ、あの王宮の端っこにまるく見えるのが図書館塔ですね」

「ディア、おいちょっと落ち着け。はしゃいでばかりいると……あ」

ディアは熱に浮かされたようにあちこちに目移りして、つい周囲への注意がおろそかになり、クロードの杞憂はすぐ現実になった。

「おっと、レディ大丈夫ですか――やぁ、クロード王子殿下ではありませんか？」

ディアが粗相してぶつかったのは髭《ひげ》を蓄えた壮年の紳士だった。

どうやら王子であるクロードの知り合いらしい。さっと優雅に一礼する。

「ブレナン子爵、連れが失礼した。あなたもさすがにきてましたか？」

「もちろんだよ。エデの作品が出るという前評判だからね……ところで、今日はまた殿下がこのような艶やかなレディをお連れとは……驚きましたな。ご紹介いただいても？」

「ディア、こちらはブレナン子爵。子爵、彼女は私のところで司書をしているディア・フィールダーです」

「あ、あの申し訳ありません……失礼をお詫びいたします」

ディアはスカートを手袋をした指で抓み、そっと腰を屈めて一礼してみせる。ディアだって、一応、伯爵令嬢なのだ。このぐらいはできる。とはいえ、あまり社交界になじんでないから、内心では妙なふるまいをしてないか、どきどきとしていた。

「いや、これはこれは……殿下は浮いた噂がないと思ってましたら、隅に置けませんな」

今度こそ粗相のないようにと、少しふし目がちに微笑んでいたせいだろうか。子爵が眩しそうに目を細めたことにディアは気づかなかった。

どこかしら可憐さが漂う顔立ちに、薔薇をモチーフにした紫の大人びたドレス。そのアンバランスな佇まいは、見るものの目を惹きつけていたのだけれど、ディア自身はそんなことは夢にも思っていない。

むしろ、まさか知り合いはいないかと気が気じゃない。だから次から次へとクロードに気づいて挨拶にやってくる貴族を前に、ディアは控えめにふるまうことにした。

そもそも恋人らしくとか、わかるわけがない。

なにかあれば、きっとクロードから注文がつくだろうとたかをくくっていると、

「おい、おまえ……どこかで会ったような……」

そんな声にぎくりと身が竦んだ。

ふせた顔をあげさせようとしてか、手が伸びてくるのに後ずさりする。

絶体絶命――ディアはもうダメとばかりに固く目を閉じた。けれども顎に触れる感触はない。代わりに、するりと筋肉質な腕が腰に回されてどきりとさせられる。

「ディア、こいつは相手にしなくていい」

「クロードじゃないか！　……ということはもしかしてこの娘、図書館塔にいた娘か!?」

そう言われて、ディアもはっと気づいた。

以前、クロードが公爵家の令嬢をすげなく追い返したときに、「うちの妹の何が不満なんだ!?」と押しかけてきた赤毛の青年。名前は確かランドルフだっただろうか。

顔をあげると、じろじろと見られてなんだか居心地が悪い。

「この娘……本当におまえの恋人なのか?」

ぎくり。とディアは身が震えそうになった。

腰に回されたクロードの腕にも心なしか力が入る。

「じろじろ見るな、ランドルフ。おまえのその邪な目で見られるとディアが減る。そうやって難癖つけて……人の恋人を口説こうって言うのか?」

「誰が邪な目だ。おまえのほうこそ、そうやってごまかしてるんじゃないか? だいたいずっと女なんてうるさいだけだと避けていたくせに、いきなり雇ったばかりの司書と恋人になるとかおかしいだろ」

鋭い。ディアはクロードの腕に抱き竦められたまま、妙に感心してしまう。

同時に、もしかしたらクロードはリネットとの仲を隠すために、ディアをニセモノの恋人に仕立てているのかもしれないと思ったことが頭を過る。

こんなに口やかましいシスコンの兄がいるのだもの。知られたら大騒ぎになるに違いない。だからきっと秘密にしなくてはいけないのだろう。

「ディアとは以前からたびたび古書店で会っていて、いいなと思っていたからな……図書館塔に来たときなんて、運命だと思ったんだよ、ディア?」

嘘だけど調子を合わせせろ。そんな有無を言わせない空気を感じとり、ディアはこくこくとうなずいてみせる。けれども、ランドルフは信じられないようだ。

「じゃあクロードの片思いなんだな」

「はい？」

「そんな大事に抱えこんで……おまえはその娘が好きでも、無理やり従わせてるんじゃないのか？　ディアとか言ったか、その娘——ずいぶん嫌がってるじゃないか。おまえが触るたびにぎくぎくしてるぞ。ま、この国の世継ぎから圧力かけられたら、そりゃ断れないだろうが……なんなら相談に乗ってやるぞ」

これでも一応、公爵家の跡取りだからな。

なんてふんぞり返られるけれど、おかしい。無理やりはともかく、殿下が片思いとかありえないですから！

「クロードさまは……ッ」

ディアはランドルフのツッコミだかボケだかわからない言動に耐えかねて、口答えしようとした。と思ったら軀を回され、言葉が途切れる。顎に細長い指をかけて、顔を上向かされて——クロードの青灰色の瞳と視線が絡む。

「は……？」

ディアが訳がわからないでいるうちに、端整でいて男らしい顔が降ってきた。

「んっ！」

躯をぐっとたくましい胸に引き寄せられて、口付けが深くなる。

『おまえに教えてやろうな？』

そう言われたとおり、最初は苦しくて仕方なかったキスもいつのまにか、慣れてしまっていた。ただ喉がきゅんと息苦しいのが、理解できないだけ。

「で……クロードさま、あの」

「しっ。みんな見てる……ディア？　続きのお強請りはオークションが終わったあとに聞くよ？　かわいこちゃん」

魅惑的な微笑みとともにウィンクされて、唇に人差し指が当てられる。

これ以上は話すな。そういう意味だろうとは思うけれど、あまりにも自然に口付けてあまりにも自然に警告してくるから、ディアはこれがお芝居だとわかっていても、顔が真っ赤になってしまう。

甘やかな声に頭のなかまでどろどろに蕩けさせられているみたい。

多分、いま、わたしの頭のなかにはちみつが詰まってる。

ディアは菫色の瞳を潤ませて、これは違うんだ。ニセモノの恋人のお芝居なんだ。そう必死に言い聞かせながら、クロードに連れられていった。

ディアのそんなとまどいなど、クロードはまったく気づいていないのだろう。

なおもなにか言いたげなランドルフを振り切り、オークション会場になるという舞台へと歩き出した。半円形に壇上を囲む観客席に着いたところで、クロードはまたしても次から次へと挨拶に来る人々と話をしている。

あまりにも高位貴族の集まりだからだろうか。

どうやらディアが知っている顔はなさそうで、それだけは安心する。

けれどもここにいるのが、グラン＝ユール国でえり抜きの金持ちだというのなら、本当はむしろ普通にお知り合いになりたい。独身男性の方！　挙手《きょしゅ》願いたい！

場合によっては、このなかにディアの未来の夢見る婚約者さまがいるかもしれない。

そう思うと、王子の恋人だと強く印象に残って顔を覚えられたくない。

それはちょっと困る――。

そんなことをぐるぐる考えていると、コンコン、と注意を引くような硬い音が響いた。

「さて、お集まりの紳士淑女の皆さま。ただいまから、皆さまお待ちかねのオークションを開催したいと思います！」

舞台に現れたオークショニアの一声に、会場は一気にざわめきを止めた。

普段は劇場として使われている舞台だろうか。オークションは舞台を半円に囲む階段状の空間で行われるらしい。ディアはこんな場処にきたのは初めてだ。飛行船に乗って高位貴族のなかで挨拶したのも、もちろん。それでもなにより驚いたのは、優雅に着飾った人々ばかりで競う場は静かな熱気が漂い、街の市場のような勢いあるかけ声はあがらないことだったむしろ和やかな雰囲気さえ感じられ、オークショニアが、

「さぁ、五十までビットがきました。ご夫人のお部屋に飾るにもちょうどいいサイズです

よ。贈り物にでもしたら、恋人になってくれるかもしれませんよ」

などといって、ユーモアある語りで笑いを引き出しているくらいだ。

「クロードさま、わたしこういうのって、もっと騒がしく競るのだと思ってました」

「まぁ、な。そういうオークションもある。たいていは、欲しい本人は来なくて、代理人同士が主人から決められた額のなかで競ることが多いし……」

「なるほど、そうなんですね」

「ただ今回は代理人に競らせるのではなくて、貴族たち本人が参加していることが多い。街のなかでやるのと違って、飛行船のなかは警備がしやすいからな」

「なるほど。伯爵さまが突然襲われたり、手に入れた品物を奪われたりしにくいんですね」

「空の上じゃ逃げるところがないからな」

「……そうですね」

ディアにはむしろ違う意味にも思えて、なぜだか背中がぞくりとした。

いやいや、それはない。大丈夫だ。——確かにディアにも逃げ場がないのだけれど。そんなことを考える間にもオークションは静かに白熱する。

「では、この麗しい彫刻のご夫人は、六十九番に落札と決まりました！」

カンと木槌が打たれ、すぐに次のオークションが始まる。その目まぐるしさにディアはなかなかついていけない。

「さぁ、これが今世紀最後のデンヘルの出物かもしれませんよ？　この美しい風景画に、もう一声どうでしょう？」

　オークショニアのかけ声に、誰かがビットの合図を出したのだろう。さっと金額が競り上がっていく。さすがにこんな豪華な飛行船を借り切ってまで行われるオークションだ。ディアの俸給どころの話ではない。いままで落札された品物の代金で、下手したら、ディアの家の借金が清算できるのでは――ディアは思わず指折り数えてしまう。

「ほら、ディア。俯いて何してる……今日のお目当てが出てきたぞ」

　促されて舞台を見れば、錠がかけられた古い木箱がいましも開かれるところだった。内側に張られた真っ赤な天鵞絨《ビロード》の布張りのなかには――……本。

「あ……あの本は……!!　で、殿下あれ、すごく珍しいですよ！」

　木箱の両開きの扉のなかには、真っ赤な革張りの古書が鎮座している。

「そう――『ロディアス・グローリー』。珍しさでは、『ルベイユ瞑想録』にも負けず劣らない――千年前の古書だ」

「あるとは聞いてましたが……我が国で見られるとは思いませんでした、よ……んッ」

　するりとまるで予定調和のように唇を奪われた。

　目の前で眼鏡をかけた端整な顔が、やけに目の前でにやりと人の悪い笑みを浮かべている。

「ななな、何を突然!?」

　甘やかな雰囲気が漂っていたわけでもない。いつもの図書館塔での行為のように、チンとエレベーターがつくような合図があったわけでもない。

　なのにいま、確かにディアはクロードに唇を奪われてしまった。

「見て、殿下が……！」

「こんな人前で恋人とキスとは、殿下も見せつけてくれますなぁ」

　ざわりと驚きにさざめく声が、ディアの耳にまで届く。

「で、ででで殿下、ちょっ、周りの方々、みみみ、みなさん見てますよ!?　さすがにここでは恋人の振りはなしで——んんッ」

　またしても、クロードが隣の席から顔を伸ばし、器用にディアに口付けた。

「また！　いくら殿下でもこのような場では、あんまりではありませんこと？」

「まぁ殿下だってお若いんだし……恋人と仲がいいのはよいことではないか……どこのお嬢さんだろうか？」

「こんな、ほんのわずかの間も我慢できないほど、殿下をメロメロにさせるなんて——どんなはしたない手管を使ったんだか……！」

　非難するような声に、ディアはやるかたない心地になってしまう。

「わたし、殿下をメロメロにさせてなんかな……んぅ！」

　ちゅっとわざとらしい音を立てて、苦情を言う唇を塞がれる。

「殿下～‼　もう！　わたしはですね！　ふぁっ！」

　どうにか逃れようとすると、頬に口付けを受け、目元に受け、耳元にも降るようなバードキスを浴びせかけられる。

「や、やめ……んッ！　くすぐった……あっやぁッ！　ふ……」

ディアが躯をクロードから離そうとしても、腰を引き寄せられ、ままならなくて――されるままになってしまう。

オークションの参加者は、みな少しずつ離れて観客席に着いている。けれども、クロードはこの国の世継ぎの王子だ。しかもちゅっ、ちゅっと口付ける音は緊迫した会場でも響くらしい。ちょっとぐらい席が離れていようといまいと、周りの人々みんなから注目されて見られているものだから、余計にたちが悪い。

「や、だ……殿下ッ！　みんな見てるのに――！」

「かわいこちゃんがあんまりにも美しいから、みんな見てるんだよ？　ディア・マイスィート……ほかの男どもに、菫ちゃんは俺のモノだって見せつけておかないと……心配でならないんだ、ディア」

耳元で甘い声を囁かれると、ディアはかぁっと頭の芯まで熱くなるのを感じた。

「な、なにを……」

震える声で問い返そうとして、しっと唇に指を当てられて、艶やかに微笑まれる。

ときには深い知識を感じさせる賢者のような瞳が、眼鏡の奥でやさしく細められると、印象が変わる。まるで恋に一生を捧げる人のように色を帯びて、甘く誘いかけるように明るい青灰色の瞳はディアの菫の瞳を見つめている。

動けない。クロードの視線に搦め捕られたかのように、息をするのも忘れてしまう。

「ふぇっ、あ……ん……」

また口付けられて唇をふるりと啄まれたところで、ディアはあえかな声を漏らした。

さっきから何度も啄まれた唇は、ふっくらと鋭敏にさせられて、ただ触れるだけの口付けでも、びくりと軀が震えてしまうほどのざわめきをもたらす。

「キスをしたらビットということにしているんだ、ディア」

「は？」

「ビット――つまりこの商品を買いたいから、いま提示されている最高額よりも俺が競り上がると意思表示をする合図だな。眼鏡に触れるとか、ネクタイに触れるとか……みんなそれぞれの合図を決めて競っている。そうすれば」

「会場の誰が競っているのかわからないから、ですか？」

「ご名答だ、かわいこちゃん。そのためにみんな事前に合図を決めて、オークショニアに伝えておくんだ……ん」

そういってクロードはディアの耳の後ろに口付けるから、ディアは軀の奥のほうがわけもわからず、震えるのを感じてしまう。ありえないところが熱い気がして脚を擦り合わせたい心地に怯える。

「ランドルフも見ていることだし……恋人同士だと強く周りに印象づけておいたほうがいい。あれで変に鋭いやつだからな」

「だからって……やぅッ。待って殿下わたし唇はいや……ふ、ぅ……」

やだやだと周りに気づかれないくらい小さく首を振って、上目遣いに潤んだ瞳をクロードに向ける。もう無理――。耳まで真っ赤になりながら訴えたのに、くすくす笑いが降ってきて残酷な選択肢を突きつけられた。

「ほら、落札されてしまうぞ？　どうする、ディア？　おまえからキスしてくれてもいいんだよ、菫ちゃん？」

「な……そ……ひ、ひきょうですよ、そんなの！」

「ほら、ほかの誰かが競り上がったぞ？　かわいこちゃんは『ロディアス・グローリー』は興味ないのかな？　ん？」

「うぅ……殿下ひどい……『ロディアス・グローリー』……」

眼鏡のフレームが頬に触れそうなほど、間近で片方の口角をあげられる。

からかうような声に抗いたい。そう思う一方で、甘やかな声に堕ちてしまいたい。

そんな心の声が同時に聞こえる。それに――読みたい。

稀覯本の中身を見てみたいという欲望が、ディアの心の中でいまにも暴れ出してしまいそうなほど、溢れ出す。手にしてみたかった。千年前の古書を。

「ほら、ディア？　ビットはもうないのかと聞かれてる……キスは？」

明るい青灰色の瞳は、ディアをからかうときにはいつも少し色が濃くなる。

ん？　とディアを追いこむように首を傾げて蕩けるような笑顔で誘惑しているのは、本当にこの国の世継ぎなのか――。

「殿下は……いじわるです……」

ディアはじっとりと上目遣いにクロードを睨みつけると、拗ねたように唇を引き結んで、そのままクロードの頬に口付けた。

「はい、ビット！　十万八千きました！　よろしいですか？　千年前の軍師の遠征録原本ですよ。グラン＝ユール国ができる前に西方域を束ねた覇王が、唯一その意見を頼ったという……。あ、はい。とさらに千！」

「ほら、ディア……頬や耳は百あがり。唇のキスは千だ……そろそろ相手は資金の限界だと思うから、もう二千吊りあげれば、競り上がらないと思うぞ？　ん？」

どうする――？

にやりと眼鏡の王子は魅力的でいて、意地悪な笑みを浮かべてみせる。

わたしの唇はもうすっかり堕落してしまった――。

ディアは絶望的な気持ちで羞恥に顔を真っ赤に染める。ほんの少し前まで、キスなんてしたことなかったのに。そう嘆きながらも、クロードにそっと顔を近づけて――。

「ん……」

ディアはそっとクロードの唇に自分の紅を引いた唇を触れさせた。

とたんに、くすりと目の前で笑われて、そのまますると首に腕を回されて、クロードの舌がディアの口腔を侵していた。

わたし、もうお嫁に行けないかも――。

喉を開かれるように深く口付けられて、ディアは頭がおかしくなりそうだった。蕩けきった頭のなかは甘い甘い蜜のよう。

クロードの仕掛ける巧妙な罠に、ディアはなすすべもなく堕ちていくしかない。

「それでは、十一万で落札！　この『ロディアス・グローリー』は八番のお客さまに決まりました！」

小さい国の国家予算くらいだろうか。高額の落札を告げるオークショニアの声も、周りでひそひそと囁かれる非難や妬心めいた言葉もどこかに消えてしまう。

ただ喉が塞がるような切なさと、頬に当たる眼鏡の固い感触だけが、ディアの蕩けた頭にいつまでも残っていた。

「ふぅん……」

少し離れた場処から、クロードとディアのいちゃつきぶりをランドルフが訝しそうに見ていたことなど、ディアはまったく気づかないまま――。

第四章　甘い誘惑はハニー×ハニー×トラップ

「ランドルフはまた、どうしてあんなに疑っているんだろう？」

クロードは訝しそうに首を傾げる。

いまディアとクロードは飛行船の個室に休みに来たところだ。オークションはまだ続いているのだけれど、お目当てはもう終わったからとクロードは早々に会場をあとにした。

目当ての本が競り落とせたことはうれしい。

うれしいけれど、ディアの唇のなけなしの貞操はめちゃくちゃにされてしまった。

あまりにも恥ずかしかったせいで、ディアは会場で真っ赤になったまま前後不覚になった。まるで長い間バスでお湯に浸かったときのように、のぼせあがってしまったのだ。

少し部屋で休もうかとクロードに抱きあげられて、会場をあとにするときの大きなざわめきさえ羞恥を増して、くらりと眩暈が止まらなかった。

「それとも、かわいこちゃんが気になるのかな、あいつ……。ディアはわりと、かわいらしい顔をしているからな……かわいい菫ちゃん？　まさかどこかでランドルフに口説かれたりしてないだろうな？」

「は？　まさかそんな……公爵家の御曹司ですよ⁉」

ディアだって没落しているとはいえ、仮にも伯爵家の令嬢なのだけれど。

そう考えてみたところで、ディアははたと気づいた。

そうだ。公爵家の御曹司だ。もし本当にディアを見初めてくれたんだったら――。

公爵家なら、それこそ伯爵家の借金くらいモノともせずに、肩代わりしてくれるんじゃないだろうか。そんな邪な考えが頭を過る。

ランドルフにもっと好意を持たれる応対をしておけばよかった。どうにか借金帳消しの上、結婚してくれるように、ディアを好きになってもらう方法はないだろうか。

題してメロメロにさせて都合よく婚活作戦！　どうだ！　――そんなくだらなくも切実な考えに気をとられていると、ディアはどことなく辺りの沈黙が重いことに気づいた。

「……殿下？」

「ディアがあんまりにも俺に抗うから疑われるんだぞ？」

「な……ッ！　違いますよ、殿下があまりにもやりすぎるからですよ！　あんな……あんな破廉恥なことを……！」

ディアはぱっと布を引き剝がし、起きあがろうとして、また眩暈でベッドに倒れた。

「ディア～～！　おまえはまったく懲りないやつだな‼　ちゃんと休んでろ、馬鹿」

なじりながら、ぺたっと水に浸した布が視界を塞ぐ。だから、ディアはクロードがどんな顔をしているのか見損なってしまった。さっきから拗ねたような――まるでランドルフに嫉妬してるかのように聞こえるのは気のせいだろうか。おかしい。クロードが拗ねたような声を出す理由などどこにもないはずなのに。

ディアは、よくわからないままにひんやりした感触に身をゆだねる。すると、

「ふわぇ……のど、かわい、た……」

思わず生理的欲求が口をついて出た。そういえばさっき軽く何かを口にしただけだ。お昼も食べてないからお腹も空いてる。

そろりと空腹を訴えるお腹を撫でると、クロードは呆れたような声をあげた。

「おまえはもう……世話が焼けるやつだな……。わかったわかった。ちょっと待ってろ」

なにがわかったというのだろう。そう思っていたら、「ハロー?」という声が聞こえたから、フロントへ電話をしているようだった。

しばらくして、メイドが軽食と水差しを運んできたらしい。

かたりとナイトテーブルにトレイを置く音がして、ディアはそっと濡れた布をあげた。躯をわずかに起こし、水はどこだろうと目線を動かしたところで、さっと視界に何かが過る。あれ？　と思ったときには、唇を塞がれていた。

「んぅ……ふぁ、あ……やぁ、ぁ……」

ゴクン、と無理やり水を飲まされて、びっくりした。

「で、殿下なにをなさるんですか……!!」

「喉が渇いているんだろう？　もっとか？」

そんなからかい声とともにまた唇を塞がれる。

器用に口に含んだ水を流しこまれると、ディアはまたごくんと喉を鳴らす。

「んぅ……ふ」

口付けはもう何回されてしまったかわからない。

クロードのかける眼鏡の縁が軽く当たり、黒い睫毛がふせられる。それが合図。

ディアもそっと金色の睫毛をふせてしまう。そうしていとおしそうな仕種で髪を愛撫され、口付けられると、なぜだか自分がニセモノではなく、本当に王子の恋人になって、溺愛されているような錯覚を覚える。

甘く甘く――まるで頭のなかにとろりとはちみつを詰めこまれてしまったかのように蕩けて、流されてしまいたい。ざわつく軀も頭のなかもクロードの手管に堕ちてしまいそう。

なのに心の片隅だけが、それはダメ。そんなのはイヤ。と抗っている。

やっぱりニセモノの恋人に過ぎないんだからと。

「や、で……んか、わた……んんッ」

喘ぐように吐息を漏らしながら、ディアは溺れそうな心地に震えていた。

このまま流されちゃダメ。流されたら――……。

「もう、お嫁に行けないですッ！　わたし、殿下とあんな……キス……いっぱい、たくさんの人の前で……何回も見られて……ッ」

クロードの唇が離れたところで、ディアはいまがチャンスと苦情をまくし立てた。

思い出すだけで頭が沸騰したように熱くなってしまう。

塔のなかにやってきた娘の前で情事を演じるのだって、顔から火が出るほど恥ずかしかった。けれども今日のはさらに恥ずかしい。見知らぬ大勢の前で降るようなキスを浴びせかけられたのだ。しかも最後は自らもキスしてしまったなんて。

「ディ・ア――？　キスをいっぱいされたぐらいでお嫁に行けないわけないだろう？　街の娘たちなんか、至るところで恋人とキスをして、ときにはそのまま物陰で情事にまで至ってるじゃないか――それともお嫁に行けなくなる行為をして欲しいということか？」

「は？　え？」

クロードの明るい青灰色の瞳が、色を変えてひときわ濃さを増した。と思うと、首の後ろでしゅるりと布が擦れる音にドキリとする。どうやらドレスを留めているリボンを解かれてしまったようだった。

「で、殿下？　なに、して……あ！」

留めるものがなくなったドレスは、あっさりとクロードに引き剝がされてしまう。

パールの首飾りがしゃら……と音を立てて肌に直接触れて、冷たい。ドレスの下に身につけていたビスチェはまだ残っていたけれど、下着を見られてしまった。死にたい。身を捩ってもがいてもどうにもならなくて、恥ずかしいやら訳がわからないやらで、頭がおかしくなりそうだ。

「ダメぇっ！　殿下わたし本当に本当にお嫁に行けなくなります！　なんで……ふぁっ」

クロードはディアの訴えをまったく聞いていないかのように、鎖骨の下に、胸がわずかに膨らみ出す辺りに口付けを落として、そのまま強く吸いあげた。

「やっ！　痛ッ……な、に？　あぁ……」

鈍い痛みが肌に疼くように広がり、そのもどかしさにディアは甘やかな声を漏らした。

「男はね、こうやって自分の女に所有の証をつける。ん……ほらディア、ご覧。胸元に赤紫の花が咲いているだろう？　こうしておけば、もう誰もおまえに手を出せなくなる」

「どういう意味ですか？　だってわたし……ニセモノの恋人でしょう？　あのキスの嵐だけでもう十分じゃ……」

思い返すだけで恥ずかしさが溢れてくる。けれどもお金。お金のためだと思って耐えたのだ。もちろん半分以上はクロードの甘やかな雰囲気に蕩けさせられて……だったかもしれないとはわかっている。

だって殿下……素敵なんだもの。それはディアだって否定できない。

整った顔も優雅な身のこなしもさすがは王子さまだ。

図書館塔にいるときより、こういう華やかな社交場にやってくると痛感してしまう。

まるでクロードにだけ、星も月も太陽も特別な光を注いでいるかのように、輝いて見える。目を惹きつけられる。

殿下って――本当に本当に、王子さまだったんだ。

わかっていたけれど、改めてそう強く感じると、なんだか気持ちが落ち着かない。

しかもそれだけではなくて――。

ディアは眼鏡をかけたクロードの顔をいま一度見て、頬を赤らめる。高い鼻梁に頬骨の高い骨張った顔つきは、ただ端整だというだけじゃなくてどこか男らしい。

『帰れ』――そう冷たく拒絶されたときには、神経質そうな人だなと思ったのに、クロードが甘やかな言葉を操るときの雰囲気はやわらかい。

安心感なのか、囚われてしまっているのか。腕のなかにいると、ディアは身をすべて任せたくなるような酩酊感に襲われてしまう。

ニセモノの恋人なんだから。

そう心に言い聞かせるたびに、初めてクロードと目が合った瞬間が目蓋によみがえる。

眼鏡の奥で、明るい青灰色の瞳が、じっとディアの菫色の瞳を底まで探ろうとするかのように見つめていた。背中まで伸びた黒髪をリボンで束ねて、身につけているのは、金糸の飾りを施された肩かけに司書の制服。

天井から降り注ぐ光のなかで見るクロードは、どこかの物語から抜け出たかのように素敵だった。まるで一枚の絵画のように。

はっきり言おう。クロードはディアの好みのタイプなのだ。

初めて目が合った瞬間を思い出すたびに、心臓を針で突かれたような痛みを覚える。

殿下が王子さまじゃなかったらよかったのに――。ふっとそんなことを考えて、ぶんぶんと首を振ってしまう。そもそもディアはクロードを騙しているのだ。

『貴族の娘というのは姦しいうえ、隙あらば媚を売ってきて鬱陶しい』

そうさんざん聞かされたけれど、ディアだって本当はクロードが唾棄するようにしてまで嫌う貴族の娘なのだから。

そう思い返すと胸が痛い。けれども、クロードに知られてはならない。

二重の意味でそう思う。

もし貴族の娘だと知られて、図書館塔にやってくる娘たちのように冷たい言葉を浴びせかけられたら――。正直ぞっとしてしまう。いまとなってはそれは、自分が図書館塔に勤めていないと借金が返せないから、という理由だけじゃない。

クロードに嫌われたくない。ディアはひっそりと、そう思うようになっていた。

確かに口説かれるのはくらくらして困るし、貞操の危機も怖い。けれども、珍しい本の話や本に対する執着や取り扱い方といった話をするとき、ディアはいつも楽しかった。もちろん自分の父親や古書店の店主とも、そんな話をすることはあったけれど、もっと年が近い――それも異性とこんなに本の話ができるとは思ってもみなかったのだ。

さっき競り落とした『ロディアス・グローリー』だって、そうだ。もちろん、ずっと原本を読みたいと熱望してはいた。けれどもそれ以上に本を読んで王子とどんな話ができるだろうと思うと、期待が抑えられない。千年前の古書ができた背景について忌憚《きたん》なく存分に話し合えたら、どんなに楽しいだろう――。

でもそれには、ディアが伯爵令嬢じゃダメなのだ。

そう思い返すたびに、胸につきりと鋭い痛みが走る。

騙していることと、本当の自分が受け入れられないことのどちらがより痛いのだろう。

ディアにはよくわからない。濡れた菫の瞳を見つめる青灰色の瞳がふっと色を濃くするとき、どこかしら熱を帯びて見えるせいかもしれない。

でも、王子が執着してくれてるように感じるのは、きっとディアの気のせいに違いない。

ディアと王子との繋がりは嘘と偽りの関係に過ぎないのだから。

「……そうだな、ニセモノの恋人だな」

「そう、ですよ……だからやめましょう。ね？　だって人目がないところで続ける必要なんてないでしょう？」

「なんだ、かわいこちゃんは衆人環視の中で抱かれるのが好みなのか？」

「なっ！　そんなこと一言も言ってないじゃないですか！　あんな……人前でのキスだって……わたしは……ッ」

ディアは苦い想いとともに悲鳴のような声をあげて、王子の手から逃れようともがく。

なのにクロードは自分の肩かけを無造作に外すと、するりとディアの手を頭の上で結び、ベッドの支柱にくくりつけてしまった。

「な！　で、殿下何をして……やだッ……これ、解いてくださ……ふぁっ！」

ディアがもがこうとしたところで、ビスチェを緩められた。膨らみにちゅっと口付けられる。しかもそのまま、ぬるりと舌先で嬲《なぶ》られたかと思うと、またきつく――鬱血《うっけつ》の痣《あざ》が咲くくらい強く肌を吸いあげられてしまう。

「い、たい……やだ、殿下！」

足をじたばたさせて抗う。なのにビスチェの前紐をするりと解かれて、ぽろりと白い双丘がまろびだされてディアは身を震わせた。膨らみが急に自由になって、ひんやりした空気に触れたせいだろうか。赤い頂がわずかに起《た》ちあがるのを見て、わけがわからないままひくりと生唾をのみこむ。

「ひ……なに、して……やぁっ！　見ないで！　見ちゃダメ、です！」

羞恥のあまり、真っ赤になって叫ぶ。なのに、クロードは見ないどころか、見せつけるようにすぼまった赤い蕾にチュッと口付けてきた。やわらかい感触がねっとりと乳首の根元を舐《ねぶ》った途端、まるで雷が走ったかのように、甘やかな戦慄が華奢な躯に走る。

「こんなに綺麗でかわいい胸なんだから、見ていいに決まってる――ん……菫の瞳のかわいこちゃん？　おまえがあおってばかりいるから、いけないいんだよ？」

「わたし、あおって……なんか……あ、やぁ……んッ」

今度は頬を両手で挟まれて、唇の端に口付けられていた。ふるり。啄むように下唇を弄ばれる感触に、喉の奥が切なくさせられる。とくり、と心臓が跳ね、躯の奥が疼く。

腰の辺りでたぐまっていたドレスをするりと脱がされるのだって、死にたいほど恥ずかしい。耐えられない。そう思うのにディアにはどうすることもできない。

露わになった膨らみの下で、緩められたビスチェが中途半端に軀に残り、適度に肉付きのいい脚は絹の靴下にガーターベルトというあられもない姿。自分で見ても妙に艶めかしい。はっきりいって情欲を誘う肢体を晒している自覚くらいはある。

なのに両手を封じられて、どうすることもできない。

しかも抗おうと身じろぎするたびに、ビスチェからまろびでた双丘がぷるりと弾むのさえ、さらに誘うような仕種になっていることにディアは気づいていなかった。

「かわいこちゃんがそうやって、俺の誘いから逃れようとするからじゃないか」

「ふぇっ⁉　な、なんで？　だって当然じゃないですか！」

ニセモノの恋人なんだから——。そう言おうとしたら、すぅっとクロードが怜悧な双眸を眇めて、くいっとディアのくびれた乳首をきゅっと捻りあげた。

「あぁんッ！」

びくん。とディアはまるで魚が跳ねるように軀を大きく震わせてしまう。

「ディ・ア……？　何が、当然だって？」

「うぅ……だ、だって殿下は女嫌いじゃないんですか⁉　姦しい女は嫌いだって……だから婚約者作りのためのお見合いも避けてらっしゃるんでしょう？」

潤んだ瞳でディアは必死に訴える。

だってだから、ディアはこの仕事を——王子のニセモノの恋人を引き受けたのだ。女嫌いなら大丈夫だって。それにリネットのことだってある。

　クロードがこんなことをするのはおかしいはず。

「そうだな……姦《かしま》しい女は嫌いだし、無闇にしなだれかかってくる女など虫唾が走るし、ひたすら秋波を向ける女も鬱陶しいな」

「だったら」

「だが——いいよってくる女は鬱陶しいが、逃げようとされると俺は、どうやら追いかけたくなる性格だったらしい」

「は？」

「おまえはそんなに姦しくないし、無闇にいいよってしなだれかかってこない。おまけに演技——とはいえ、俺が口説いてるのに逃げようとするなんて……俺はひどく傷ついた」

「あ、あたり前じゃないですか！　こんなの誰だって抗いますよ!?」

「……そんなことをいわれたのは、さすがに初めてだぞ……ディア？　男心がまるでわからないおまえに教えてやろうな」

「な、に……」

　ディアは震えそうになりながら、ようやく気づいた。

　どうやら強く興味を引かれたり、怒ったり、感情を露わにする瞬間、クロードの青灰色の瞳はふっと色が濃くなるらしい。いま、ディアの菫の瞳と絡んだクロードの瞳は色を深めて、ちらちらと情欲を滲ませていた。

「男はな、そうやって逃げようとすると捕まえずにいられないんだよ？　かわいい本好きちゃん？　——おまえに抗われて、俺も初めて気づいたがな」

「な、なんですって——ひゃ、あ……やぅ……」

王子の骨張った手が、張りのある豊かな白い乳房を揉みしだく。

肌に触れる感触が温かくて、ディアはいつのまにかクロードが上着を脱いで、シャツの前をもはだけていることに気づいた。脚もそう。トラウザーズを穿いていたはずの脚はいつのまにか素肌になって、絹の靴下を穿いただけのディアの脚に絡んでいる。

「ひぃ……ん……うぅ……やだ……殿下ッ」

まるで香油を肌に塗りこむときのようにゆったりと触れられていると、なぜだか肌がどんどん鋭敏になる。ちゅくと音を立てて吸いあげられるたびにびくんと躯が跳ねてしまう。

「ディア……口付けるたびにびくびくしてかわいいな。本当に——おまえはかわいい。かわいいよ、本好きの菫ちゃん？」

そういってクロードは指先で片方の乳首をくりくりと弄びながら、舌先でもう一方の乳首を押し開くようにして擦るから、たまらない。支柱に繋がれた腕がクロードの肩かけをいっぱいに引っ張り、ディアはまたびくりと躯を跳ねさせた。

「ひ、あ……な、に!?　あ、はぁ……」

執拗《しつよう》に胸の先端をぐりぐりと攻められるうちに、躯の奥がずくりと疼いて、ディアは甘やかな声を漏らす。躯が熱い。そう思うと、クロードと触れ合っているところをもっと強く絡めて、熱を分かち合いたい心地さえしてしまう。

「ディア、いい感度だ……気持ちいいだろ？　このしっとり汗ばんだ肌も白くまろやかな双丘も……俺を誘うようじゃないか。極上の蜜楽を味わわせてやる……起ちあがったこの赤い果実だって……ん」

「ひゃ、あん！　だ、めぇ……ッ」

王子に胸の先端を啄まれ、舌に絡みつくように舐られ、口腔で執拗につつき転がされるたびに淫らな官能が軀に走る。熱い吐息に紛れて抗いを口にしても、うまく言葉にならない。飴《あめ》を舐めるようにいいように舌で弄ばれ、ずきずきと疼く熱が胸の先に全部集まってしまったかのように翻弄されてしまう。

なんでこんな、喉がひりひりとするような快楽に軀が反応してしまうの⁉

ディアは自分で自分がよくわからなくて、王子が触れるたびにびくびくと跳ねる軀を止めたくて仕方なかった。クロードの舌戯に翻弄されているうちに、いつのまにかビスチェを脱がされ、丸裸にさせられたことにすぐ気づかないほど、頭の芯が快楽に蕩かされてしまっている。

「や、ぁ……ッ。殿下や、ぁ……なんでそんな……胸の先なんてしゃぶるんですか⁉　おかしいです。わたし気持ちよくなんか……ない、です！」

嘘だ。気持ちよくて混乱してしまうくらい感じている。

けれどもそうでも言わないと、ディアはあっさり快楽を受け入れてしまいそうだった。

それがなにより怖い。

「〝なんで〟？　ああ……そうか。ディアは真面目だなぁ……口に入れるのは食べ物だけだとでも思ってるんだろう？」

くすくす笑われるとディアの胸はとくんと甘やかに脈を打つ。やめて欲しい。眼鏡の奥でやさしそうに目を細められると、殿下がすごく素敵に見えて、息が止まってしまう。

ううん、この方は本当に本当に王子さまなんだもの。素敵に決まってる。決まってるけど、だからこそときめいたってしょうがないのに――。

ディアがクロードの笑顔に、春を思わせる菫色の瞳を蕩けさせていると、なにを思ったのだろう。クロードはナイドテーブルに置いてあった軽食用のはちみつの罎《びん》を手に取った。みつばちの形を模した蓋を開き、ディアの胸にとろりとした金色の蜜を垂らしてくる。

「うひゃう……ッ！　やぅ……な、なにして！」

肌を伝う蜜の感触にびくんと怯えたように躯がおののく。そこに、ぺろりとクロードの舌先が肌を嬲り、とろりとした蜜の感触に鋭敏にさせられた肌が総毛立つ。ぞわりとした快楽が躯を駆け抜ける。

「ほら、ディア……かわいいディアの胸の果実にとろーりはちみつがかかってる。こんなに食べて食べてと誘うんだから、食べないわけにいかないだろう？」

「はへ？　……ひゃぁん！」

わけがわからない。そう口にするまもなかった。胸の先を甘噛みしながら、舌先でちろちろと嬲られ、ディアは「ひ、ぁッ！」と嬌声をあげて、軀を跳ねさせてしまう。

「や、ぁ……な、んで？　なんではちみつなんてかけるんですか？　おかしいです、そんなの、ひゃ、ぁ～ッ！」

「だからそんなの、真面目でかわいい菫ちゃんを食べちゃうために決まってるって」

そういってまた肌を舌が這うと、ディアは下肢の狭間が熱くなるのを感じる。おかしい。ダメ。そう思うのに、頭の芯が痺れてこのまま王子に蕩かされてしまいたい。そんなふうにも思ってしまう。

するりと肌を骨張った指が滑る。お腹の辺りから秘められた場処へ近づく気配に泣き出したいようなくすぐったくて堪えきれないようななんともいえない疼きに悶えた。

いつもは重厚そうな本を扱う指がこんなにもやわらかく、自分の肌に触れてくるなんて。クロードの頭が陰になってディアからは見えない。見えないけれど、クロードの指が肌を嬲っていくところを想像して顔が熱くなる。

なにを考えてるの、わたし!?

混乱してとっさにぎゅっと目を瞑ると、クロードの眼鏡の縁が頬に触れた。

「ふぇ？」

ぱっと目を開いたときには、クロードの端整にして精悍《せいかん》な顔が目の前にあった。

とくん。と鼓動が跳ねる。

「でん、か……ん……」

触れてくる唇は当惑させられるほど甘い。

甘くて甘くて——その甘さに溺れてしまいたいほど。

「ディア、舌を突き出してごらん……そう……いいこだね。……ん……」

ふるりと生き物のように蠢く舌がディアの舌を搦め捕ってまた動く。

ざらりとした感触が舌を掠めるたびに唾液が絡んで、はちみつの味は薄くなるはずなのに、頭の中はどんどん甘く痺れていく。この先にあるのはなんなのだろう。

甘く甘く——深みにはまって逃れられない。

甘い罠の先にまた甘い罠。

まるで本当にディア自身を欲しいと——ひどく溺愛されているような錯覚を覚えて、おののいてしまう。そんなことはただ一時の快楽が欲しいというよりありえないのだから。

殿下の甘い言葉に囚われちゃ——ダメ。

そう必死に言い聞かせる間も、絡まり合う舌は執拗にディアの舌を攻め、口腔を侵していく。舌先が器用に歯列を辿って、舌の裏を舐めあげると、喉がきゅんと切ない。びくんと軀が震えて下肢が熱く痺れて——。それでも王子の舌はまだディアを解放するつもりはないようだった。

「あ、はぁ……はぁ……殿下……もぉやめ……」

ディアは菫の瞳から涙をぽろぽろ零して訴えた。

悲しいからじゃない。軀をあまりにも揺さぶられたせいだろう。さっきからディアは涙が溢れて止まらなくなっていた。しかも頬を伝う涙をクロードがそっと唇で拭うから、もっと涙が止まらない。やさしくなんてしないで。その仕種に心臓がまたうるさく騒いでしまう。やめて欲しい。

まるで、すごくいとおしいって言われてるみたい。

違うのに——と思ってもディアは心が動くのを感じて切なくなる。するりと絡まった脚が、まるで名前を呼びかけるように——誘って動くのだってそうだ。

ほらもっと蕩けてみせて？　そう甘く唆されているかのよう——。

王子が甘やかな言葉でニセモノの恋人のディアを口説くときを思い出して、ディアは高鳴る胸を抑えるので精一杯。抵抗らしい抵抗なんてできなくなってしまう。しかも。

するりと脚と脚の狭間に指を入れられる。そのぬるりと指が動く感触に、ディアは初めて自分のそこが濡れていることに気づいた。

「な、なに……わ、わたし……おかし……あぁん、や、指動かしちゃ……ッ」

ディアはびくびくと躯を仰け反らして、鼻にかかった甘い嬌声をあげる。

「感じてるディアはかわいいなぁ……もっともっと喘がせてみたくなる——ディアのなかだってどれくらい濡れてるか確かめてみようか？」

そう言うとクロードはこともあろうに、ディアの膝を肩に担ぎあげて、誰にも見せたことがないディアの秘密の場処を顔の前で押し開いた。

しかも濡れそぼった場処に、さらにはちみつをたらりと垂らしていく。

「ひぃやぁぁぁッ！」

熱くなった花弁にとろりとした蜜は冷たくて、その刺激のあまりの強さにディアは悲鳴めいた甲高い嬌声をあげた。しかも濡れそぼった割れ目を軽くかきまぜられて、かくんと腰が痙攣《けいれん》する。

「ほら、甘い甘い蜜がひくひくとディアの恥ずかしいところに飲みこまれて……俺を誘ってるみたいだよ、かわいこちゃん？」

「わたし、誘ってなんかな……あ、や……なにしてッあっあっ！」

さっきから刺激を受け続けて官能を開かされた軀は新しい刺激に敏感に反応してしまう。

王子の舌がディアの秘部を舐めたのだ。

艶めかしくもやわらかい感触が、こんな場処に触れるなんて。

ディアは本で読んだことはない。想像だってしたことがない。

恥ずかしくて仕方がない。羞恥を覚えて身をくねらせたところで、舌先が敏感なところをつついて、「ひゃぁん！」と甘えた嬌声をあげて軀が跳ねる。とろりとしたはちみつが軀の中の訳のわからないところに入りこんで、その生々しい感触に震える間にもクロードの舌が、割れ目を開かせるようにゆっくりと執拗に舐めあげて——ふるり。また舌の艶めかしい感触が敏感なところを掠めた。

「ふぁっ、ダメ……や、やぁ……殿下、そこいやぁぁ……ッ！」

ディアはあまりにも強く脈打つ快楽が怖くて、本気で泣き出しそうになりながら訴えた。

怖い。躯の奥底から湧き起こる波に、ディアのすべてが攫《さら》われてしまうような――そんな感覚に怯えてしまう。

「んーふるふるしちゃって、かわいいんだけどな？　感度がよすぎるのかなディアは」

そう言ってぴんとどこかを指で弾いた。途端、

「ひぃぁぁッ！　あ、やぁぁん！」

びくびくーっと華奢な躯が痙攣したように震える。どっと下肢の狭間が熱くやわらかく解けて、濡れていた場処がもっと蜜にまみれてしまう。持ってかれてしまった。唐突にやってきた熱い波に、抗いたくても指先をわずかにも動かせなかった。

「淫芽を弾いたらイってしまったか……菫の瞳のかわいこちゃんも、これでやっとイく快楽を覚えたかな？」

「〝イく〟――って……な、に？」

快楽に痺れてうまく舌が回らない。それでもどうしても気になって問いかけたのに、クロードはくすくす笑うだけで、熱い蜜を吐き出したばかりの秘部にまた口付けるから、たまらない。快楽に達したばかりの躯はまだ鋭敏に愉楽に反応して、うねるような疼きの波を呼び戻してしまう。舌先がぬちゃぬちゃと音を立てて割れ目のなかまで入ってくるから、ディアは「あ、あ……ッ」と甘く喘いで、びくりと躯を震わせた。

しかもさっき淫芽とかいっただろうか。ぷっくらと起ちあがったひどく感じるところを指先でくぃっと抓まれて、ディアは豊かな胸を揺らして身悶えるしかない。腰がびくびく

っと震えた瞬間、

「イっていいよ……また気持ちよくなってごらん、ディア」

甘い言葉に誘いだされたのだろうか。また溢れんばかりの快楽が波のように襲ってきて、ディアはどうすることもできなかった。

ただクロードのされるままに快楽を貪って、流される。頭が真っ白になる。なのに眼鏡の固い感触が太腿を離れて、その甘くほぐれた陰部に指を入れられると、ディアは甘やかな疼きとは別の戦慄をびくんと覚えた。

「やぁッ！　殿下、指、指はダメ！」

思わず叫んでいた。

ディアはクロードの言うとおり、男女の色事にあまり詳しくない。

ほかの家にはうっかり子どもの前で情事を同僚と話すおしゃべりなメイドもいるらしいけれど、困窮を極めているウィングフィールド家には年取った女中頭とわずかな女中しかいない。だからディアは耳年増になり情事の知識を蓄える機会にあまり恵まれなかった。

それでもノーラから聞かされた話もあったし、なにやら身の危険を感じたのだろう。

涙を流して、いままでになく強く抵抗する。

「ん……ディア？　だからそんなに抵抗ばかりしてると、恋人ができても続かないぞ？もっと……快楽に身を任せたらどうだ？」

「だ、だって殿下……わたし」

快楽に身を任せたら――どうなってしまうのだろう。

蕩けた頭で聞かされたことについて考えていると、下肢に違和感が走る。十分なほど蜜を溢れさせせた場処は、骨張った指を第一関節まで簡単に飲みこんでしまった。

けれどもやっぱり未通の場処は狭い。ぎゅっとすぼまったところをさらに押し開こうとされると、ディアはまた躯をくねらせて抵抗する。

「やめ……ッ！　やっぱりダメです殿下……そこは、ダメ……わたし……わたし、お嫁に行けなくなってしまいます！」

それだけはダメ。ディアのささやかな夢なのだ。

いつか誰かが借金を返済してくれたあげく、ディアを迎えに来てくれる。そんなささやかな夢。叶う当てなどあるはずのない――はかない夢。

「ディア……だからその、そこは……だな？　『お嫁に行けなくなってしまいます！』じゃなくて、もっと違う言葉を言うもんじゃないか？」

「ふぇ？　もっと……違う言葉って……あ、やぁッ」

なにが言いたいのかわからない。だからクロードがどんな顔をしているのかのぞきこもうと思ったのに、ぐるりと膣《ちつ》の中をかき回され、それどころじゃなくなってしまった。

「だから……その、たとえば、だ。『責任を取ってくださいね？』とかそういう――」

なんだろう。なんでだか、王子が妙に拗ねたような照れているような声を出している気がするのだけれど、やっぱり意味がわからない。

「責任って……お金ってことですか？　でもそんなの……お金があれば許しちゃうとかわたしは……娼婦みたいでイヤ、です……から……ッ」

唇の貞操はすでにお金で売ってしまったも同然かもしれないけれど――。

最初にちゃんと内容を聞いておけばよかったのだから、半分くらいは不可抗力だったとは思う。でもやっぱり唇の貞操と、軀の貞操は違う。軀の方はダメだと思う。

でも――。心の奥底で、見たくない昏い淵がぱっくりと口を開いてディアに囁きかける。でも、もしかしたら。

もしかしたら、いつか誰かが助けてくれるかもというディアのささやかな願いはやっぱり叶わないかもしれない。というより、元から叶う可能性はかぎりなく低い。それはわかっている。でもじゃあ誰も助けてくれないなら、どうなるのか。

ディアはあの三十も年上の太った金貸しの花嫁になるしかない。

もしディアが男爵位とともにダレンに嫁げば、弟とウィングフィールド伯爵家は安泰だ。大好きな稀覯本をお金に換えたときも、仕事に出て利子を稼いでいるときも、ディアの頭の片隅からは、いつもその考えが消えなかった。

心の奥底では、とっくの昔に覚悟を決めていたのだ。口ではなんと言おうと、どうにもならないときは自分が金貸しのダレンに嫁ぐのだと。

でもダレンが一番欲しいのは男爵位だし、いくらかはディア自身も欲しかったとしても、『処女で嫁いでこい』と言われたことはない。詭弁だけれど、それなら初めてはダレンなんかに奪われるより、絶対クロードとする方がいい。

だってクロードのことは好きなのかもしれない――。

恥ずかしい場処まで見られて、ディアはようやく思い至った。

手を支柱に繋がれて裸にされるなんて、いくらニセモノの恋人の契約をしてお金をもらっていたって簡単に許せるわけがない。なのにいま、クロードと裸で触れ合っているのはいやじゃない。

――恥ずかしいけれど、いやじゃなくて困る……くらい。

ディアは顔を真っ赤に火照らせて、そう認めた。

初めて図書館塔でクロードを見たときのことが、またふっとよみがえる。

明るい青灰色の瞳と目が合った瞬間、眼鏡をかけた少し神経質そうな顔をずっと見つめていたい。そう思ってしまった。あの瞬間を何回も思い返すうちに、いくら鈍いディアでもおかしいと思った。クロードはただ好みのタイプだっただけじゃない。

あれは一目惚れというものだったのだろう。

結婚する予定もない相手とこんな深い睦みごとをするなんて――そうディアの倫理観は悲鳴をあげる。けれども、お金のためだと言ったってなんだって、金貸しよりクロードとしたいに決まってる。なのに未体験の怖さと、万が一を考えると怖じ気づいてしまう。

もしダレンに嫁いだときディアが処女じゃなかったら、伯爵家の借金をすべて帳消しにはできない。そう言われたらどうしよう――。やっぱりそんな考えも消えなくて、逡巡《しゅんじゅん》の

あまり返答できないでいると、

「お金ね……ったくディア？　おまえはどんだけお金に困ってるんだ？」

呆れたような声が嘆息とともに吐き出された。お金じゃないですってば！　と言いたかったけれど、ディアは冗談めかして、本当のことを言ってみる。

「軽く三万ベイルです……かね？」

「ばっか……三万ベイルなんて——一般庶民なら、一家が一生遊んで暮らせるような額じゃないか。まだそんな冗談を言う余裕があったとはな……ん？」

「ひぃ、ぁ……ッ」

生意気だと言わんばかりに胸の赤い果実を甘噛みされて、びくびくと軀が跳ねる。おかしい。本当のことを言ったのに。と言っても、三万ベイルは庶民が作れる借金じゃない。もし本当に本当だと訴えたら、あるいはディアが貴族の娘だとばれてしまうかもしれない。

言えるわけがない。クロードの貴族の令嬢に対する扱いを思い出すと、どことはなしに軀が震えてしまう。無理。絶対に真実を告げるわけにはいかない。

そうしてディアが沈黙しているのをどう受け取ったのだろう。

「いいよ……かわいこちゃんに特別手当を出してやろう」

そう言ってクロードは濡れた花弁に口付けてきた。しかもびくりと膣のなかが勝手に疼いたところにクロードの舌先が肉芽をまたついたから、ディアは「あぁんっ……」と甘ったるい嬌声を漏らしてしまう。

「だからもう――抗うな、ディア」

どこかしら鋭利な刃物のような、鋭い覚悟が感じられる命令に、ディアは心臓をわしづかみにされた気がした。ふっと青灰色の瞳と視線が絡むけれど、ディアを見あげるクロードはやけに真剣なまなざしをしているように見える。

なんで――!?

とくとくと心臓がわけもなく苦しくなって、まるでクロードの言葉に囚われてしまったかのように、それ以上抗えなくなる。するりと骨張った指が肌をさするのを受け入れてしまうしかない。

「な、んで……？　なんで殿下……や、違うの、わたし……」

そんなつもりじゃなかった。お金が欲しいって意味じゃなかったの。

「もう抗うなっていっただろ、本好きの菫ちゃん？　それとも脚もどこかに繋がなきゃダメか？　ディ・ア……ん？」

そう言って太腿の内側にちゅっと音を立てて口付けるから、まるですごくやさしくされている気がして困る。クロードは本のことがなければディアのことなんか見向きもしない。知り合いになれるわけもないこの国の世継ぎの王子さまだというのに。

きゅうと柔肌を吸いあげて鬱血の赤紫を刻みつけられる。

いつか言っていた所有の証のように――。

「い、いや……て、手だって解放して欲し……ふぁん……ッ」

ディアが手を解放してとお願いしようとしたところで、クロードはまたディアの豊満な胸を摑んでその先端を口に含んだから、抗いは最後まで口にできなかった。

下肢に意識が移っていたのが、一気に赤い蕾に引き戻される。

胸の先から軀がすべてのっとられてしまうような甘やかな疼きが広がって、ディアは頭のなかまで痺れたように官能に蕩かされた。さらに「んん……」っと味わうように舌で転がされると、びくん！　と快楽に反応してまだ自由なままの脚を誰のものともつかないまま擦りあわせて身悶えてしまう。その反応に、クロードが気をよくしていることを感じとる余裕もないまま。

「解放してだなんて……言う気も起きないくらい、感じさせてあげような、ディア？」

くすりと笑い声が漏れて、クロードはまたはちみつをディアの胸に垂らした。感じるまに鮮やかさを増した蕾は、ひやりと冷たい蜜にまたきゅっとくびれが硬くなってしまう。

「ふぁっ！　で、殿下それやぁっ……あ、ダメ！　グリグリしない、で……ッ」

さらにクロードの骨張った指先が、たっぷりと胸の先にかけられたはちみつをまるで赤い蕾に塗りこめるように執拗に攻めてくるから、ディアは喘がずにいられない。シーツにべたべたしたものが流れてしまう。そう思ってどうにかしたくても、押さえこまれた軀は傾きを変えることもできない。

「ああん……だ、だって……」

解放してって言うに決まってる。

舌先があまりにも絡みつくように胸の先を舐めてくるから、気持ちよすぎてびくびくと躯が跳ねるのが止まらない。こんなの、もっとされなくたって感じてるに決まってる。

「やだ、ダメ……わたし……頭がぐちゃぐちゃで……おかし、い……」

ディアがふるふるとむずかる子どものように首を振ると、クロードはその仕種をどう思ったのだろう。片方の指ではちみつだらけの蕾をとろりと撫であげながら、もう片方を歯でくぃっと甘噛みしてきた。途端、「ひゃぁ……ッ」とディアは絶句して、びくんと大きく震えた。あまりにも鋭い愉楽に頭が真っ白になる。

「それでいいんだよ、ディア……」

なにも考えなくていい――。そんな甘い声に促されて頭の芯が痺れる。なにもかも綺麗に飛ぶ。びくん、と背を弓なりにしならせて、華奢な躯が痙攣したように揺れる。

「あ……ん……殿下ぁ……」

真っ白になった頭で甘えた声を出してしまう。

「ったく……名前で呼べって何回言ったらわかるんだ？　ディア……次にイくときはちゃんと名前を呼んでイくようにしろよ？」

言ってる意味がわからない。

周りには誰もいないのに、どうしてそんな本当の恋人にするような真似をしなくてはいけないのだろう。そんなの絶対におかしい。

けれどもふわりと浮きあがった心地のまま弛緩した躯は力が入らなくて、頭のなかも蕩けきってしまっていた。だからツッコミを口にすることはできなくて、クロードにされるままになるしかない。

いつのまにか下肢を手繰る指が三本になって、鈍い痛みが膣のなかから感じられていた。怖い。ダメ。そう思うのに、軀で脈打つ淫らな疼きはさっきより大きくなって、なぜだか、もっともっとと強請りたい衝動に襲われていた。

「ん……二回もイったから、もう十分なほど濡れてるな……」

クロードはひとり言のように呟くと、力の入らないディアの膝を立てて、軀を大きく開かせている。わずかに腰を持ちあげられて、ベッドの支柱に繋がれた肩かけが、ぴんと突っ張る。その不自由にディアは自分が虜囚《りょしゅう》の身だと思い出して胸が痛くなった。

なんで、殿下はこんなことするんだろう。

ぎしと音がするたびに、肩かけを纏ういつものクロードを思い出してしまって切ない。肩かけをダメにしてしまったらどうしよう。そうディアはひそかに気にしてるのに、当の本人にはまったくその気がないようで困る。

そんなことに意識を向けていたせいだろうか。下肢の狭間になにかが当たった。そう思ったときには、硬いみっちりしたものに軀が割りさかれていた。

「な、やぁっ……痛い……やだ……殿下、怖い……ッ」

ぎち、と狭隘《きょうあい》なところに入りこもうとされて、ディアは泣きながらおののく。

やだやだと首を振って、どうにもできないのに手を動かそうとしては、手首を繋ぐクロードの肩かけに阻まれている。

「ディア……菫の瞳のかわいこちゃん？　大丈夫だよ……大丈夫だから……ディア」

やさしい声で言い聞かされても、怖いものは怖い。

「あ、や……やぁっ……」

じわ、とまた痛みがなかに押しいり、ディアは熱い涙を流す。ふるりと揺れる胸に唇が触れる。

「大丈夫……ディア……何があっても俺が守ってやるから……な？」

『何があっても俺が守ってやる』——その言葉にとくんと胸が高鳴る。

「うぅ、でも殿下が……」

襲っているんじゃないですか！

そう言いたい。言いたかったけれど、できなかった。

「んぅ、ふぁ……やぁ……ん」

唇を塞がれて、すぐに下唇を弄ばれる。しかも温かい手のひらで胸を掴まれて、もう片方の手で腰をクロードの方へと引き寄せられた。痛みに怯えたくても、口付けと愛撫には感じてしまう。涙が流れる間にも、ず、ず、と膣の奥へとクロードの肉槍が入りこんで、痛みのあまりディアはどうしたらいいかわからなくなった。

「で……んか……わたし……お嫁に行けなくなってしまいました……」

堪えきれずに、ディアはひっくと嗚咽を漏らす。

「ったく、なんでおまえは……仕事のときはそれなりに聡いのに、ふたりきりになると鈍いんだ、かわいこちゃん？　ディア……名前で呼べって言っただろ？」

耳元にねっとりと甘やかに囁かれても、ディアの絶望はきっとわかってもらえない。

ディア自身だってよくわからない。

クロードに抱かれてほっとしている自分もいる。あの金貸しが初めての相手じゃなくてよかったと思う。なのにやっぱりどこかしら悲しいような気がして、涙が止まらない。

叶う当てのない夢がそんなに大事だったのかと自分自身に問いたい。

初めてを捧げた相手と結婚することが、ただ叶わないだけだ。

だってクロードは王子さまだ。

国の世継ぎで貴族の娘は嫌いで――ディアはニセモノの恋人に過ぎないのだから。

「名前で呼ぶのは……お仕事じゃないですか！」

口にしてみたら、またぶぁっと涙が溢れた。「ふぇ、う」と嗚咽が漏れるディアの頬にクロードが唇を寄せて涙を拭う。

なんでそんなにやさしくするの――!?

ディアはいやいやと首を振って、涙を拭う唇を退ける。

「『なんなりとお申しつけください』――そういったのを忘れたのか？」

「だって……だってわたし……」

「『だってわたし……』なんだ？」

なんだろう――わからない。わからないけど、いまクロードを名前で呼ぶのはなにかが違う気がする。心がきしりと痛んで、ダメだと叫ぶ。

「……ディア、動くからな。言葉でダメなら軀に言い聞かせてやる。部下がちゃんと上司の命令を聞くように躾《しつ》けてやるから覚悟しておけ」

「なっ……ふぁっ⁉」

クロードはそう言って、ディアをつらぬく肉槍を引いてまた押しこめた。

痛みを堪えようとまた手を引こうとして、叶わない事実を思い知らされる。

ぎゅっと強く抱きしめられて、クロードの眼鏡が喉に触れると、なんだか泣きたくなってしまう。やっぱりわからない。

殿下はお金で欲望を満たそうとしてるんだから、抱きしめたりしないで欲しい。

胸が苦しくて、どうしたらいいかわからない。なのに肉槍が引かれたり入ったりの抽送をくりかえすうちに、痛みが疼きに変わり、そのうち快楽になった。

「あ、ふぁ……や、だ……」

クロードの手がディアのお尻に伸びて、膣をもっと大きく開かせるようにとこころもち持ちあげられた。そう思ったところでびくりと膣壁の、ひどく感じるところを肉槍が掠めて、熱くうねる波が襲ってくる。

「で、んか……やぁ……わたし、融けちゃ、う……ッ」

「ディア、いいよ融けて……大丈夫だから……な？　かわいこちゃんの軀は甘くて美味しい——だからいっしょに融けよう?」

「や、ダメ……もぉ、もぉ、止めて……は、ぁ……殿下、お願いわたし」

甘い言葉は媚薬《びやく》のようなモノだ。

ううん。実のところ、媚薬なんかよりたちが悪いかもしれない。

ディアの頭のなかをどろどろに蕩けさせてまともな思考を失わせるばかりか、もっとと強請りたくさせられてしまう。

「駄目だ、ディア……もう、止められるわけがないだろ」

途切れ途切れになる苦しそうなクロードの声にディアはなんでと思う。苦しいのはディアの心で、クロードじゃないはず。なのになんで——。

「は、ぁ。や、だって……ニセモノだって、恋人のフリだって言ったのに」

熱い涙が湧き起こる。その本当の意味を自分でも理解できないまま、躯だけでなく、心が軋んだ音を立ててしまう。

「だってフリでしかないのに!」

甘い言葉も戯れのようなキスも、熱く触れる指先も自分の心はこんなにも本当のそれのように感じてる。王子の腕から逃れられないのはきっとそのせい。

わたしだけが、ニセモノだと思いきることができない——。自分の心のままならなさと、平然と男の欲望を満たそうとしている王子とに悔しさは募るばかり。

「もう手遅れだよ——」

そういってクロードが口付けながら、また深く奥を突いてきたから、ディアはびくびくと痙攣したように震えて波に攫われるしかない。

「ディア――俺のかわいい菫ちゃん？　気持ちよくてどうにもならないくらい感じさせてやろうな？」

クロードの囁きをどこか遠くで聞いて、ディアは蕩けきった軀に精を放たれるのを感じた。熱い。そう思ったところで波に攫われてしまう。

頭が真っ白になる瞬間、気持ちよくて――よすぎて、快楽に甘く蕩かされたまま、ディアは意識を失った。

† † †

「ほらディア、あーん？」

口を開くように促されて、うっかりと従ってしまったのはなぜなのだろう。

「んんっ……殿下ちょっとわたし自分で食べたいんですけど!?　んんぐっ」

「しょうがないだろ、ディアは両手が塞がっているんだから……ほら、サーモンサンドはいらないのかな？」

「いりますってば！」

美味しそうなサンドイッチを見せつけるように目の前で振られて、やけくそのように叫んでしまう。むぐ。王子の手から無理やりサンドイッチにかぶりついて上目遣いにじっとりと睨みつける。

「なんだ、菫ちゃんは朝からご機嫌斜めか？」

「と、当然じゃないですか！　こんなんで機嫌がいいわけないです！　まずこの手を解いてください！」

　ディアは悲鳴のような声をあげた。

　けれども黒髪眼鏡の王子さまは怯む様子もないまま、またサンドイッチをひとつディアの口に運ぶ。長椅子にふたりして腰かけているから、肘も太腿もくっついて、布を通して触れていても熱いし、気恥ずかしくて仕方ない。

　しかも今日は両手を前で、リボンに縛られている。クロードのさらりとした黒髪を束ねているのと同じ色のリボンは、まるでお気にいりの品物を飾り立てているとでも言わんばかりに綺麗なちょうちょ結びだ。あるいはクロードの髪を束ねていたリボンが自分の手につけられていると思うことさえ、なんともいえない気恥ずかしさが湧き起こる。

　おそろいのリボンで囚われている。

　そう思うと、いやなのにいやじゃない気がするから、自分もどうかしている。しかも不自由なのにお腹が空いてるから、ついクロードの「あーん」に逆らえず差し出されたモノを食べてしまう。おかしい。わけのわからない理不尽にディアは困惑しきっていた。

「上司にしてこの国の王子である俺が、お腹を空かせた部下に食べさせてやっているというのに、かわいこちゃんはご不満とは……」

贅沢だな。と嘆息混じりに言われるのはおかしい。王子だとか関係ない。じっとりと睨みつけてしまっても当然だと思う。

ここは王宮の王子の部屋なのだという。

大きなフランス窓からそのままテラスに続く部屋は広く明るい。図書館塔とは印象があまりにも違う。家具や壁の色も白やパステルカラーが基調になっていて、さわやかな朝の印象そのままの開放的な空間が広がっている。フリルやレースこそなかったけれど、まるで女性の部屋といっても通じそうなくらい。

昨日、ディアは飛行船に乗せられ、そこでうっかり王子に抱かれてしまった。

ただ処女を奪われただけじゃなくて、何度も何度もイかされて、ディアはそのあとずっと意識がなかった。どうやら飛行船が地上に降りたことも知らないまま、王宮に連れてこられたらしい。

いま着ている服が夜着なのは誰が着せたのかとか、どうも体がすっきり綺麗になりすぎているのはどうしてなのかとか、いろいろ考えはじめると羞恥のあまり目が回りそうになるから、そこはもう考えないことに決めた。

だいたいいくら借金のことで少し気持ちが沈んでいたとはいえ、流されるままに抱かれてしまうなんて、ありえない。気持ちよかっただけに不覚だと思う。

そもそも気持ちよかったなんて、おかしい。すごく好き勝手されてしまった気がするのに、ひどく大切にされながら好き勝手されたようにも思う。そんなはずないのに――。

「ディア、ほら菫の砂糖漬けもあるぞ？」

「そ、そんな甘いお菓子なんかにごまかされませんよ？　だ、だいたいわたし、昨日無断外泊させられて……未婚の娘が無断外泊なんて、あ、ありえないです！」

「ディアは街娘のくせに変なところでお堅いなぁ……出かけるときに、副館長に伝えたから、仕事で外泊するとおまえの家にも連絡がいってるはずだ。心配するな」

「そ、それが問題なんですってば！」

貴族の娘が、結婚前に無断外泊。普通はない。ありえない。

仕事と言っても、そもそも貴族の娘は仕事なんてしない。うまく事情を知っている父か弟に連絡がいっていればいいけれど、もし母親に知られたら最悪だ。これから結婚相手が決まるまで外に出られないかもしれない。

そう思うと、菫の砂糖漬けに懐柔されてる場合じゃない。

ないのだけれど、さすがは王室御用達！

まるで宝石箱のような布張りの小箱に大きくて綺麗な紫色の菫の砂糖漬け。見た目が絶品に美しい。手に取ってみたくてディアはうずうずしてしまう。しかも、しっとりふんわりと全体にやわらかそうな砂糖がかかってるところなんて、本当に美味しそうで生唾が溢れてしまう。目の前でちらつかされて、ディアの心がぐらりと揺らぐ。

「ディ・ア？　食べさせて欲しいのかな？　それともお菓子はいらないのかなぁ？」

「うぅ……殿下、そういうの卑怯ですよ？　仮にもこの国の王子がですね……」

「あっそ、いらないんだ」

「あ、うぅ……べ、別にそんなこと言ってませんよ!?　だからその……殿下がそんなにわたしに食べさせたいんなら、た、食べてあげてもいいですよ？」

「へーえ……じゃあ、かわいこちゃんに食べさせてあげようかなぁ？　ん？」

そういってクロードは菫の砂糖漬けを自らの唇に挟んで、ディアの前に唇を突き出してくるから、ディアは顔を真っ赤にして固まった。

どこかからかうような気配に、じっとりと上目遣いに睨んでしまうけれど、ディアが痺れを切らすまで待ちきれなかったらしい。クロードはディアが食べに行く前に、ちゅっと唇を奪うようにして、ディアの口腔に菫の砂糖漬けを舌で押しこんで――。

「んぅ……ふ、ぁ……」

王子は菫の砂糖漬けをディアに無理やり押しつけてきたくせに、ディアが食べようとしたところで、また奪い返そうと舌先を伸ばしてくる。だからディアもむきになって舌先でつつき返して、甘くほどけた菫の砂糖漬けを奪い合うようにして舌を絡めてしまう。

「むぅ……ンン……っでん、か……ッ」

いつのまにか長椅子に押し倒されて、喉を開かせるように深く深く口付けられる。

甘いのは菫の砂糖漬けだけじゃない――。

舌裏をざらりと撫ぜられて、びくりと躯が震える。

ダメ、こんなの……蕩けちゃう――。

正直ディアは完全に戸惑いきっていた。

クロードはこの国の王子さまで、ディアの上司で、しかもお金をくれる人で――そのどれを振りかざしたとしても、ディアをどんな風にも好きにできるはず。なのに人前でキスをしろとか無理難題を言うわりに、ふたりだけになると妙にやさしいからわけがわからない。

いまだってそう。ディアの手を縛って、わざわざ王子自ら食べさせる。お菓子を口移しして弄ぶ。これでいったいクロードになんの得があるのかと問いたい。

「ディア……菫ちゃんが菫の砂糖漬けを食べてるなんてかわいいな。俺も菫ちゃんを食べていいかな?」

「なっ……ッ! ダメッ! ダメですよ殿下! もうこんなの、けいや……むぐッ!」

契約違反ですよ!

そう言いたい唇は王子の悩ましい唇に塞がれる。けれどもすぐに離れて、しっと人差し指を唇に押しつけられ、ディアもはっとした。誰かが来たとわかったからだ。

「でん……っと、クロードさま、あのですね……菫の砂糖漬けを召し上がりたいなら、どうぞ。でもですね」

「クロードさま……ね。仲がいいんだかそうでもないんだか……」

唐突に聞こえてきた声に、どきりと心臓が飛びあがってしまう。

声がした方へ目を向けると、すらりと背の高い美人が立っていた。

身に纏うマーメイドスタイルのドレスは、派手ではないけれど、瀟洒な美しさとよく似合っている。それでいて黒髪の巻き毛に縁取られた顔は、美しいのになぜか親しみを感じる。というか、どこかで見たようで——しかも瞳は青灰色。

ディアは思わず自分を押し倒しているクロードの顔を見て、また見知らぬ美人を見て、またクロードを見た。

「クロードさまにそっくり……」

「私のほうが年上なんだから、クロードが私に似ているのよ、菫ちゃん？」

そう言って艶やかに笑うとなお似ている。まるでクロードが女装でもしたらこんなふうではないかと思うくらい。そこまで考えて、ディアはようやっと気づいた。

「あ、そうか。で、クロードさまの姉君のオリヴィア王女殿下ですね」

「そう。こんな朝っぱらから何をしているかと思えば……しかも庶民の司書と！　母上への当てつけのつもりかしら？」

え？　とディアは思わずクロードの顔を見てしまった。

「……そんなんじゃない。ディアは」

「王宮にそんな娘を連れこんだら、当然そう思うわよ。こんなこと初めてじゃない」

「たまたま仕事のときにディアの具合が悪くなったからだ。図書館塔は泊まるような場処はないし……そうだな、ディア？」

「え、あ、はい！　えと、そうだと思います。わたしは覚えてないですが！」

「変な娘ね……おまえの片思いじゃないといいのだけど——まぁ、いいわ。母上から偵察してこいと言われてきただけなの」

「偵察って……姉さんがそんなことする必要はないだろ」

「まぁ、私も興味があったから」

王女は悪びれずに言ってのける。

確かにクロードが言ったとおり、ふたりの関係はランドルフとリネットと違ってなんだか妙にお互いに対してざっくばらんだ。さばさばしてみえる。

「——デール長官はその娘を評価してるみたいね。おまえを王宮の仕事に出させてくれたってずいぶん喜んでいたわよ。ローダンとの交渉でおまえを見直したって官僚も多いんだから、もっと王宮の仕事もちゃんとなさいよ」

そう言うと殿下によく似た美人は、手をひらひらと振っていなくなってしまった。まるで春の突風のようだ。唐突に吹いてこっちが身構えたと思うと、もう気配もない。

〝母上への当てつけ〟だの〝偵察〟だの、気になることをたくさん言われた気がするけれど、なにより——。

『おまえの片思いじゃないといいのだけど』というのはなんだろう。

昨日、ランドルフ卿にも似たようなことを言われた気がするけれど、そんなことは絶対にないのにおかしい。それともリネット嬢とのこととか、別の誰かの話だろうか。

ぐるぐると考えてみても、わからない。そもそも考えるだけの情報もない。

ディアが途方に暮れた心地でクロードを見ると、

「すまなかったな、ディア」

そういってお詫びのつもりなのだろうか。額に軽く口付けられて、ディアはますますわけがわからなくなった。

† † †

帰宅したところで、今度は弟のルイスに待ち構えられていた。

「姉さん、朝帰りとはおそれいったよ」

こっそりと裏口から侵入したのに、失敗したらしい。ようやく王子のお遊びからも解放されたばかりなのに、家でもまた責めたてられるなんて。

ディアはため息を吐きながら、ルイスの冷ややかな視線に身を縮めた。

朝だというのにどことなく薄暗く見えるのはウィングフィールド家そのものに覇気がないせいなのか、骨董的価値があるというより時代遅れの調度品に掃除が行き届かず、うっすら埃をかぶって見えるからなのか。

図書館塔や飛行船の最新の装飾を見てきたあとでは、多額の借金がある現実を思い知らされるようで、気持ちがどすんと重くなる。弟に詰問されているとなるとなおさら。

「そ、それはね、ちょっとその不測の事態で……。その、わたしが具合が悪くなってね」

「仕事だって聞いたけど」

「仕事だったのは本当です……」

消え入りそうな気持ちで情けない顔になってしまう。

弟に朝帰りをなじられる日が来るなんて、ディアはこれまで考えたこともなかったのに。

「一応、母上には、姉さんは風邪っぽくて早くに休んだということにしたから、口裏合わせておいてくれよ。姉さんしっかりしているようで、変なところで抜けてるんだから」

「うぅ……はい。ご迷惑をおかけしました」

呆れるような詰問するようなルイスの問いに悄然《しょうぜん》と答えるしかない。いつもはお姉さんぶって主導権を譲らないディアだったけれど、さすがに今日は分が悪い。

一応嘘は言ってない。仕事だけではすまなかっただけで。

「姉さん……好きな人でもできたの?」

「は?　と、突然なにを――」

「だってなんだか最近、綺麗になったみたいだ」

言われて、一瞬なんの冗談かと思う。ディアは驚きに目を瞠ってしまう。

「恋をすると綺麗になるって……本で読んだときは冗談か比喩表現かなにかだと思ったけど、本当のことだったんだなぁと思って……」

「ふふっ、なにを訳知ったようなこと言ってるの、ルイスったら」

「いるんだろ？　ごまかさないで、姉さん。僕の学費やうちの借金の犠牲になろうなんて思ってるんならやめて欲しいんだ。学校なんていつ辞めたっていい――」

「そんなのダメよ、ルイス！」

それだけはダメだ。絶対に伯爵家の跡取りとして人に笑われるような真似だけはさせられない。確かにディアはクロードに恋してるのかもしれない。けれども、もし本当に恋だとしてもこれはほんの束の間の恋にすぎない。ディア自身、よくわかっている。

かたや貴族の娘嫌いの国の世継ぎ。かたや落ちぶれた伯爵家令嬢。

なにをどうしたって、結ばれるわけがない。

クロードはきっとあの亜麻色の髪のかわいらしいリネットと結婚する。そしてディアは多分――ううんほとんど絶対、金貸しのところに嫁ぐのだ。太った顔を思い出すとぶるりと悪寒に震えて、ディアは無意識に自分で自分を抱きしめた。

「いないわ……好きな人なんて――いないの。いてはいけないの」

ディアは自分自身に強く言い聞かせる。

その思い詰めた言葉に、弟がよく似た面差しを悲しそうに歪めたことに気づく由もない。

――甘く待ち受けていた罠にとっくの昔に堕ちていた。

そう気づきながらも認めるわけにはいかない。

ただ胸に迫る痛みを見ない振りすることしか、いまのディアにはできなかった。

第五章　抱きしめないで――ニセモノの恋人ですよ?

飛行船でクロードに抱かれてしまってから、数日が経った。

「本当にここは楽園なんだわ――」

ディアは今日も本に囲まれる幸せを噛みしめながら、手にしていた稀覯本を抱きしめた。

ここにいる間だけは、いやなことを忘れられる。

そう思うと、クロードがこの図書館塔に引きこもりたがるのが、少しだけ理解できる。

あと少し――あとほんのわずかでいいから、ここで本を整理しながらクロードのそばにいたい。いつのまにかそんなことを考えるようになって、ディアはつきんと胸が痛む。苦い笑みを浮かべてしまう。

どうせ束の間の幸せに過ぎないのに。

自嘲気味に、深いため息を吐いたところで、ジリリリリン、と楽園の静けさを打ち破る異音が響く。思わずディアはさっと血の気を引かせて、ぎくりと体を震わせた。

いま、塔にはディアがひとり。

このところたびたびあったようにクロードは不在にしていて、王宮の方に顔を出している。だからディアはおそるおそる音がした方に近づいて、シャワーヘッドのような金属部分を震える手で持ちあげる。

「は、ハロー？　あの、こちら図書館塔です」

『いいか、ディア。俺がいないときにこの機械がジリリリンと鳴ったら、おまえが出て、用件だけは聞いておけ――やり方はだな……』

そう言ってエレベーターのときと同じように懇切丁寧にやり方を教えてくれた。

『ああ、ディアか。悪いが、いますぐ本館まで来てくれないか？』

王立図書館の副館長だった。

と言っても、クロードが言うには、この電話という機械で図書館塔に連絡を取ってくるのは、基本的に副館長ということに決まっているらしい。どこかほっとした心地でディアはやっていた作業にどこで中断したかわかるように目印をつけると、急ぎだからと苦手なエレベーターを使うことにした。

がたがた揺れる小部屋の気持ち悪い感覚には、やはりまだ慣れない。とはいえ、本をカートに積んで階を移動するときなんかは、さすがに便利だと思うことが多い。それで幾分慣れて、もうひとりでもどうにか乗れるようにはなっていた。

『な？　こうしていれば怖くないだろう？』

エレベーターに乗るたびに、クロードはそう言って怖がるディアをなだめてくれる。だからひとりで乗ったときでも王子が抱きしめてくれたことを思い出してしまうのも、苦手な理由のひとつかもしれない。思い出して火照ってしまった頬を風に当てて冷ましながら、ディアは敷地のすぐ近くにある王立図書館本館へと足を踏み入れる。

「やぁ、ディア。急いで来てもらって悪かったな。図書館塔の仕事の方は、どうやら順調のようだけれど」

「はい、チェルニー副館長。おかげさまでなんとか進んでおります」

ディアは軽く腰を屈めて、肯定の意を示す。

「うん。おかげで今日、殿下は王宮の方へ顔を出されているとか……それでディア。以前、殿下をもっと王宮に来させて欲しいという話をしていた方を覚えているか？」

「あ、はい。もちろん覚えております。ちょっと下腹の重たそうな方でしたね」

「…………。うんまぁ、あの方もそれは気にしておられるから本人には言うなよ。あの方は、デール長官だ。王宮の仕事関係の采配や調整をする総務役を務めていらっしゃる。とても偉い方なのだぞ」

「長官さま……!?　わ、わたしその、大変失礼なことを!!」

話を早く進めるよう催促したり、王子に対しても引きこもりなどと言ってしまった。公にされたら、クビどころではすまないかもしれない。

ディアは思い返してまっ青になってしまった。

「いやもうあれはさすがに忘れておられるだろう、忙しい方だから。その方が、『ディア・フィールダーの働きには満足している』とおっしゃってな……ほら、以前約束されていただろう？　褒美をだな、くださるそうだから、ちょっと王宮へ行ってきなさい」

「ええっ⁉　ほ、本当ですか⁉」

「うむ。王宮の入り口で私の使いでデール長官に用があってきたと言えば、案内してくれる。ついでで悪いが、この書類にだな、殿下のサインをもらってきてくれないか。館長の裁可が必要なものなのでな」

「あ、は、はい！　承知いたしました！」

† † †

グラン＝ユール国王宮。

王立図書館も王宮の敷地の一部だけれど、街に近い敷地の入り口の辺りにあるせいか、実際の王宮に近づく機会というのはそうそうない。そもそも図書館塔の上からはともかく、図書館の入り口からは緩やかな丘に阻まれて王宮が見えない。

それでディアは地図を書いてもらい、目印を確認しながら、王宮へ向かった。

革の肩かけ鞄に書類を入れて、石畳が敷きつめられた通路の端を歩くのはちょっとしたお使い気分だ。図書館塔の本の整理作業とはまた違って、なんだか妙に仕事をしている心地にさせられて新鮮だし、綺麗な王宮を歩くのはとても気分がいい。

ときおりやってくる華麗な装飾の馬車は貴族のものだろうか。

ガラガラという車輪の音が近づいては馬車に追い抜かれるのにも慣れてきた頃、美しい庭園に辿り着いた。緩やかな丘の麓《ふもと》に『こちらが近道』と手元の地図にあるとおりだ。

ちょっとした貴族気分を満喫して――と言ってもディア自身、もちろん貴族ではあるのだけれど――花咲き乱れる庭園を楽しみながら階段を上ったところで、あっと驚きの声が漏れた。

「これがグラン＝ユール国王宮――なんて……大きいの……」

華麗でいて左右対称をなした白亜の王宮を見て、茫然と立ち尽くす。

いくら伯爵家令嬢と言っても、ディアが社交界に出る頃には伯爵家はすっかり斜陽になっていた。だからディアが王宮に来るのは初めてだ。それにいまは制服を纏い、仕事の用事で来ているけれど、そうでなければ王宮に上がることができるような服は持っていない。

「この制服だって、支度金で作ったんだしなぁ……」

ディアはひらりと肩かけを風になびかせてみせる。

そうすると、自分は司書ですよ。と周りに見せつけているようで、少しばかり気分がいい。街の古書店で働くのとはやはり違う。

真新しい服を着るのも久しぶりでとてもうれしかった。雇われるときにちゃんと支度金まで出して、制服を仕立ててくれたのだ。

帽子をきちんと身につけた姿を鏡で見ると、自尊心がひどく満たされたのを覚えている。この制服は王立図書館で働いている証。

白いペチコートをのぞかせてくるりと回ると、ディアは「よし」と気合いを入れた。

「ふふっ。では司書として王宮に乗りこみますか！　えっと王宮は向かって左側が王族の住まいや大広間。右側が謁見の間や官僚たちが仕事をする区画と……」

ディアは再度地図を見て、権力を誇示するように巨大な翼を広げた建物を見あげる。

用があるのはもちろん向かって右側になる。

ディアは自分の屋敷がすっぽりと入ってしまいそうな玄関ホールの入り口に近づいて、副館長に言われたように門番に告げる。門番はちらりとディアの司書の制服と肩かけを確認して、入ってよいとの許可をくれ、奥から文官を呼んだ。そこからふわふわとした絨毯が敷かれた廊下を文官について歩く。ディアはひどく場違いに感じて身を縮めながら、「こちらです」と案内された部屋に通された。すると、いつか見た太った官僚が、忙しそうに机の上にある書類にサインをしているところだった。

「む……おおっ！　ディア・フィールダーではないか。待っておった、待っておった」

デール長官はディアに気づいて手招きしつつ、近くにいた部下らしき人を追い払う。

「お呼びだとうかがって参りました」

ディアはスカートを両手で軽く抓み、腰を屈めて一礼する。

「う、む。なかなか礼儀正しくてよろしい。そしてこのところ殿下が以前より王宮に顔を出してくださっている。おまえのおかげだ、ディア・フィールダー。まさかこんなに早く成果をあげるとは！　なかなかのやり手だな」

「は、え……いえその、ただわたしは本の整理を手伝っただけで……すから」

手放しの褒め言葉がくすぐったくて、ディアは顔を真っ赤にして俯いてしまった。

「いやいや。そうではない。殿下もおまえのことを褒めていたぞ？　おまえが殿下と同じ情熱で本を扱うので、それで殿下も安心しておまえに任せて、図書館塔を留守にできたのだろう。いままでの司書と決定的に違うのはそこなのだよ」

「え、や……で、殿下が褒めてくださってた!?　や、まさかそんな馬鹿なというかなんというか、殿下は一度もそんな気配見せたことございませんけど!?」

一概に信じられなくてディアは思わずまた不遜な言葉を口にしてしまった。

「む、おまえはなんというか、物事をはっきり口にしすぎではないか？　それでもめ事を引き起こしても知らないぞ、私は。まぁよい。ほら約束の褒美だ」

手渡されたのは、五〇ベイルの王宮発行の小切手。

はっきりいって大金だ。庶民としては破格の高給取りである司書の一ヶ月分の給料をはるかに超えている。

「こここ、これはこんな！　あまりにも、高額すぎやしませんか!?」

思わず言葉に詰まるほどの大金を手にして、手が震えてしまう。

「それだけあの方に価値があるということなのだよ……よいからとっておけ。おお、そうだ。チェルニーから電話が来とった。殿下にサインして欲しい書類があるとか。そちらの扉から出て、文官に案内してもらいなさい」

「あ、ありがとうございます。お心遣い感謝いたします」

小切手を革の鞄にしまい、一礼して、言われたとおりに指し示された扉を出る。すると文官は訳知ったようにディアに先立って歩き、天井高い大きな広間へと案内された。

一段高い場処に、真っ赤な絨毯が延びていく——。

謁見の間だ。

厳粛な雰囲気の部屋を見てディアはそう理解したけれど、中央で話している人々からはときおり笑い声さえ漏れてくる。その賑やかな雰囲気の中心にいるのは——。

「クロード王子殿下……」

ディアは茫然と呟いた。幾人も貴族がいるなかでも、すぐに見つけられる。

背が高く姿勢のいい佇まいで、背中になびく髪をリボンでひとまとめにしている姿。

身ぶり手ぶりと周りの反応を見ればわかる。人の輪に囲まれて部屋の雰囲気を支配しているのは、紛れもなくクロードだ。

「……ずいぶん楽しそうにお話されてるんですね。政治の話ってなんというか……もっとぎすぎすとされているのかと思ったんですが」

「ええ、王子はお話を盛り上げるのがうまくてですね……ローダンの大使なんか、陛下より王子をお気に召してらして、王子が相手をしないと話がまとまらなくて困っていたんですよ。やっと新しい通行税の件もカタがついて、こちらも肩の荷が下りました。クロード王子殿下のおかげですよ」

「そう……そうなんだ」

はっきりと話まで聞こえてこないけれど、クロードは異国の大使とときには親しげにときには尊大に、表情豊かに堂々と話している。

「殿下ってやっぱり王子さまなんですね〜〜」

ディアは平坦な声で呟いた。

「は？　ええ、クロードさまは……王子でいらっしゃいますが、何か？」

文官の声を聞きながら、ディアは自分の心が沈みこむのを感じていた。

なにに衝撃を受けたのかはよくわからない。

ただ、初めて会ったとき、静かな図書館塔の最上階で、光降り注ぐ楽園に佇んでいたクロードの姿がくりかえしくりかえし、何度も目蓋の中に浮かびあがって消えない。

本に没頭して塔に引きこもる王子。

そんなふうに思ったのはディアの勝手だ。

社交界にあまり出ない上、出たところで満足に友だちもいなくてなじめないディアと同じなのだと――勝手に同族意識を芽生えさせていた。

でも違うのだ。

クロードは、こんな厳粛な場も華やかに変えて、しかも政治的かけひきができる。その

能力がある。だからデール長官だって、クロードに王宮にきてもらいたがったのだろう。ただの引きこもりなら、そんなふうに求められるはずがないのだから。

そんなことを考えていたら、ふとディアは遠くにいて、まるで別人のようなクロードが、実はいつもと同じ司書の制服に金糸の肩かけをしていることに気づいて苦笑いを零した。

「ふふっ、殿下ってば……王宮のお仕事でも、いつもの制服を纏っておられるのですね」

「ええ。そうですね。と言ってもあの肩かけも殿下用の特注ですし、あの方はもう立ち居ふるまいからしてほかの方と違うでしょう？　生粋の王族と言いますか」

「生粋の王族――ああ……そう、なんです」

嫌味のない傲然としたふるまい。

当然だ。王族は生まれながらにして、人の上に立っているのだから、いつだって人に命令する立場にある。ほかの人がやれば感じの悪いふるまいもクロードがやると、なぜか優雅な魅力に変わってしまう。ディアはそれを身をもってよく知っていた。

甘やかな命令も、魅惑的な微笑みも――自分だけのものじゃない。

そんなことは初めからわかっていた気がするのに。

「遠い……で、す」

殿下、遠いです。わたし……。

ディアは書類をいれた革の鞄を、両手でぎゅっと握りしめる。

ただの距離以上に遠く感じるのは、なぜなんだろう。

華やかな笑みを浮かべる眼鏡をかけた相貌。その唇がディアに口付け、もったいつけたように優雅に動く指先が、自分の火照った肌に確かに触れたはずなのに――。

まるですべてが夢か幻のように思える。

わけもわからず、胸が苦しくなってディアはその場からさっと踵を返した。

「あ、ちょっと用事は？　いいんですか？」

声が追いかけて来たのも無視し、扉から扉へ――ただ周りを見る余裕もなく、足早に駆け抜ける。

いつのまにか迷ってしまったことに気づかないまま――。

† † †

いったいなぜこんなことになっているのだろうか。

公爵家のご令嬢リネットとふたりきり。

ディアは、ニセモノの恋人の架空の恋敵のような少女と公爵家の馬車に揺られていた。

王宮で迷って途方に暮れていたところで、「クロードのところにいた司書の……ディアさんだったかしら？」なんておっとりとした声で話しかけられた。

「ちょっと話したいことがあるんだけど……」と言われたのには驚いたのだけれど、馬車で図書館塔まで送ってくれるというのを断る選択肢はディアにはなかった。

なにせ広い王宮で迷いすぎて、すっかりと疲れてしまっていたのだ。

正直頭を抱えたい展開ではあるのだけれど、後悔はしていない。ずっとひとりで王宮で迷子より、恋敵（仮）に頼るほうがましだ。そうに決まっている。

とはいえ、華麗で居心地のいい内装は贅沢に慣れてない身には身の置きどころがない。しかも話を始めてみれば、リネットはひどく妙な誤解をしているようだった。

「その……ね。兄のランドルフから聞いたのだけれど……。クロードとのことは身分違いの恋なのに……いいの？　きっと王妃さまだって、宮廷の貴族たちだって反対するだろうし、私だけじゃなく、いろいろな娘をクロードのところに送りこんでいるのではないの？」

「別に……クロードさまがいいのなら、構わないですよ？　わたしは。貴族のご令嬢たちも追い払ってくださいますし」

っていうか、それが目的なんだけど。

とはもちろん言えない。ふたりだけの時間を邪魔されたくないという、ごくごく恋人同士にありがちな心情だと受けとめてくれることを願いながら、ディアは唇を引き結ぶ。

そもそも、周りが反対するとかしないとか関係ない。この芝居を続けているのは殿下の個人的な依頼なんだから。わたしの気持ちだってそう。

続けるか続けないかを決めるのは、殿下だけ――。

実際、ディアも本について クロードと語っているときにご令嬢がやってくるのは、嫌な気持ちになる。ふたりきりの時間を邪魔されたくない気持ちそのものが、自分の心でも育っていることは、できれば認めたくないのだけれど。

「素敵だわ！　クロードは身分違いのあなたとの愛を王妃さまに反対されてるのに、あなたのことを絶対に守るって言い切ったとか——まさかクロードがそんな身分違いの恋をするなんて夢にも思わなくてびっくりしたけれど私、あなたたちのこと、応援する！」

「は？　応援……？」

なにを言われたのかわからなくて、ディアは目を瞠って首を傾げた。

というか、おかしい。目の前のリネットはクロードと恋仲ではなかったのだろうか。

「え、や、あの……リネットさま……はこの間塔にいらした日の翌日……塔の裏でクロードさまとその……お話ししておられませんでしたか？」

「あらやだ……見ていたの？　そうなの——もう一度クロードにどうしても私と婚約はできないのかと聞いて……また振られちゃったの」

その言葉にディアは息を呑んだ。

「じゃあ抱きしめているように見えたのは……」

「え？　もしかして誤解してた!?　あれなら、なぐさめに背中を叩かれて額にキスで終わり。子どもの頃から何度もしてる親愛の仕種なのよ。いつものことなの」

「あ……そ、そうなんですか」

ディアはなんと言ったらいいかわからずに、一瞬、手元に視線を落とす。ディアの誤解だったなんて——。心のどこかがほっとしているのに、まだうまく理解できないでいる。

そんなディアの心を悟ったのだろうか。リネットは大きなリボンをつけた頭を揺らし、細い肩を竦めてみせた。

「——あのね。クロードは普段はやさしくて軽妙で楽しい性格だと思われているけれど、本のことになると途端に人が変わるじゃない？」

「……そうですね。確かに本に関してはわりと真剣な顔をして、作業されてますね」

それは間違いない。ディアを菫ちゃんだとか、かわいこちゃんなんていって押し倒してくるときとはまるで別人のような顔をするから、ときおり、どちらが本当のクロードの姿なのだろうと考えてしまうくらいだ。

「私もだけど……あのギャップでたいていの娘はビックリしてしまうみたいなのね」

「リネットさまも——？　でもクロードさまとは幼なじみなのでは？」

「幼なじみだから余計に、なのよ——クロードは子どもの頃から、兄と同じようにやさしくて、私、クロードに怒鳴られたことなんてなかったの。なのに、あの図書館塔ができたばかりの頃、訪ねていったときに本を蹴飛ばしてしまってね」

「あー……それ……わたしも本を蹴飛ばされるのは、わざとじゃなくてもちょっと……」

その話は、ディアも聞かされた。クロードはそのとき、やっぱりほんの少し前とはまるで表情を変えて、本当に嫌そうに顔をしかめていたから、よく覚えている。

「あなたはそうなのね……。でも私はそうじゃなかったし、初めてクロードに怒鳴られてものすごくショックだった。ほかの娘も、みんな同じようなことを言っていたわ」

そうなのか。確かに王宮で話すクロードは雰囲気が違って見えたけれど、ディアにしてみれば図書館塔のクロードの方がなじんでるから複雑だ。

「クロードはもちろんこの国の世継ぎだから滅多な人には任せられないけど、あなただけは図書館塔でも近くに置いて大切に思ってる。だから王妃さまがどんなに反対したって、私、ふたりがうまくいくように協力するわ！」

「ええっ⁉」

ガタンと馬車が止まったのは、おそらく図書館塔に着いたせいなのだろう。ディアはほろが出ないうちに、この訳のわからない会話から逃げ出したかったのだけれど、きらきらと自分を見つめるリネットに圧倒されて、後ずさることもできない。

「自分の身近にこんなロマンス小説みたいな恋があるなんて、素敵なんだもの！」

——ニセモノの恋人なんですが。

とはいえる空気ではなかった。

† † †

王宮に行った翌日。

「今日もまた、目指せ借金の返済！」

ディアは気を引き締めるためにあえて声に出して、図書館塔に出勤した。

王宮にいた王子のことなんか、自分には関係ない。気にしていない。

クロードに抱かれてしまったことだってそうだ。

厳密に気にしていないかというのは難しいところだけれど、ひとまず考えないことには成功しているように思う。

リネットの言うことも王妃殿下のこともニセモノの恋人作戦だって——。

気になんかしていないのだ。そう自分に繰り返し言い聞かせながら。

「おはようございます、クロード王子殿下……と、チェルニー副館長」

珍しく図書館塔にいる副館長のチェルニーに気づいて、ディアは素早くスカートの襞を抓んで腰を屈め、一礼した。

「やぁディア。おはよう、君は階段派かね……えらいな。私も運動しなくてはと思いはするのだが、これがなかなか……」

ディアがエレベーターではなく、塔の中心をつらぬく二重螺旋階段を上ってきたことに気づいたのだろう。チェルニーが運動不足を嘆くように下腹を撫でさする。

「デール長官の下腹と比べれば、まだまだ問題ではないと思いますけど……なにをなさってるんですか？」

「この稀覯本を所蔵する機械に不具合があってな……いまチェルニーに見てもらって修理工を呼ぶ相談をしていたところだ」

「不具合の詳細は承知しました。では手配しておきますね」

チェルニーは運動不足だと嘆いていたわりに、やはりエレベーターのほうへと去っていく。ディアはやれやれと思いながら、王子が脚立の上に腰かける隣りに体を寄せて、機巧《からくり》の歯車がたくさん詰まった本棚の裏をのぞきこんだ。

ここに詰められているのは、装幀が弱い本ばかり。

革鞄に入れてハンガーのような物に吊していくと、穴の空いたカードで簡単に出し入れができるという機巧仕掛けの本棚だ。

「……直りそう、ですか？」

大きな柱時計の中身よりずっと複雑そうな装置は、のぞいてみたところで壊れているのかどうかすらディアにはよくわからない。

「ディア、おまえ昨日王宮に来たそうだが、なんで俺に声をかけなかった」

「は？」

唐突に話を振られてディアは、唖然と脚立の上のクロードを見あげる。

眼鏡の奥で、王子の青灰色の瞳はどこか鋭い。さらりと流れる黒髪に今日もリボンを結んでいるところだけはやわらかい印象に見える。けれども整った顔に傲然と問い詰められると、答えがするりと返せない威圧感がある。

関係ない。気になんかしていない。

そう心に言い聞かせるのに、物問いたげな切れ長の瞳は、まるでディアの心の動揺まで見透かしているかのよう。怖い。思わずディアはクロードと絡んでいた視線に押し負けるように、目をそらした。

「それはその……お話が盛り上がっていて長くなりそうでしたし、あんなところに割りこむのも無粋だと思いまして——あ、それでこの書類にサインをいただきたく——」

ディアは肩から提げていた革の鞄を外し、チェルニーから託されていた書類を王子に差し出した。クロードの視線を痛いほど感じる。でも顔をあげられないでいると、指から書類を抜き取られ、丸められた書類の筒で頭をぽすんと叩かれた。

「ばーか。あのなぁ……どんなに上司が忙しそうにしていても、頼まれたからには声をかけろ。書類にサインをもらうために、ほかの仕事をしているところでも割って入るのが部下としての役割だぞ、ディア」

ぽすんと叩かれた頭が痛くないのに、痛い。

ディアが上目遣いに恨みがましそうな目を向けると、クロードは脚立の上からやはりじっとディアを見つめていた。その瞳は鋭さを消してやわらかく眇められ、静謐《せいひつ》でいて整った面差しには微笑を浮かべている。

「返事は？　新米司書」

「……はぁい。承知いたしました」

どこか戯けたように答えた。そこに、ばちと機巧《からくり》機械から、何かが弾けるような異音が響く。おかしな音だと不安を覚えていると、カードで指定した稀覯本が出てくる吐き出し口から勢いよく本が飛びだした。

「ああっ、本が！」

床に落ちた革鞄の口が壊れ、なかから飛び出た稀覯本がくるくると回転しながら床を滑り――。すとんと、最上階の中央にぽっかりと開かれた吹き抜けの穴へと姿を消した。

「待って！」

ディアは反射的に追いかけて、ぱっと手すりから身を乗り出す。気が遠くなりそうなほどの高さがある吹き抜け。ゆっくりとページがめくれながら落下していく本。そう想像して恐怖したけれど、違った。本は床から少し下がった飾りのところに引っかかり、ぐらぐらと不安定に揺れている。

「あ、落ちそう――と、届かない」

身を乗り出したところで、指先に届きそうで届かない。

「あと、少しなのに――あ……」

「ディア!!」

ディアの体がくるんと手すりの向こうに転がり落ちそうになったのと、名前を呼ぶ声がほとんど同時に響く。がたたんッ、という大きな硬い音はクロードが座っていた脚立が倒れた音だろうか。

ディアは一瞬がやけに長くなったように感じて、なんだかわたし、変なことを考えてるなと思った。その間も、ピンで頭に留めていた制服の帽子が外れて、ぱらりと深いはちみつ色した金髪が乱れて――。制服の帽子がぱすん、かたんと二重螺旋階段の手すりに当たって落ちていく。ディアの体も同じように――。

そう思ったのに、がくんと体のどこかが突っ張った。反動で鼻が壁に激突するけれど、痛みを訴えるより先に、スカートをたぐり寄せられて、体をどうにか引きあげられる。

「ディア‼ この、馬鹿！」

怒鳴りつけられた声は、鋭い恫喝と言うより、動揺が感じられた。

がしがしと乱暴に髪をかき混ぜられて、体をむちゃくちゃに抱きしめられる。

「何を考えて――そうじゃないな……この、考えなしが！ もう……俺の心臓を止める気か――ディア……！」

「殿下――」

放心状態で呼びかける。すると両手に頰を挟まれて、口付けられた。

「ん……ふぁ……で、ん……んんッ」

軽く唇に触れて、角度を変えてもうひとつ。少し離れて、再び触れて、下唇を啄まれる。

眼鏡が当たって冷たいとか痛いとか、そんなことを言える雰囲気ではなくて、ディアはクロードにされるままに何度も口付けを受けるしかなかった。

「おまえは、もう――なんて馬鹿なんだ⁉ ここ、何階だと思っているんだ⁉」

「っと……十階……くらい？」

「十二階だ、ばか！ おまえは数も数えられないのか文字も読めないのか、まったくほんとにもう――……ディア……無事でよかった。本当に……」

怒濤のように罵《ののし》る言葉を聞きながらも、ディアは茫然と抱きしめられたまま。

「本をとろうとして吹き抜けに落ちるなんて……本好きの菫ちゃんはもう……本好きにもほどがあるだろ、馬鹿。おまえは本当に本好きの馬鹿だ、ディア。この馬鹿」

「そんなにバカバカ言わないでくださいよ、それに本……あっ、本は⁉」

さっき取り損なった本のことを思い出して、ディアは放してくれとばかりにクロードの腕のなかでじたばたともがいた。けれどもクロードの腕は放してくれるどころか、むしろ力を強めて、全然放してくれる気配がない。

「本なら——落ちた。多分……一階まで、そのまま」

クロードの言葉にディアは大きく目を瞠る。その菫色をした瞳に非難の色を滲ませて。

「な、なんで、殿下……殿下がわたしのスカートを引っ張らなかったら多分わたし、届いてた……そうしたらわたし本を離さなかったのに！」

革鞄に入れて整理しているのは、華奢な装幀の稀覯本だけ。

ただでさえばらばらになりそうな本が、十二階もある塔の吹き抜けから落ちたら——。

ディアは大きな瞳を潤ませて、クロードの胸をこぶしで打ちつけた。

「ディア、落ち着けこの馬鹿！　おまえが落ちていいわけないだろ！」

「落ちたっていいですよ、本が無事なら！」

だって稀覯本だ。価値があって数が少なくて——ものによってはディアの家の借金なんかよりも高価な本が、この図書館塔には無数にある。伯爵令嬢であるディア自身もだけれど、そもそもいまのディアは庶民の一司書に過ぎない。いくら高額な給料をもらっていると言っても、この図書館塔にある稀覯本と比べたら、一庶民の命など安いものだろう。比較できるはずもない。そう思うのにクロードはいったい何を言っているのだろう。

「おまえは～～！　もっと本だけじゃなくて自分の体も大事にしろ。本よりおまえが大事に決まってるだろう！　何考えてるんだ、この頭は飾りか!?」

「いたっいたたた、ちょっと頭ぐりぐりしないでくださいよ！」

クロードはいったいなにをそんなに動揺しているのだろう。ぎゅうぎゅう抱きしめた上にこぶしで頭を押されると痛くて仕方がない。

「おまえは本当にしっかりしているようで危なっかしくて……俺の心臓が止まった。頭も痛い……どうしてくれるんだ、もう」

「そうおっしゃるのは、わたしが殿下の目的に都合がいい女だからでしょう？」

「……都合がいいからというのは否定しないが……ディア。菫の瞳のかわいこちゃん？　おまえがその大きな零れそうな瞳で見つめるから俺は……」

啄むような口付けを受けて、ディアは「んぅ」とため息とも嬌声ともつかないような、くぐもった声を漏らしてしまう。

ニセモノの恋人なんて、いついなくなったっていいじゃないですか。

稀覯本の方が大事に決まってるじゃないですか。

こんなことで怒るなんておかしい。ぎゅっと抱きしめないで欲しい。

「待って、殿下。いま、誰もいない……ん、ふ」

執拗に唇を啄まれて、甘い痺れに頭が侵食される。

振りだけの恋人にするキスにしては、やけに何度も唇で唇を挟まれて引っ張られ、ぷっくりと膨らんで敏感にさせられたところを今度は舌で緩く辿られた。びくりと軀の奥が熱くなり、抗おうとしていた腕の力が崩れる。

「や、あ……待って、だ、め。わたし、いまは必要ないですよ？　恋人の振りなんて」

「……必要だ。俺のために、な。ディアがあんまりにも心配させるから——抱きたい」

「は？」

「おまえが無事で、ちゃんと俺の腕の中にいるって信じられるようになるくらい抱かないと気がすみそうにない」

そういってクロードはディアの上着を脱がせて、自分も上着を床に放り投げた。

王子の白い肩かけが白と黒の大理石の床を飾るように散らばる。

そのまますするりとブラウスを脱がされていくのに、どう抗ったらいいかわからない。

いったい殿下はなにを言ってるんだろう。

ディアは困惑したまま、王子がシャツの前を開くのをただ見つめてしまう。本を持ち運びするのは、意外と重労働だからだろうか。引きこもっているわりにクロードの肢体には、すんなりと引き締まった筋肉がついていて、胸も硬い。抱きしめられていると、力の差を感じて、変にクロードの男を意識してしまうからタチが悪い。動揺していると、あっというまにディアはコルセットを緩められ、胸を露わにさせられてしまった。

「……や、ダメ、殿下わたしいや……あぅ……ふぁッ」

乱暴に胸を揉みしだかれたというのに、胸の赤い果実はもう尖っている。その事実にディアは驚いた。膨らみを何度も何度もしごかれ、熱を帯びた疼きが胸の先に集まってもどかしい。ダメ、いま触られたらわたし。

ディアは自分の軀があまりにも物欲しそうに疼くから、我慢しようと必死だった。

「おまえの白い胸が震えてる。頂の真っ赤な果実も色づいて、俺のためにつんと上向いて、かわいい……ディア」

舌がぐるりと起ちあがったところを舐めて、「ひぁッ」と悲鳴めいた嬌声があがる。

ぬるりとしたやわらかい感触が、まるで得体の知れない生き物のように硬くなった乳首を舐めあげる。もっと起ちあがらせようとするかのようにねっとりと舐められて、ディアは「あっあっ……」とずっと短く喘いだまま。

自分でも下肢の狭間が熱くほどけて、ひくひくと淫らな収縮をくりかえすのを感じる。恥ずかしくて顔は真っ赤になるのに、いますぐにでもイってしまいそう。軀も心も乱されてしまう。なのに、

「……まだだ、ディア？　今日はそんなに簡単にイかせない」

そう言うと王子は胸を弄ぶのをやめて、上衣だけでなくディアのスカートをペチコートごと脱がせてしまった。衣擦れだけで、鋭敏になった肌は感じてしまう。けれども、あと

ほんの少しで快楽を貪れた躯はそれだけではイけなくて、不満げに気怠くなる。

「……ッ、なん、で……」

愉悦をお預けにされて、ディアは恨みがましい目を王子に向けた。

意味もなく抱かれるのがおかしいと思いながらも、途中まで陶然とさせられた躯が辛い。

「なんでって……そんなのお仕置きだからに決まってる。聞き分けのないかわいこちゃんには、躯によっく刻みつけておかないと」

「は？　お仕置き？」

聞き慣れない言葉に、ディアは金色の睫毛をパチパチとしばたたく。

意味がわからない。なんでディアが官能に蕩けるだけじゃなくて、お仕置きなんてされなくてはいけないのだろう。というか、このお預け状態がお仕置きとか言われても、困る。どうしたらいいかわからなくて、うるりと涙が溢れる菫の瞳で睨みつけるしかない。

しかもやさしげに大切なモノを確かめるかのように頬を撫でないで欲しい。

本のページを手繰る骨張った指先が自分に触れている。そう思うだけで、ディアの心臓は壊れたみたいに高鳴ってしまうのに。

「ふぁっ……ッ！」

片膝を立てさせられると、下着の上から陰部を撫でられ、びくりと躯が跳ねる。しかも胸の膨らみを強く吸いあげられ、甘痒い痛みが広がった。ますますわけがわからない。眼鏡のフレームの冷たさが肌に当たり、息を呑んで心が叫ぶ。ダメ、こんなの続けたくない。

どんなに考えないようにしても、ときおりふっと怖くなる。

飛行船でクロードに抱かれてから、ディアは何度も考えこんだ。

かなり意識がなかったけれど、それでも王子がディアの中に精を注いだことは覚えている。拙い知識しかなくても、その精がもとで子どもを孕《はら》むことも理解している。つまりディアは王子の子どもを身籠もってしまうかもしれないのだ。結婚もしていないのに。

「やだ、やめて殿下お願い。この前だって……わたしの膣内《なか》に出したの、ひどいじゃないですか⁉　子どもができたら、どうしてくれるんですか⁉」

「いいじゃないか、子ども。ちゃんとおまえに作り方を教えてやると言っただろう？　理解できたのならありがたく思え」

「はい？　な、ななななにを言って⁉」

ダメだ。話が噛み合ってない。ディアは貞操の危機におののきながらも、

「そうじゃなくて、恋人の振りです。振りなんですから本当にやっちゃダメなんです！」

「だから、ディア。おまえそこはだな、はぁ……なんて鈍いんだ……。まぁいい。わかった。膣内に出さなきゃいいんだろ」

なにか言いかけたことはなんなのだろう。この間からときどきクロードは妙に含んだ言い方をする。ディアにはよくわからないし、関係ないことなのかもしれないけれど、もっとはっきり言ってくれたらいいのに。そう思うこともある。いまこうしてさわさわと、本当にいとおしそうな仕種で何度も何度も、骨張った指が髪を梳いていくのもそう。

「まぁ……それはそう……ですけど？」

なんかおかしい。むしろここで抱かれるにしたって、ただ単に殿下の欲望を静めるために抱かれるのであって、心を慰めるためではない気がする。

「ディアが落ちるかと思って俺の心臓は壊れかけた。ずたずただ。かわいこちゃんを抱いて癒されないと、痛みが治まりそうにないからちゃんと抱いて確かめたかったのに――それでもディアがどうしてもいやだというなら、膣内《い》に挿れなくてもいい」

「……い、いやに決まってます」

それに稀覯本のほうが大事に決まっている。とは恨みがましい目をするだけで、賢明にも口にしなかった。

「だからディア？　なかに挿れなくてもいいから、ディアのここ、で俺を慰めてくれ」

そう言ってクロードはディアの下肢からガーターベルトを外し、下着も剝ぎとると、背中でもぞもぞする気配がしたから、トラウザーズの前を寛《くつろ》げたのだろう。クロードは欄《らん》干《かん》に軀をもたせかけて、ディアの太腿を持ちあげて膝の上に抱っこする。

「よっ」とかけ声とともに裸になったディアを抱き起こして、腕の中に収めた。その間に
なんだろうこの姿勢は。

裸に剝かれたまま、少し脱ぎかけの眼鏡の王子に抱っこ。

ちょっと卑猥《ひわい》すぎないだろうか。

「な、なにする気ですか、殿下――あ」

下肢の狭間を、熱く硬い肉茎がつつく。

「ほら、ディアが心配させたせいで、もうこんなにはちきれんばかりだ……ディア・マイスィート？　責任取ってくれるんだろうな？」

疑問の形をとっていても、言っていることはほとんど命令だ。

「……そんなの……ど、どうすれば……あぁん！」

こうしろとばかりにまた濡れた陰部を肉茎がつついた。

「膣内に挿れたら俺は出してしまうからな……このままディアの熱い濡れたところで、擦りあげて出させてくれたら、挿れなくてすむかもな？」

くすくすと耳元でひどく楽しそうな笑い声がする。

いったいこの王子はなにを言い出したのだろう。言ってる意味がわからない。

いやその、男女の情事について書かれた本には、男性器を手でしごいてあげたり、口に出し入れしたりするやり方についても触れていた。びっくりしてよく見てないけれど、そうすると女性のなかに入ったときのように刺激を受けて、男性もイくのだと——快楽の頂点を感じられるのだと書いてあった。それは確かだ。けれども、いまクロードが言ったのはディアの秘処で王子の肉茎をしごけとそういうことで——。

「ひぃうぇあッ!?　あ、やぁ……！　動かないでぇ！」

クロードはディアが脚を緩めないように太腿の付け根を押さえつけて、すぅっと自分の腰を引いた。ぬるり。このありえない事態でも、ディアの躯は感じていたらしい。淫蜜が

潤滑油になって、するりと男根が滑る。ディアの濡れた花弁をかき乱して。

「動かなかったら、俺がイけないじゃないか……かわいこちゃん？　それともディアが動いてくれるのかな？　ん？」

お強請りされるようなねっとりと甘い声にディアの頭まで甘く甘く痺れた気がした。

どうしよう。また頭のなかが――どろっどろに甘いはちみつをとろりと流されていくかのように、陶然となってしまう。

「ひ、ぁぁ……ふぁ……ん…ふぁっ！」

するり。またクロードの肉槍がディアの陰部に擦りつけるように動いて、華奢な軀がびくりと身じろぎした。

「ほら、かわいこちゃん？　乱れる姿を、大好きな本たちに見せつけてやろうな？」

「なにを、あっ……やめ……ッ！　胸は触らな……ッ！」

びくん！　と大きく軀を跳ねさせて、ディアは軽く達してしまった。

下肢が熱く蕩けているところに、背後から伸びた指が胸を弄んで、つんと上向いた蕾をきゅうと抓まれてしまった。初めて触れられたときはなかなか感じることができなかったのに、いまとなっては口付けだけで秘部が濡れ、胸の先が鋭敏になってしまう。あるいは王子が甘い言葉を囁くだけで、ディアの軀は期待しているのかもしれない。

「ほらディアの膣からまたとろとろいやらしい蜜が溢れた。動きやすくなったじゃないか」

「ひぃぁっあっ、や、ぁッ……！」

いま達したばかりで敏感なところに、また花弁を嬲るように王子が肉茎を動かすから、ディアはたまらずに豊かな胸を揺らして、甲高い嬌声をあげる。広い空間のなかで、ディアの声がわずかに反響するのが恥ずかしい。なのに嬌声を止められない。

この図書館塔はクロード個人の所有らしく、王立図書館の一部ということになってるけれど、基本的に閉架扱いらしい。助けを求めようにも、誰も来ない。

そもそも助けを求めたいのかどうかもよくわからない。

ぐるぐる考えていると、首筋にクロードの唇が触れる気配がしてディアは息を呑んだ。

「あ、殿下……ったい……痕ダ、メ……まだ胸にも残ってるのに……！」

そっと腋窩《えきか》をくすぐる腕にも力が入って、躯が寄せられる。感じて肌が粟立つのとは別に、くすぐったいような満たされるような心地に、身を任せたくなってしまう。

「残ってるうちにまたつけなかったら、意味がないだろ。もっともっと……ディアの躯中にこの鬱血の花を咲かせたいくらいだ……ん」

そういって肩甲骨のへこみにざわりと舌を這わせたあとで、また肌を吸いあげるから、ぬるりとしたやわらかい舌触りと鈍い痛みとのギャップで、「ああん」と艶めかしい声が漏れる。恥ずかしい。ディアはなんでそんな声を漏らすのかと、自分で自分をしかり飛ばしたい気分にさせられる。

「ディーア？　ほら動いて……？　それともかわいこちゃんのどろどろの淫蜜にまみれたなかに子種を注ぐほうがいいのかな？」

「だ、ダメ！　動きます！　動きますから、なかに挿れないで！」

ディアは軀を支えようと背後の手すりを摑んで、王子から高く起ちあがった肉茎をやわらかい内股で挟んだ。肉茎は、自分の淫蜜だけじゃなくて、透明な液を垂らしていたから、動かすのは難しくない。ただ肌が粟立って、自分の下肢が熱く灼かれるように疼く以外は。

「ふ、あ……あ、殿下……やめ、胸……さわさわしないで……ッ」

「ディアがダメだと言ったのは、なか出しだけだったぞ。それにこんなにつんと鮮やかに起ちあがって俺を誘ってるのに、触ってあげないわけにいかないだろ？」

「ひぃぁ……ッ！　あっ……や、弾か、ないで……ぅあッ、殿下……ッ」

「ほら、ディア？　動きが止まってる……まだ俺は全然イけてないぞ」

「うう……だ、だって……こんなの……」

頭がおかしくなりそうだった。

手すりを摑む手と床についた片膝とで軀を支え、どうにか腰を動かしてしごいてみるけれど、自分が動くたびに秘裂に肉茎の括れが当たり、感じるところを掠めていく。

もう、ダメ――。

切なくてもどかしくていますぐ逃げ出したいような――なのにもっと味わいたいような、熱い官能がじっとりと軀を灼く。その熱から、ディアは逃れたいと思いながらも、もう遅いとわかっていた。

逃れられない。火照った軀はもっともっとと求めてしまっている。

「殿下、も……殿下も、気持ち……いいんですか？」

ディアは頭の芯まで蕩けそうになりながら、それがどうしても気になっていた。だってなにかおかしい。慰めてくれと言われたけれど、むしろディアだけが快楽に乱されている気がしてならない。

疑いを見透かされたようにまた、クロードがすっと腰を動かす。花弁を甘く嬲られる感触にぶる、と愉悦の身震いが起こる。堪えきれない衝動に腰が砕けそうになるけれど、太腿を緩めたら、クロードの男根をしごいてることにならない。だからディアはともすれば薄れそうになる意識を必死に繋ぎ止めて、震える下肢を閉じたままでいた。

「……どうしてそんなことを聞くんだ、菫ちゃんは」

ふるり、とディアの豊かな胸を揉みしだきながら、クロードはディアの耳朶に口付ける。耳元で聞かされる低い声に、ぞわりと悪寒めいた官能が子宮の奥で疼く。

「だ、だって……殿下を……イかせてあげたい、から……ッ」

びくん、とディアは軀を大きく震わせる。

下肢を嬲られながら、乳房の尖りを指先できゅうと抓まれるだけじゃなく、耳殻のなかに舌を伸ばされて、そんなところにも感じる部分があったことに驚いていた。

「だから……殿下が……気持ち、よく……なるように……」

「かわいこちゃんがそんなかわいくも邪悪な言葉を吐くなんてな……ディア……ん」

邪悪？　邪悪ってなに——!?

そう思いながら、首筋を吸いあげられる感触に身を硬くして耐える。また所有の証だと言う鬱血の痕を残されたことをどう受け止めたらいいかわからないでいると、突然、軀を前に倒され、かと思うと四つん這いのまま、あっというまに王子の肉槍に貫かれていた。

「……ッ!?　ふぁん……な、なんで？　ああんッ」

充分蜜にまみれた軀は、まるで先日受け入れたクロード自身の形を覚えているかのように、すんなりとなかに招き入れる。ずぷり、と粘ついた水音とともに膣壁をみっちりしたものが嬲って、びくりとディアの華奢な軀が震える。しかも、膣洞はもっと奥を突いてと言わんばかりに蠕動《ぜんどう》して、クロードの肉槍を悦んで咥《くわ》えこんでいくかのよう。

「う、そ……さっき挿れないって、いった……のに……あ、ふぁっ」

「気が変わった。やっぱりそんな邪悪なまでにかわいいことを言う菫ちゃんは子どもを孕むまで抱いてしまおう……ずっとここに閉じこめて——」

そう言って後ろから突かれると、ぞくりと、これまで感じたことがない大きなうねりが腰から背中を走った。

「やだ、ダメぇ……ッ！　やめ、て殿下、な、かは……膣内に出すのだけはいやぁ！」

ディアがふるふるとむずかる子どものように首を振ると、クロードは首筋に顔を埋めて、ちゅ、ちゅ、とキスを落とす。なだめるように——ディアにダメだよと言い聞かせるように、やわらかい感触が肌に触れるから、ディアはなぜか泣きたいような切なさを覚える。

「それと、ディアにはいい加減、名前で呼ぶのを覚えてもらわないとな」

そう言ってクロードがまた勢いよく奥を突くから、ディアはもうがくがくと達してしまいそうになる。頭のなかがはちみつのように金色に蕩けて、その甘さに浸ってしまいたい。ただ流されて、言われたことに一も二もなく従ってしまいそうになる。

「クロードさま……や、もぉ……わ、たし……む、り……」

「ディーア？　無理だって。こんなの止められるわけがない……それと『さま』はなしだ。ちゃんと俺の名前を呼べたら気持ちよくイかせてやろうな？」

「ふぇ……あ、あぁッ……い、言うから、やぁ……く、クロード‼」

ディアは促されるままに吐き出す。だと言うのに、支えられなくなった躯を抱きしめられながら、不満そうにため息を漏らされる。

「ったく、箱入りの菫ちゃん？　もっと想いをこめて呼んでくれてもよくないか」

「ふ、あん……って……く、クロード……ああん、突かな……ッ！」

「まぁいいか……おまえらしくて、これはこれでそそられる。ディア……このかわいこちゃんはもう——俺を甘い罠に嵌めてばかりだ」

嘘つき。この甘い罠に引っかかったのはわたし。

逃れられずにあえなく処女を失った。花嫁になる価値をなくしてしまった——。

クロードの肉槍が角度を変えてまたディアの膣壁を深く抉《えぐ》ると、ディアは堪えきれずに、躯を支えきれなくなって、びくりと躯の奥で熱っぽい痙攣を感じて、とろりと甘い蜜のなかに溺れそうになる。

ダメ。融けちゃう、わたし――。意識が白く明滅する世界に呑みこまれようとするところで、どくん、といやらしい蜜にまみれた奥の奥がびくりと動くモノを感じて熱くなる。

「やぁっ……ダメ、膣内に出すの、ダメなの、に！」

「ディアはもうだから……参るよ……。かわいこちゃんが『責任を取ってください』という言葉をちゃんとうまく使えるようになるまで……ここで抱いてやりたいよ」

言ってる意味がわからない。そんなに抱かれたら、子どもができてしまうし、責任なんて――お金の問題じゃない。そういう問題じゃなくて――。

ディアは恍惚にたゆたいながら、それでも自分を抱きしめるクロードと指を絡めて、

「殿下も……気持ちが、いい……んですか？」

そう掠れた声で問いかける。

「ああ、気持ちいいよ？　ディアを食べて……幸せになった。甘くて甘くて――ずっと囚われていたいくらいだ」

甘くて甘くて――蕩けてしまう甘い罠。

わたしのほうこそ囚われてしまっているんですよ――？

軀の奥の熱に翻弄されるように、ディアは頭が甘く痺れるのを感じる。

「く、ろーど……あ、あぁ……ッ！」

ひときわ甲高い嬌声をあげると、ディアはびくりと背を弓なりに反らせて、官能の波に意識を手放した。

第六章　素敵な告白と淫靡な快楽と

なんでこうなったとディアは問いたい。

「ほらディア？　お手をどうぞ……菫の瞳のお姫さま？」

くすくすと笑いながら、眼鏡の王子さまが手袋に包まれたディアの手に口付ける。

真っ赤な絨毯の上を連れ立って歩きながらも、ディアは当惑を隠せない。

いつものように図書館塔に勤めに行っただけ。

なのに、夕刻前にリネットが訪れたところから様子がおかしくなった。

「たまにはクロードと外でデートでもどうかしら！」

ときらきらした瞳でチケットを差し出され、ディアは途方に暮れながら、目線だけでクロードに助けを求めた。絶対、そんな舞台のチケットなんて突き返すだろうと思っていた。

なのに、意外にもクロードはチケットを受け取り、そのまま仕事を切り上げさせられた。

さらにディアは王宮でまたドレスを着付けさせられて——いまに至る。

「ほら、かわいこちゃん？　俺の腕に摑まっていいぞ？　そんなにあちこちに目移りされたら心配でしょうがな……ほらもう」

「わ、わたしもうこどもじゃありませんよ？」

そう強がって見せたものの、転びかけたところをクロードに抱きとめられ、ディアは顔を真っ赤にして身を縮めた。自分の失態が恥ずかしいのと、クロードの胸が温かいのと、どっちがよりディアの顔を赤くせしめているのだろう。もう自分でもよくわからない。

「ディアはしっかりしてるように見えて、ときおりそそっかしいからなぁ」

「な、なんですかそれ！」

ため息混じりに言われていきり立つ。けれども青灰色の瞳と目が合ったところで、眼鏡をかけた魅力的な相貌を、ふっとやわらかく綻ばせるなんて卑怯だと思う。胸がときめいて、言葉を失ってしまう。

「目が離せないって言ってるんだよ？　かわいこちゃん？」

くすくすと笑って後れ毛を手繰られるなんて、ない。

滅多に訪れることがない社交場の雰囲気と合わせて、ディアはすっかりとクロードのペースに乗せられてしまっていた。

ここは劇場の豪奢なエントランス。

真っ赤な天鵞絨の階段の上を裾の長いドレスをなびかせながら歩くと、たとえただの図書館司書に過ぎなくても、本当のお姫さまにでもなった気分だ。一応伯爵令嬢だけれど。

しかもお相手は、この国の本当の王子さまだ。

ふわふわとした気分でふわふわとした絨毯を歩くと、頬が自然と赤く染まり、春に花が綻ぶ燦めきを宿したような菫の瞳は蕩けて潤んでいる。

だってこんなの反則だもの。仕方ないじゃない。

いつもの司書の制服も素敵なのだけれど、クロードが盛装して、長めのフロックコートを纏う姿も気取っていて素敵だ。さっきからディアの心臓は高鳴りっぱなし。どうしたら、平静さを取り戻せるのかと、そこらじゅうの人に聞いて回りたいくらいだ。

だって、一生に一度くらいはこんな想いをしてみたかった。

極上の艶やかなドレスを身に纏い、素敵なエスコートで流行りの演目を見にいく。

周りに注目され、「なんてお似合いのカップルかしら」なんていわれて――。

クロードと歩くと妬心めいた視線が痛い。けれどもこの夢のような場面のなかでは、やっかみさえディアのなけなしの自尊心をくすぐって、極上の気分にさせられてしまう。

夜の部《ソワレ》が始まる少し前。

瀟洒なすずらんのシャンデリアに明かりが灯り、美しいドレスを纏う淑女と燕尾服の紳士が、優美な欄干に身をもたせている。ふたりだけの雰囲気を漂わせて身を寄せ合う人たちを見ると、自分のことでもないのにディアもどきりとしてしまう。

「かわいこちゃん？　ほかの男を見るくらいなら、俺を見てくれないかな？」

「だってでん……あ、クロードさま、わたしこんなところ来たの初めてで！」

そういってディアは劇場に貼られたポスターや談笑する人々に目移りしてしまう。

「殿下、私のこと覚えておられます？　一度うちの夜会にいらしてくださったでしょう？」

唐突にねっとりと絡みつくような甘い声で話しかけられて、ディアははっと振り向いた。

豪奢なドレスに、きらきらと宝石が無数に光を放つ首飾り。紅を引いた唇が弧を描いて、蠱惑《こわく》的に誘いかけてくる。

「まさか。覚えてるわけがない。もし覚えていても恋人と楽しんでいるところを邪魔するような女は最悪だな……今後そのように覚えておくことにしよう。失礼」

嫌悪感も露わにクロードは誘いを撥ねのけた。その横顔はさっきまでの微笑みが嘘のように険しい。神経質さを漂わせ、気軽に声をかけられる雰囲気ではない。というか、むしろ普通に怖い。腕を組んで歩きながらも、ディアも内心で引いていた。

やっぱり――ディアも貴族の娘だとばれたら、あんな顔をされて、とりつくしまもなく追い払われるんだろうか。それを考えると、つきんと胸が痛む。けれども苦い痛みを堪えるまもなく、次から次へとクロードは話しかけられている。

「やぁクロード王子殿下！　この間は君にしてやられたよ」

「ローダン大使、あなたもいらしてたんですか。そろそろ帰国されるそうで……今宵はぜひ我が国の演劇を楽しんでいってください」

「殿下、こんな場においでになるとは珍しい！　聞きましたよ、新しい工場に投資なさったそうですね」

今度はにこやかに応対する王子と豪奢な服装をした人々を前に、ディアは若干引いてしまった。なんというか、クロードは普通にやりとりしているけれど、外国の大使や投資話をする貴族なんてディアの手にあまる。そっと壁まで後ずさって話に区切りがつくのを待つしかない。万が一にも、知り合いに会わないようにと顔を俯せつつ立っていたのに、

「おい、おまえ。クロードのところで働いてるおまえだ」

いやな人物に見つかってしまった。ランドルフ卿だ。

「こんばんは、ランドルフ卿――あの、わたしクロードさまを待ってるだけですので、お気になさらないでください。ではっ」

「待ておまえ、クロードの恋人というなら司書をやっている理由は何だ。クロードといっしょにいちゃいちゃするためか？」

「い、いちゃいちゃなんて！　そ、そんなのお金のために決まってます！」

腰を摑まれて問われ、とっさに否定する。冗談じゃない。甘い言葉もやさしく触れてくる指先も、振りにすぎない。あの甘い罠に――囚われてしまったら、ダメなのだ。

「お金のため？　……おまえ、本当にクロードといい仲なのか？　クロードは図書館塔の単なる引きこもり王子に見えるが、あれでどうしてなかなか、個人的な資産の運用がうまい。もしかして本当はクロードの持つ金が目当てなのか？」

ある意味、全然間違ってない。

そう思うけれど、顔をしかめられて疑いの目を向けられ、初めて失態に気づいた。

まずい。冷や汗と共に、なんて言いつくろおうか考えていると、

「俺のかわいいディア？　恋人である俺を差しおいて、ランドルフなんかと何の話をしているんだ？」

「く、クロード、さま……」

にこやかな笑顔なのに、眼鏡の奥の青灰色の瞳は笑ってない。さっとランドルフに掴まれていた腕を取り返して、ディアの腰に手を回す。しかもまるで嫉妬のあまり、見せつけるかのように軀を引き寄せられるから、やめて欲しい。

胸がときめいて息苦しい。クロードがディアの耳元に顔を近づけるから、息遣いがくすぐったくて――ディアは蕩けたように真っ赤になった。

「わかってるだろ、ディア？　疑われるような言動は……お仕置きだ」

低い声が耳朶を震わせて、髪に口付けられた。ぞくりと軀の奥が震えて腰が崩れそうになる。なのに、そのまま抱えこまれるようにして歩かされてしまう。

「や、だ……もう……」

甘やかな言葉は、まるで麻薬のようにディアの心も軀も支配する。

「そんな熱を帯びた瞳で見つめておいて、何が『やだ』だ。『もっとして』と言ってるようにしか見えないぞ……ディア。俺のかわいい菫ちゃん？」

「ち、が……そんな、見てない……熱い視線を殿下になんか向けるわけないですよ？」

「それは聞き捨てならないな……菫ちゃん？　まさか誰か見知らぬ男を想って熱い視線に

なっているのかな？　それとも俺にお仕置きをされたくて、わざとしてるのか？」

「だからおまえの片思いなんだろう」

「ランドルフお兄さま、ふたりの邪魔をしないでくださいなッ」

皮肉そうな声とかわいらしくも鋭い声が同時に聞こえた。

「ディア……もう帰ろうか……」

ボックスの観覧席に着いたところで、クロードは早くも頭を抱えている。片方の手で頭を抱えて、片方の手でディアの体を抱き寄せるのは器用だなと変に感心してしまうけれど、答えには困る。今宵のチケットは、リネットが持ちこんできたものだから、仕方ないと言えば仕方ない。こうなることも必然だったのかもしれない。

けれども、公爵家の特別なボックス席――部屋を借り切って二階から観覧する席で、クロードの隣にディア、その隣にリネットとランドルフがいるのはなんだか奇妙だ。逃げ出したい気持ちがディアにもなくもないのだけれど――。

「でも今日の演目すごく面白そうですよ？　隣国ヴェダリオンの焚書騒動を題材にしたロマンス小説が原作だとかで」

「ディアが興味あるのは焚書騒動だろ。だがこういうのはロマンスが主体で……」

「ディアが見たがっているんだから、恋人の希望を叶えてあげるべきよ！　だってふたりとも図書館塔に引きこもってばかりでデートのひとつにも出かけないんだもの！」

だってニセモノの恋人ですからと言いたくて、ディアの口はむずむずしてしまう。

けれどもリネットだけではなくランドルフもいるのだから、ほんの少しの嫌がる素振りも許さない――肩に回されたクロードの腕からはそんな無言の圧力が感じられる。

「デートをしないのはこの娘が嫌がってるからじゃないか？　クロードが勝手に恋人にしたがっているだけで」

「お兄さまこそ、こんなロマンスもの興味ないでしょう、お帰りになっては？」

ひやりとさせられながらも、仲がいいはずのふたりの兄妹が、言い争いの気配を見せたところで演目が始まった。

† † †

こんなふうに、何組もの恋人たちが息を呑んで舞台を見ていたのだろうか。

本が灼かれる瞬間、ディアが思わず耐えられないとばかりに両手で顔を覆うと、クロードがそっとディアの頭をかき抱いてくれた。

とくり、と心臓が、弦をかき鳴らすようにときめきを訴える。

そのとき初めて、ディアはリネットに感謝した。

そうか。こういうのがデートというものなのだ。と思い、胸が高鳴るあまり、怖い気持ちが遠離る。そうして劇の内容に気持ちを揺さぶられたせいだろう。いつになくクロードの腕が熱く感じて、ディアは泣いてしまいそうだった。というかほとんど泣いていた。

「……あんなふうに、本を灼かれるのはやっぱりいやですね」

「ディア……うちの国は大丈夫だって言っただろ？」

深いはちみつ色の髪をくりかえし撫でる手はやさしい。妙な勘違いをしてしまいそうで、胸が苦しくなるくらい。

「それは……ふふっ、殿下がお子さまの治世も含めて保障してくださるんですものね」

劇が終わったとき、気づくとリネットとランドルフはいなくて、「ランドルフもやっと気を遣うことを覚えたのか」なんてクロードが安堵するから、ディアは笑ってしまった。

きっとリネットが連れ出してくれたのだと思う。

いまディアとクロードは劇場前の噴水に腰かけて、なんとはなしに劇の余韻を感じたままでいた。本は灼かれてしまったけれど、主人公のふたりは亡命を果たし、生き延びて結ばれるという結末で幕は閉じた。

めでたしめでたし――。

そのはずなのに、なぜだろう。ふたりが最後に口付ける姿を見て、ディアは幸せな気分になるより、切なくなってしまった。自分でも理解できないままに、菫色の瞳にそっと睫毛の影を落とす。その様子をじっとクロードが、瞳の青灰色を深めてうかがってることなど気づきもしない。

「菫ちゃんは心配性だな。ん？　どうしたらずっと笑ってくれるんだ？」

「え？」

そう言ってディアを慰めるためだろうか。

髪を手にとって唇に寄せ、次に赤くなった目元に、頬に、唇の端にと口付けを落とされる。肩を抱き寄せる手のひらが熱い。どきんと心臓が大きく跳ねて、瞳が蕩けてしまう。

「ディア……何があっても、絶対俺がおまえを守ってやるから——心配するな……それとも俺の言葉だけじゃダメなのか？」

クロードがディアの躯を力強い腕に収めて、強く抱きしめる。

ぷしゅっと噴水があがり、その水飛沫《しぶき》が劇場前の電灯に照らされ、夜闇の中にもはっきりと軌跡を空に描いて美しい。美しすぎて胸が痛くなるくらい。

なんで——。ディアはクロードの腕の中で目を瞠った。

ニセモノの恋人なんだからぎゅっと抱きしめるなんておかしい。ほかの人だって見ていない。そんなときに、

『何があっても、絶対俺がおまえを守ってやるから』

——そんな台詞を言うなんて間違ってる。誤解してはダメ。

高鳴りすぎた心臓が耳元でうるさく騒ぐのを、ディアはゆでだこのように真っ赤になったまま必死に堪えていた。なにかなにか、もっと普通の言葉を。ディアはクロードの雰囲気に呑まれまいと、甘く痺れそうになる頭をどうにか巡らそうと試みる。

「……だ、だからその……心配とかじゃなくてですね、あそこで恋人と本を天秤にかけてあっさり本を渡してしまうなんておかしいと思いまして……だってあの本、世界にたった

一冊しかないんですよ？　絶対おかしいと思いませんか？」

ディアは釈然としない気持ちを、劇の感想にすり替えて、クロードの腕の中から逃れようともがく。なのにおかしい。別に心配されるようなことはなにもないと言ったつもりなのに、クロードは腕の力を強めるばかりだ。

「俺もかわいこちゃんに会うまではそう思っていたけど……いまはあの男の気持ちがわからないでもない」

「え？　わからないでもないって……殿下だって稀覯本マニアのくせにどうしたんです？」

同じくらい本が好きなクロードならディアの憤りに共感してくれると思ったのに――。

思わぬ言葉を聞かされてディアは菫色の瞳を大きく瞠った。

「ディア……俺も本とおまえを天秤にかけられたら、おまえをとると思う」

とくん。また高鳴る胸の苦しさに、指先まで甘く甘く――痺れてしまう。

ダメ……その先にあるものを見たくない。

ディアは心臓が壊れそうなくらいのときめきと同時に、怖ろしい破滅の予感に引き裂かれそうになる。こんなにも喉の奥が切ないのは、どうして――？

「な、なに言って……突然おかしいですよ……ね、熱でもあるんじゃないですか？」

「この間、本を取ろうとして、おまえが吹き抜けに落ちそうになったとき、よくわかった。俺はおまえだけは……国ひとつ買える価値がある稀覯本とだって引き替えにできない。ディア、俺のかわいい本好きの菫ちゃん――俺はおまえが好きだ」

「え？」

「だからディア――ニセモノじゃなくて、本当の恋人同士になって欲しい」

噴水がまた綺麗な弧を描いてあがり、水飛沫がキラキラと輝いて――。

なんてありえないくらい綺麗なの。

しかも告白してくれた相手は王子さまなんて。

ディアは胸が苦しくなるあまり、美しい光景が滲むのを感じた。菫の瞳がいまにも零れおちそうに潤んでいる。

「な、なにを突然……契約でしょう？　ニセモノの恋人だって言ったじゃないですか！」

「だからニセモノのままじゃもう我慢できなくなったと言ってるんだ、ディア。おまえと本当の恋人同士になりたい――」

どきん。とくとくとくとく。黙れわたしの心臓。うるさい。

本当の恋人にだなんて――そんな都合のいい誘い言葉に騙されちゃダメ。

ディアは真っ赤になって蕩けそうになる自分を必死に戒《いまし》めていた。

相手はただの人でもそこらの十把《じっぱ》一絡《ひとから》げの貴族でもない。この国の王子だ。ただの庶民相手に本当の恋人にならないかなんて、真剣に言うわけがない。

それにたとえ本当だったとしても。つきんと針で刺したように胸が痛む。

わたしは殿下を騙してる――。

「かわいいディア……わかってるんだぞ。俺が誘いかけるといつも、おまえのその菫色の

「そ、そんなことないですよ!? あれはお金のためで! わたしがいやだって言ったのに、殿下が無理やり抱いたんじゃないですか!」

「そうか? 本当に嫌だったら、もっと必死に逃れようとすると思うが……俺にすっかり身を預けて、服を脱がせたときだってびくびくと身を震わせたけれど、されるままだったじゃないか。初めて触れたときのしっとり濡れた肌触りも、おまえの熱い吐息もはっきりとまだ覚えてる。かわいい甘えた声で『やぁっ』って啼《な》いていたこともな」

「な、なんてこと言って……っ!? し、信じられません。お、王位継承者なんですから、そんな卑猥なこと、口になさらないでください!」

告白にも、生々しく抱かれたことを思い出させる言葉にも、ディアは沸騰するくらい顔に熱が集まるのを感じる。真っ赤になった顔で、王子を上目遣いに睨むけれど、潤んだ菫の瞳ですごんでみせたところで、クロードが頰をわずかに赤く染めて、眩しそうに目を細めるだけだと、ディアは気づく余裕もない。

「別に……本当のことだし。なんならいま一度試してやろうか? おまえの体がどれくらい抵抗するかどうか……ん?」

「や、やりませんよ? そんなことおかし……か、顔を近づけないでくださ……んぅ」

首の後ろにするりと大きな手が回って、ディアは逃れられなかった。

クロードの唇がディアの唇に触れて、そのまま予定調和のように、下唇を啄まれて、びくりと躯の芯が疼く。腰が砕けて、力が入らなくなったところでそっと噴水の縁に押し倒されていた。
ディアは潤んだ瞳でクロードを見つめてしまうけれど、それが非難したいからなのか、
蕩けた瞳が王子に視線を繋ぎ止められているからなのか、よくわからなかった。
とくんとくんと、自分の胸の鼓動が、やけに大きく鳴って動けない。
どうしたらいいかわからないでいると、そっと手を取られて手首にも口付けられる。
そのキスのあまりの熱さにびくんと躯が身じろぐ。しかも肌を味わうように舌を這わさ
れ、そのねっとりとした感触に肌が粟立ってしまう。
「や、ぁっ……！」
「ん……まぁそうだな。よくよく考えてみればおまえの言うとおり、俺はちょっと無理や
りおまえの処女を奪ったかもしれない……。だからその責任をとってかわいこちゃんと本
当の恋人になろうというわけだ。うん、正しいじゃないか」
ひとり悦に入って納得されても困る。そういう問題じゃない。
ぶんぶんと首を振って否定しようとするけれど、心の奥底では違う願いが騒ぎ出してう
るさい。でももし――。
殿下が本当のディアを知っても、恋人にと望んでくれるなら……。
――本当はわたし、伯爵家の娘なの。
でもわたしの家は世継ぎの王子とは釣り合わない。借金だらけなんです、殿下。

それでも殿下は恋人にって言ってくれますか？

王子が頬を撫でる手に縋りそうになって、ディアの軀は自然とわなないてしまう。

なのに次の瞬間、考えこむクロードから発せられた言葉にディアはさっと顔色を変えた。

「まずはそうだな。おまえを家まで送って、おまえの両親に挨拶したいな」

「は？　あ、あああ挨拶って……そんなこと無理に決まってますよ!?　だ、だから殿下がいらっしゃるような家ではなくてですね！　あの！　ボロ家ですから！」

「馬鹿。そんなことはこのさい関係ないに決まってるだろ。かわいこちゃんは男とつきあったことがなくてわかっていないだろうが、おつきあいの基本中の基本なわけだ……お嬢さんとつきあわせてくださいと言いに行くのは」

来なくていいです。というか、わたしうんともすんとも言ってませんし！

動揺のあまり、冷たい汗が背中を伝う。

「か、勝手に決めないでください！　だ、ダメですよ!?　わたし……お、お断りですから、そんなこと！」

「あ、おい！　ディア！」

冗談じゃないですよ！　ディアは無理やりクロードを突き飛ばすと、ドレスを指にからげて、その場から急いで駆けだした。

† † †

まさかの、この国の王子を振ってしまいました。

そんな昨日の今日で、どんな顔して会えばいいのか。

ディアにはわからなかったけれど、今日が給料日とあって出てこないわけにいかない。

それで翌朝、びくびくと出勤してみたところ、図書館塔にクロードの姿はなかった。どうやら最上階の主は、このところたびたびあったように王宮に出向いているらしい。

少しほっとしたような、それでいて端整な顔が見られなくて残念なような——。

やっぱりほっとしているだろうか。

まさか告白されてしまうなんて——。

塔までやってきても、昨日の拒絶について理由をちゃんと説明しろ。と言われても困る。言えるわけがない。

本当はボロはボロでも貴族の屋敷に住んでます。わたし貴族の娘です。

なんて本当のことを言ったら、どんな顔をされるのだろう。ほかの貴族の娘たちにしたように嫌悪感も露わに解雇されるに違いない。それはやっぱり困る。偽りの自分を見初めてくれたことはうれしいけれど、いまは借金のほうが切実だ。

八方塞がりだった。

ため息をひとつつき、ディアは本を載せたカートを押してエレベーターへと向かう。

緑と光が溢れるどんなに美しい楽園の光景も、今日ばかりは見る気にならない。

小部屋ががたんと下降をはじめて、明るい最上階がさっと上へと消えると、ディアはぎゅっとカートにしがみついたまま、『F』へ——一階エントランスへと下りていった。

チンと軽い金属音が響き渡れば、一階のどこにいても、エレベーターが着いたことがわかる。それがあだとなったのだろう。

「わわっ、なに⁉」

エレベーターが設置されているところから目当ての本棚へと移動しようとしたところで、ディアは黒ずくめの誰かに襲われた。目隠しに両手を背後で拘束され、口に猿ぐつわを嵌めさせる素早さはおそらく素人のものではない。

「む、ぐ……ッ！」

なんで⁉　なにが起きているの⁉

もしかして本を盗みに来たのだろうか。ひやりと背筋を凍らせながらもそんな考えが浮かんで、ディアは連れられようとするのに、激しく抵抗した。

「暴れるな！　別に悪いようにはしない……ただ一ヶ月ほど、なにもかも終わるまで王都から離れた場処にいてくれればいいだけで……」

「おい、入れ替わる娘が来てしまうぞ、急げ。悪く思うな……ある方のご命令でな」

なんだろう。ならず者にしてはおかしい。

そう思った瞬間、閃《ひらめ》いた。どこかの貴族の令嬢の指図で、ディアをこの塔から追い出そうという魂胆かもしれない。

いややっぱりおかしい。ディアは無理やり歩かされながら、奇妙な違和感を覚えた。

だってこの塔に貴族の令嬢を送りこんでくるのは――。

そう考えると、いまディアを無理やり拘束して連れ出そうとしているのが、ならず者じゃないことに納得がいく。まさか――。

『入れ替わる娘が来てしまうぞ』

たとえばディアとよく似た貴族の娘が、王子に抱かれたらどうなるのだろう。

『なにもかも終わるまで王都から離れた場処にいてくれればいいだけで』

たとえばディアが行方不明の間に――殿下の結婚式が行われれば……!?

「……んぐぅ……」

殿下。と呼びたくても猿ぐつわをしっかり嵌められて、声が出せない。

「ほら、乗れ……早く!」

そういわれても足下が見えないんですけど!? というか、困る。王子の結婚式なんて関係ない。一ヶ月も行方不明になれば、きっと司書の仕事も辞めさせられてしまう。毎月の利子が払えなくなったら、それこそ伯爵家は終わりだ。

無理やり馬車のタラップらしい段を上らされるけれど、抵抗した。でも捉える男たちの力にも敵わなくて、ただバランスを崩してその場から転がり落ちる。そこに、

「そこの馬車は何をしている――ディア!?」

クロードの声にドキリとする。

「うぅ～～……」

助けて、殿下！　そう思って、後ろ手を引っ張りあげられたのから、夢中で体を捻る。

「まずい、殿下だ。予定より早く戻ってきたらしい」

「ディア！　おまえたち何をしている⁉」

がたん、と物音がして、「失敗だ。引きあげるしかない」という声とともに馬車が走り出す音がした。と思うと温かい腕に抱きしめられる。

「よかった……ディア。どうしてこんな……」

それはわたしだって聞きたいんです！

そうディアはふがふがと猿ぐつわを噛まされた口を動かした。


「ディア……よかった……かわいこちゃんになにかあったら、俺は……」

エレベーターに乗せられて、背中からぎゅっと抱きしめられると、クロードの鼓動も速い。ディアもまだびっくりするあまりドキドキしていたけれど、筋肉質の腕が温かいから、さっき緊張したのとは違う意味で鼓動が速まってしまう。

「んぐ、はぇ……で、殿下、わたし……ん」

猿ぐつわを外されて、やっと息が楽にできたと思ったら、顎をあげさせられて、かなり無理やりな姿勢で口づけられた。噛みつくようにキス。角度を変えてもう一度。唇を開かせて、口腔内に熱い舌がひどく切実な動きで入ってきてまたキス。

「や、殿下、あの……んぅ……」

舌先の絡まったところがきゅんと切なさを訴えて、腰が砕けそう。そう思ったところで、チン、といつもの軽い音がして、最上階に着いた。

目隠しされた身にも、ぼんやり明るさが感じられて、どこかほっとする。ほとんど無意識に歩き出そうとして、ふわりと軀を抱きかかえられたから、ディアは首を傾げた。

「殿下……？」

わけがわからないうえ、目隠しのせいでクロードの表情が見えない。とまどうように顔がある辺りを見るような仕種をしてみても、怒っているような独占欲を剝き出しにされているようなさっきのキスが、本当はどういう意味なのかうかがうことができないでいる。

そっと壊れモノを扱うようにソファの上に下ろされるのが妙にくすぐったい。そのままそっと腕の中に収められるからなおさら。

「ディア……菫ちゃん？　何もされてないか？　怪我は？　妙な予感がして——早めに戻ってきてよかった」

「だ、大丈夫ですよ？　あの……それより手と目隠しを取っていただきたく……ん」

唇がやさしく封じられる。そのままソファにころんと寝転がされて頰に、耳朶に、首筋にとディアの軀の無事を確かめるかのように、キスの雨が降ってくる。

「殿下？　や……くすぐった……ダメ、制服、ぬ、脱がせないで……ぅあ……ッ！」

もどかしげにブラウスを脱がされた。

続けざま、きつく肌を吸いあげられる感触にどきりとさせられてしまう。クロードの指がディアの肌の感触を確かめるようにゆっくりと愛撫して、身に纏うビスチェから張りのある豊かな膨らみを掬い出されると、肌に唇の濡れた感触を感じるだけで、ひくんと震える。ちゅと音を立てて、もう少し乳首に近づいたところに触れられると、軀の奥がずくりと熱くなって、思わず下肢を擦り合わせたくなった。

その疼くような期待は見透かされているのだろう。くすくすと笑いが降ってくるから、目隠しされたディアの顔は真っ赤になるしかない。

「ははっ……早くして欲しいんだろ、菫ちゃんは……もう待てないって顔してる」

「嘘。そんなの違……ッ……あ、やぁっ！」

ちゅと赤い蕾を避けるように口付けてくるのは絶対わざとだ。きっ、と睨みつけたい。なのにできない悔しさに唇を引き結ぶ。目隠しを外したくて、ソファに頬を擦りつけてみても、よほど肌に密着するようにつけられているのだろう。悲しいことに、ほんのわずかもずれてくれなかった。

するりとスカートを脱がされるときに臍《へそ》周りにもちゅ、ちゅ、とバードキスを降らせて、所有の証を刻むように強く肌を吸いあげられる。ガーターベルトを外すぱちりという感触にもびくりとして、泣きたくなった。見えないから、妙に耳を澄ませてしまい、感覚が鋭敏になってるのがわかる。

だってこんなの卑怯だ。内腿の一番やわらかいところに、ちゅ、と口付けられて下肢の狭間がとくんと熱くなる。ならずにいられない。

こんな——まるでものすごく大切なものをとられまいと必死になる子どもみたいにディアを求めてくるから。勘違いしそうになって困る。こんなのは違うのだと何度言い聞かせても、ディアの頭は甘く蕩けそうになってしまう。

偽りの姿に偽りの関係。

それでよかったはずなのに、殿下があんなこと言うから——。

『俺のかわいい本好きの菫ちゃん——俺はおまえが好きだ』

『ニセモノじゃなくて、本当の恋人同士になって欲しい』

うれしくないわけがなかった。でも受け入れられるわけがない。

——わたしは殿下のこと、騙しているんだから。

不意に、下着の上から秘部を舐めつけられて、びくんと軀が跳ねた。

「ん……ほら、欲しがってる証拠にもうディアのここ、しっとり濡れてるぞ？　外まで染みだして、早く早くって誘ってるじゃないか」

「そ、そんなの見ないでください！　というか、後ろ手の拘束も目隠しも早く取ってくださいよ！」

「それはいやだ」

「な、なにを子どもみたいなこと言って……」

なないた。

「嫉妬……というやつだな」

「は？」

意味がわからずに反射的に問い返すと、するりと下着を脱がされる。舌先が、熱く濡れた秘処の割れ目を撫でると、ずくんと膣の奥が収縮して、官能が強まる感覚にディアはわななないた。

「あんな変な男たちに後ろ手に拘束されて猿ぐつわを噛まされて、しかも目隠し。かわいいこちゃんがこんなにいろんなことを許してしまうなんて……」

おかしい。その文脈おかしい。

「わたし、自分であの人たちを招いたわけじゃありませんよ!?」

「そんなのわかってるよ、かわいいこちゃんはもう……そんなことだって好きな子のことなら嫉妬するのが男心なわけ……んん……ディアは目隠しされて、いつもより感じてるのかな？　ここ、すごくひくひく震えちゃってかわいい」

そういって隠すもののないディアの恥ずかしい場処に生々しく口付けてくるから、びくんと躯が跳ねた。いまにもイってしまいそうに愉悦が湧き起こる。

「な、殿下ともあろう人がそんな卑猥なこと言わないでください！　汚いところなんだから、そこもキスしちゃダメ、です！」

ディアは真っ赤になっていた顔を、さらに熱く真っ赤にして叫んだ。

「それはじゃあずっと視姦《しかん》していろとそういうことか？」

「見るのもダメです！」

信じられない信じられない。いまわたし、この国の王子さまに恥ずかしいとこを見られて、しかもその恥ずかしいところに口付けられてる！　前にもあったかもしれないのだけれど、状況が見えないせいだろうか。ひどく卑猥な格好をさせられている気分が高まってしまう。

頭が沸騰するあまり、失礼な話しぶりになってしまうけれど、仕方ない。冗談じゃない。甘く痺れた頭なんて捨ててしまいたい。普通の状態に戻りたい。

「……それはつまり俺にも目隠しをしろとそういうことか？」

誰もそんなこと言ってませんが‼　ディアの心からのツッコミは、けれども舌先で嬲られた秘処が、ひくんと感じてしまって声にならなかった。

おかしい。なにもかもおかしい。

ディアは見えないまま王子の指先がディアの髪をやさしく愛撫する感触に思わず身をゆだねてから、ようやく我に返る。

「なんでふたりして目隠しして、こんなプレイをしなくちゃいけないんですか！」

「愛を確かめ合うため、かな？」

訳のわからない答えに頭が痛くなる。それは違う。確かめ合うような愛は、わたしと殿下の間にはありませんから！

そう言いたいのに、硬く起ちあがった胸の蕾をねっとりと舌先で形を確かめるように舐められて、さっきからディアは「あっ、あっ！」と短い喘ぎ声が止められなかった。ひどい。声がだんだん掠れてくるのがわかる。

「もぉ、やぁ……ッ！　ダメ、そこ……あぁん！」

「ディーア？　そんな艶めかしい声出されて止められるわけないだろ？　それに……」

ふるり、とまた起ちあがった乳首の括《くび》れに舌を這わされて、ディアはびくんと背を弓なりにしならせる。

「見えないんだから、こんなふうに舌や指で確かめないと、かわいこちゃんがちゃんと気持ちよくなってるかわからないだろう？」

「ああっ……あ、やだそこ、指、動かさないで！　ひぅ……ッ！」

クロードが指を二本、膣のなかで弦をかき鳴らすかのようにバラバラに動かすから、ディアはまたびくんと達しそうになる。

「ディア？　わかりやすいし、感じたらいまみたいに口にしてくれればいいよ？」

「妥協したフリして、さらっとさらに変態増しな台詞吐かないでください！　ふぁっ、や、挿れないで」

「だってディアがかわいいから……もう、しよ？　子どもができるまでずっと、ディアはここにいよう？」

「そんなわけ……やだ！　殿下殿下、お願いだから……！」

硬く起ちあがったものに、秘処の割れ目をなぞられて、ざわりと悪寒めいた快楽が背筋を這いあがる。それでも無理だと思う。流されるわけにいかない。ふるふると首を振って、必死に抗う。

「んーじゃあディアが、この間みたいに、俺のこと気持ちよくしてくれたらいいかな？」

「この間……って……結局、殿下が挿れちゃったんじゃないですか‼」

騙されない。好き勝手にディアの太腿を持ちあげて、お尻のほうにまで口付けられたって――逃れようとして、ころんとうつ伏せになってしまい、今度は背中に唇を這わされた。肩甲骨を辿るように指先に愛撫されて、吸いあげられる感触に、いったい軀中にどれだけを痕をつけられたのだろうと考えてしまう。

「で、殿下はそうやってすぐわたしを舐めますけど、わたし、おいしくないですよ？」

「……ん？　そんなことない……ディアはいつも甘くておいしい……まるごと食べちゃいたいくらいに甘くて甘くて……狂いそうになる」

「え？　ふぁん……ッ！」

軀に回されていた手が、胸を弄ぶのをやめて、下肢の狭間へと伸ばされ、思わず嬌声が飛び出た。目が見えないせいだろうか。ひどく肌を密着させられて、むしろ原始的なまぐわいのように、やたらとあちこちに触れられている気がする。

聞こえてくる吐息も変に意識してしまう。肌にかかるクロードの息が熱くて、自分もあんな熱い息を吐いているのだろうかと考える。

「どう……ディアどんな感じだ？　やっぱり顔が見えないと反応がわかりにくいな。かわいこちゃんは気持ちよくなると菫の瞳が蕩けて、顔が真っ赤になってかわいいんだけど」

「うわぁ、そんなのかわいくないです！　ち、違……」

「そうか？　ひくんと蕩けた顔になって甘い声で『やぁ……ッ』とか啼かれると、もっといじめたくなるくらいかわいいんだけどな？」

ひどいと言えばいいのか、「頭がおかしいです、殿下！」と非難すればいいのか――。

ディアは頭が痛くなりそうだった。

どうしたらいいかわからないけれど、聞いているのも耐えられない。真っ赤になったまま、少しばかりクロードから身を引いてしまう。すると、逃がさないよ？　と言わんばかりに陰部で指を動かされて、たまらずに「んひゃんっ」と鼻にかかった甘ったるい声が飛び出る。

「や、殿下なにして……やぅ……」

「ん……ディアは怯えてるほうが感じやすいんだな。あんまり逃げると、もっともっといじめてあげたくなるんだけど？　もっと激しく啼いてみる？」

「や、やです！　やぁん、殿下……ぬるぬるしてるとこ、指、挿れないで……あぁっ！」

「ほら、ディア？　見えてないんだから逃げようとするな……ソファから落ちるぞ」

「ただだ、だっていま殿下わざと、感じる淫芽に触ったじゃないですか!?」

叫んで逃れようともがいたところで、言われるまでもなく、こてんとソファから落ちてしまった。恥ずかしい。手を後ろで縛られてるせいで、脚で蹴るか、軀を捩るくらいしか抵抗の手段がないのがあだになったのだろう。

くすくすと笑いが頭上から落ちて、「うぅ」と情けない声をあげる。ひどい。

「かわいこちゃんはもう……どこかぶつけなかったか?」

やさしい声とともに探るように頭から首筋に指が這っていく。くすぐったい。

やっと見つけたと言わんばかりに頰を撫でられ、顔を寄せられた。そっと触れる指先が心地いい。うっとりと目隠しされた下で目を閉じていると、指が口に入って、「ディア、あーんして?」と、いつかされたように言われ、条件反射のように従ってしまった。

「な、に……んぐっ」

いきなり口腔いっぱいにやわらかくも硬い棒状のモノを突っこまれて、ディアは軀を反らそうとした。なのに、首の後ろにしっかりと回された手に阻まれた。そのまま頭の上に口付けが落ちてきて、混乱する。どうやら王子の肉槍を咥えこまされているらしい。

やさしくされているのか、ひどいことをされているのか。

「ディアは……きっといやらしい顔して、俺のを咥えてるんだろうなぁ……くちゅくちゅと舌を出したり、喉の奥まで咥えて……どう? 菫ちゃん?」

そう言われたと思うと、奥までと言わんばかりに、ぐっと頭を押さえつけられる。

また卑猥なことを言って――とディアは真っ赤な顔でむっとしないでもないのに、思わず歯を立てないようにと口を大きく開いてしまった。いじわるし返せばよかった。

なのに逆に舌を絡める羽目になるなんて——。

なんか間違ってる。恨みがましい顔になるけれど、睨みつけることもできないし、クロードにも見えていないことに気づいた。

ぐぐっと喉の奥が咳きこみそうになって、ばんばんと王子の太腿を叩くと、なにがどうしてか通じたらしい。咥えてたモノを引かれて、こほこほと咳きこむことができた。助かった。もともと殿下のせいなんだけど。

「恨みがましい顔というのは、相手が見てくれるからやる意味があるんだと、わたし初めて知りましたよ、殿下」

「それはつまり、やっぱり見られながらされるほうが感じるってことかな、ディア?」

「な、そんなこといってな……あ！」

急に腋窩の下に手を挿し入れられて軀を持ちあげられる。

「よっと……やっぱり見えないから、こうやって触れあってるほうがいいな……ん」

向かい合わせで、クロードを跨《また》ぐように座らされてしまった。

しかもこの向かい合わせ抱っこの状態で、見えないのにキスしてくるとか器用すぎる。

はじめは唇の端に外れて触れたのに、探るように乾いた唇が唇の位置まで動いてくるのさえ、ざわりと肌が粟立つ。

「んぅ……殿下……」

「クロード、だ。ディア？　何度言ったらわかる？　ん……」

そんなこと知らない。絶対に自分からは呼ばない。

なのに、口腔に侵入してきた熱い舌には自ら舌を絡めて、つつき合ってしまう。矛盾している。そう思うのに、蕩けた頭はもう逆らえない。

「いっしょにイこう？　ディア……気持ちよくイかせてやるから」

やさしい言葉とともにうなじを撫ぜられて、ざわりと背筋に官能が走る。ひくんと喉が生唾を嚥下《えんか》したのと、王子の肉槍がディアに入ってきたのはどちらが先だっただろう。

「あ、や……ダメぇ……ッ！」

「ダメ、じゃないって何回言ったらわかるんだか……箱入りのかわいこちゃん？」

上に乗せられたところで揺すられると、軀の奥が擦れて熱くなる。愉楽を開かれて、やだなんていえなくなった。ただ嬌声だけがバカみたいに漏れてしまう。

「殿下……わたし、ちゃんとお嫁に行くの……夢だったんです……あ、ふぁ！」

腰を浮かされてまた落とされると、深く奥を抉られ、快楽に軽く意識が飛びそうになる。

「うん、わかった。ディア……どうだ？　気持ちいいか？」

「知らない……や、ぁん……ッ！」

ぐっと太腿を開かされて、軀がずれた。と思うと、また抽送されて奥を突かれた。膣がどっと熱くなって、また淫蜜が湧き出すのを感じて、恥ずかしさに唇を噛みしめる。

「すごい……顔が見えないけど、軀は正直だな。ディアの膣内、俺のに絡みついて、もっともっととせがんでるみたいだぞ、かわいこちゃん？」

ふるふると首を振って、自分の痴態を否定したい。なのに声が出ない。いまにも吹き飛んでしまいそうな心地に耐えるので精一杯だ。

「んー言葉にしてくれないとわからないけど——素直になったらどうだ、ディア？　気持ちいいんだろ？」

さわりと首筋の汗に貼りついた髪をかきあげられる。ずるい。なんで殿下はわたしがしてうれしいことを勝手にするの。髪を撫でるの、ダメ……こんなの、蕩かされちゃう——。

ほんのわずかに残った理性が抵抗していたけれど、奥で肉槍を動かされるだけで、吹き飛んだ。しかも、「ん……」となかを味わうような声とともに、胸の先を口に含まれて、ひくりと軀の芯が甘く収縮する。

甘く甘く——陶然とした官能に堕ちていくしかない。

「ふぁ、あ……気持ちいい、です、殿下、殿下ぁ……ッ！」

甘えた声を出して、クロードの首にしがみつくと膣のなかを埋めていたものが震えて、熱い精が放たれる。

ああ、また膣内に出されてしまった——。

ディアはどこか絶望しながらも、それでも真っ白に快楽を感じていた。

温かいクロードの腕に抱かれて、自分もクロードを抱きしめる。

それはやっぱり、気持ちよくて幸せで……ディアは泣きそうな気持ちで、蕩けるような恍惚に意識を手放した。

† † †

情事のあとというのは、なぜこんなにやるせないのだろう。

「だから悪かったと、一応言ってるだろう」

「もうそんな言葉に騙されませんから！」

ディアはどうにか軀を綺麗にして、脱がされた服を着直した。

噴水の水を使って軀を拭いた布は、下肢の狭間からたくさん零れた粘液がたっぷりとついて、これを洗濯をする誰かに見られるのだろうかと思うと、死にたいような羞恥に襲われる。けれどもそれはもう考えないことにした。それよりも重要なのは膣内に精を出されたことだろう。

快楽を感じるかどうかとか、王子が謝ってくれてるとか、そんなことはどうでもいい。王族の崇拝者が聞いたら、殺されてもおかしくない考えではあるものの、ディアにとっては本当に切実だ。なのに全然わかってもらえないから、いやになる。

もちろん気持ちいいか悪いかで言ったら、気持ちよかった。ディアもうっかり流されてしまったかもしれない。でもいやだとはいったし、やっぱり王子のほうがひどいと思う。これは簡単に許せない。

不本意ではあるけれど、軀もだるいし、このまま帰ってしまおう。

とても階段を下りる元気もなくて、珍しくエレベーターで下りようと足を向けたところで、チン、というういつもの――エレベーターが最上階につく音がした。

おかしい。さっきクロードは塔の入り口に鍵をかけていたはず。まっ先にそう考えて、思わず振り向いてクロードと目を合わせた。けれども、どうしたらいいかわからない。

戻って、ニセモノの恋人の振りを続けるような気分でもない。でもお金をもらっているからには、きちんとやったほうがいいような気もする。

逡巡に固まっていると、どこかで聞いたことのある声が聞こえてきた。

「まぁ……ここ、すごく素敵な温室だわ……」

「うまくやるのですよ？　おまえとよく似た髪の色をした娘だそうだから、この図書館塔で待っていれば、きっとクロードも疑うことなく間違うでしょうからね」

このとき、どうして駆けだして階段に向かわなかったんだろう。

ディアは何回も後悔した。

「ディア……？　どうしてあなたがここに……？」

目が合ってしまった。よく似たはちみつ色の髪を、同じように左右三つ編みにして後ろで留めている。肩かけをした青緑色の細かいストライプの入った制服。ボレロの上着に胸元のリボンが愛らしい。前開きのスカートから白い見せペチコートがのぞいているのも、ちょっと見には令嬢のデイドレス風に見える。

「ノーラ……こそ……」

声が震えないのが不思議だった。ふっと貧血のように、目の前の世界が遠離る感覚がして、自分がいる場処がわからなくなる。

「この街娘と知り合いなのですか、ブロンダン伯爵令嬢？」

尊大な言葉とともに、予想していた人物の姿も目に捉える。金糸とファーで飾り立てられた豪奢なローブは、身に纏う人が限られている。

艶やかな黒髪はクロードと同じ。宮殿に縁がないディアでも知っている。

クロードの母、この国の王妃。貴族にこだわりがあるという王妃殿下その人がいま目の前で、ディアとノーラを訝しそうに見比べていた。

「街娘ってまさか！　彼女はエルフィンディア・フィル・ウィングフィールド。ウィングフィールド伯爵令嬢ですよ」

「え？　まぁ……ウィングフィールド……もちろん知ってますよ。最近はあまり思わしくない財政状況のようですが、由緒正しい家ですもの」

「ウィングフィールド伯爵令嬢？」

怪訝《けげん》そうなクロードの声。

どうしたらいいかわからなくて、ディアの菫色の瞳は焦点を失いそうに揺らいだ。

「殿下なんて興味がないって言ってたくせに、本当は狙ってたんじゃないの！　そんな制服まで仕立てて……殿下のところに行くなら行くと言ってくれればよかったのに！」

ノーラから呆れられても、喉が嗄《か》れて言い訳の言葉ひとつ出てこない。

やめて、ノーラ。お願いだから……。

ディアの声にならない訴えは、けれども届きはしなかった。

「だいたい貴族の娘なのに、毎日出かけて、うちに来てることにして欲しいなんて言い訳、おかしいと思ったわ」

「まぁまぁ……驚いた。クロードのところにいた司書は街娘じゃなくてウィングフィールド伯爵の娘なの？」

「そりゃディアは伯爵令嬢に決まって……司書？」

「それならいいでしょう……クロード。なんでもっと早く言わないの！　陛下にはわたしから報告しておきますから、すぐに婚約なさい！」

王妃殿下のはしゃいだ言葉だけが場違いに響く。そうか。王妃殿下だから塔の鍵を開けられたんだ。なんてディアが思っていると、ノーラは話の途中でディアの顔がまっ青なことに気づいたらしい。はっと手で口元を覆った。どうやら状況を察して黙ってくれたけれど、もう遅い。体が震えて、いまにも崩れ落ちそう――。ディアがそんな心地でスカートをぎゅっと強く握りしめていると、冷ややかな声が背後からかかる。

「どういうことだ、ディア!?」

声が出せない。振り向くこともできない。

「そこの娘、確かブロンダン伯爵家の娘だな。言ってたことは確かか。ディアが……ウィングフィールド伯爵令嬢だと!?」

王子の激しい剣幕にノーラはびくりと後ずさりしたけれど、一瞬ディアへと視線を走らせて、クロードに向かって礼をして告げる。

「おそれながら……そのとおりでございます」

その言葉をクロードはどんな表情で受けとめたのだろう。

後ろを向いていたディアには想像できない。

ただ冷ややかな憤りの気配だけが、じわじわと背中を灼くように迫るのを感じるだけ。

あるいはクロードの形相はあまりにもおそろしかったのだろうか。

ノーラが毅然とした態度で、王妃殿下に向きなおった。

「失礼ながら王妃さま、私たち、一度下がったほうがよさそうですわ、行きましょう」

ノーラが制服のスカートを、ささっと貴族の娘らしい裾捌きでスカートを翻し、王妃殿下とともにエレベーターのほうへと去っていく。

待って。置いていかないで。そう思ったけれど、追いかけていけるわけもない。

「俺を騙していたんだな……ディア」

低い声に華奢な肩がおののく。答えられはしない。

ずっとディアは——この瞬間がくるのを怖れていた。怖れていながら、知っていた。

幸せな時間は、長くは続かない。

くるりと体を回されて、無理やり顎をあげさせられる。眼鏡の奥で、クロードの青灰色の瞳は怒りも露わに色が濃い。鋭いまなざしにディアは喉の奥が塞がれる心地がした。

「わざと庶民のふりなんかして、おまえも本当は俺を落とすように母上に送りこまれた女に過ぎなかったわけだ」

「……え？」

「母上も妙な芝居をして……『陛下にはわたしから報告しておきますから、すぐに婚約なさい！』とは……ははっ……」

いったいなにを言っているんだろう。

確かにディアはクロードを騙していた。でも違う。王妃さまとはなんの関係もない。

そう言いたいけれど、声が嗄れたように出てこなかった。

言っても仕方がないと、心の奥底で思っていたからかもしれない。

あるいはただ単に――。

ディアは苦い想いでいっぱいになりながら、唇を噛みしめて薄く笑った。泣いてもいた。

ただ、クロードに面と向かって嫌われるのが、こんなにも痛いなんて。

こんなにも心は裂かれそうになって、声が出ない。そんなディアの沈黙をどう受け取ったのだろう。クロードは怒りに満ちた低い声を吐き出した。

「甘い罠《ハニートラップ》か……。色仕掛けで俺を落として、母上からいくらもらった？　それとも父親の出世が目当てか？　お金に困っているという話も嘘なんだろう――ただ王族と結婚できればいいんだろうからな!!」

「そ、それは違います……！　殿下、わたしは……ッ！」

「出て行け」

初めて会ったときに言われたのより、ずっと冷ややかで鋭い言葉がディアに突き刺さる。

「もう顔も見たくない。解雇だ！　今後一切、この図書館塔に足を踏み入れるな！」

完全な拒絶。どきんと心臓が砕けたかと思うような痛みがディアの胸を襲う。まるで手のひらを返したかのような冷たい態度に、ディアは想像以上の衝撃を受けてしまっていた。

震えて脚が動かない。言い訳しようにもわななく唇からはなんの言葉も出てこない。

違う。わたし殿下を騙してはいたけど、違うの。

「で、んか……ご、ごめんなさ……」

その言葉をどう受け取ったのだろう。一瞬、クロードの顔が苦い痛みを耐えるかのように歪んで、ディアを図書館塔の奥へと連れて――……。

「おまえと話すことなんて、もうない」

そう言われてディアはエレベーターのなかに押しこめられた。

「それではさようなら、ディア・フィールダー――いや……違うな」

くくっとクロードは自嘲めいた笑いを漏らして、すぐに眼鏡の奥で瞳を鋭く眇める。

「ごきげんよう、ウィングフィールド伯爵令嬢。もう二度と会うことはないと思うが」

門のような飾りのついた格子を閉ざされて、外から昇降を操作されたらしい。

ディアの体は小さな部屋とともに下降して、眼鏡をかけたクロードの顔が見えなくなる。

よろりとエレベーターの壁に背をつけて、その冷たさを感じてようやく気づいた。

——夢が終わったのだと。

極上の蜜にも似た甘く甘く蕩けるような夢は、いつのまにかディアの心を融かして攫って、もう取り戻せなくなってしまった。

「甘い罠《ハニートラップ》だなんて——わたしの台詞ですよ……殿下」

引っかかって処女を失って、いま恋も失った。

もうこれからどんなにディアがエレベーターで怖がっても、からかいながら抱きしめてくれる腕はない。

慰めるように髪を撫でてくれる大きな骨張った手も。

耳朶を震わす低く甘やかな言葉も——。


それからどこをどうさ迷って帰ってきたのだろう。

「ただいま……」

目を赤く腫らしたディアが、ウィングフィールド家の扉をくぐったところで、

「やっと花嫁が帰ってきたか」

太った金貸しが多額の借用書をひらひらさせて笑う。

体が急に芯まで冷え切ってしまうような——現実が待っていた。

第七章　奪還された花嫁

あまりにも苦しいことが続くと、心というのはなにも感じなくなる。

そんな言葉を本のなかで読んだときには、本当だろうかと疑っていたけれど、いまディアは身を以《もっ》て実感していた。

「結局……こうするしかなかったのは、はじめからわかっていたことだもの」

なにがあっても嫡男のルイスにはきちんと伯爵家を継がせる。それだけが没落した伯爵家の娘としてのディアの矜持だった。

ディアが年取った太った金貸し――ダレンに爵位とともに嫁ぐ。

そうすればディアの念願だったウィングフィールド家の借金はなくなるのだ。

なんてめでたい話なのだろう。

暗い気持ちで、灯りがなくて暗い廊下を曲がると、どうしたのだろう。母親が応接間の手前でディアを待っていた。

「ああディア、遅かったじゃないの！　花婿さんをお待たせして……」

「母上、あんなやつ、いくら待たせたって構いませんよ」

いつのまにやってきていたのだろう。ディアの背後からルイスが妙に浮かれた様子の母親に、冷ややかな言葉を浴びせかけた。

どうやらルイスはディアとほとんど同じ時刻に帰宅したらしい。憮然とした顔でコートを脱いで、側にいる女中頭と二言三言、言葉を交わして、コートを預けている。

「そんなわけにはいきませんよ！　だってこんな奇跡そうそうあるわけないわ……やっぱりディアは若いんだもの……あんな三十も年が上の金貸しじゃなくて、ちゃんとした素敵な青年のところに嫁がないと！」

「母上、いったいなんの話をしてるんです？」

ルイスが当惑を滲ませた視線をディアにも向けてくるけれど、首を振り知らないと告げるしかない。ディアにだってわけがわからない。

「だから、救いの主が現れたのよ！」

「「は？」」

母親の夢見る言葉に、ディアは思わずルイスと顔を見合わせていた。

――ちゃんとした素敵な青年。そんな知り合いなんて、ひとりしか思い出せない。

もしかして……さっきはあんなに怒っていたけれど、許してくれたんだろうか。

それで、ウィングフィールド家まで来てくれた――とか？

けれども。あんなに怒っていたのだ。馬車で先回りすれば、歩きのディアよりも早く到着するに違いないけれど、さっきのいまでそんなことはありえない。

でももしも――。

ディアは胸の鼓動が高鳴るままに、応接間の扉を開く。

もしもディアを助けてくれる人がいたら、それは……。

「久しぶりだな。ディア・フィールダー……いやエルフィンディア・フィル・ウィングフィールド。伯爵令嬢だったな」

「ランドルフ卿……どうしてここに」

「どうしてここにじゃありませんよ、ディア。ロイスダール公爵家の若さまがおまえをもらってくださるんですよ！」

青天の霹靂《へきれき》だった。

「簡単に言いますと、伯爵家が借金していたロイスダール金融会社というのはランドルフさまが出資して作られた会社なのでございます」

いつもは偉そうにしているダレンが揉み手をしながら、体を丸めてランドルフにへつらうさまは奇妙を通り越して滑稽だった。どことなく薄気味悪くさえある。

「そしてダレンは俺が採用した雇われ社長に過ぎないわけだ」

ソファの上でふんぞり返って言われても、特に格好よくもなければ感銘も受けないのだけれど。とは心の中にしまっておく。

「それで若さまはね、ダレン社長が借金の返済の話を持っていったところ、個人的にうちの借金を引き取り、しかも結婚を申し出てくださったのよ！　なんて素敵なんでしょう！」

母親は完全に浮かれて、ランドルフが言うことなら、真冬に水浴びしろと言われても従ってしまいそうな勢いだ。やめて欲しい。

「ディアおまえ、この方といつお知り合いになったんだ。ランドルフさまからおまえを見初めたと聞いてびっくりしたぞ」

父親までもが、この縁談を手放しに喜んでいる気配がうかがえる。いや、もちろんディアだって、びっくりしたけれど喜ばしいと思う。母親が言うとおり、奇跡だ。

三十も年が上の太った金貸しに爵位とともに嫁ぐ。

そう絶望していたら、若くて顔も悪くない甘やかな風貌の公爵家の御曹司が現れた。しかも借金を清算してくれたうえ、ディアを花嫁にもらってくれるという。

これが奇跡じゃなくてなんだというのだろう。

ただほんのちょっとだけ、期待が裏切られて辛いだけ。

なんてバカなわたし――。殿下がいらしてくださるわけなんてないのに。

「姉さん……でも」

弟のルイスだけが心配そうな顔をして見ているけれど、ディアは心配無用と伝えるために小さく首を振る。だってランドルフからの申し出は、本当にありがたいものだ。

「はい……ありがとう、ございます……」

ディアは目をふせていたものの、笑って答えた。つもりだった。

実際には、ディアの顔はほとんど凍りついたような笑みを浮かべているだけ。けれども本人も周りもそのぎくしゃくとした表情に違和感を覚える様子はなかった。ルイスがときおり心配そうにのぞきこんでくるのだって、ディアだけじゃなく、父も母も気づきもしない。

断る理由なんてあるわけがない。

少しふたりだけで話したいと言われたときもそう。

ウィングフィールド家の中では精一杯の虚勢をはった革張りのソファに、ランドルフはふんぞり返って腰かける。えらそうな素振りはこれまで何度か会ったときと変わりない。

「クロードといっしょにいるときにも思ったが、改めて間近で見ても、貴族的で綺麗な顔してるじゃないか、エルフィンディア」

「……ありがとうございます」

「俺の隣に立つ花嫁としては、十分相応しい。それに――既にクロードのお手つきのことなら、気にしていない」

斜向かいにソファに腰かける先から、頬に手を伸ばされて、ディアは反射的に身を竦めた。いけないと思って、ぎゅっとこぶしを膝の上で握りしめる。

「……ありがとうございます」

「誰よりも幸せそうに見える花嫁にしてやろう、エルフィンディア。おまえはクロードと過ごしたよりも、ずっと長い時間をこれから俺と過ごすのだからな――クロードのことなど早く忘れるがいい――大事にして、十分なほど愛してやる」

そう言いながら、ディアの深いはちみつ色の髪に触れられて、ディアは少し後ずさりしてしまった。何度もクロードに髪をかきあげられた記憶が、ふと目蓋の裏によみがえり、指先の感触の違いに震えてしまう。

「時間ならたっぷりあるのだからな」

「……ありがとうございます」

壊れたようにディアは感謝の言葉をくりかえすしかない。

「王族の親戚から――ロイスダール卿から求婚されるなんてどうしましょう。本当に素晴らしいわ！　ロイスダール卿の計らいに感謝なさい、ディア」

母親はランドルフが帰ったあとも唐突に降ってわいた幸運に興奮して、くりかえしくりかえしディアに言い聞かせる。

ロイスダール卿に感謝なさい。

ロイスダール卿から求婚されるなんて、なんて喜ばしいの。

ロイスダール卿と結婚すれば、おまえはきっと幸せになれるわ。

母親の言動を簡単に否定することはできない。

だって、ディアはすでに処女を失っている。それなのに三十歳も年上の金貸しと結婚しなくてすむのだから、ありがたい。何万倍もましに決まっている。そもそもクロードと知り合う前の自分だったら、やはり母親と同じようにこの幸運にはしゃいでいただろう。

それぐらい、ランドルフとの結婚は、ディアが夢見ていた求婚そのものだ。

爵位があって年齢的にも十分相応しい誰かが、いつかこの伯爵家の借金を清算してくれて、ディアに結婚を申し込んでくれる。ずっとそんなことを夢見ていたのに、実際に叶う段になって、こんな心が死んだような気持ちになるなんて、ディアは思ってもみなかった。

『かわいいディア。俺の本好きの菫ちゃんはいったい何をしているところなんだ？　ん？』

じっとディアの瞳の奥底を暴くようなクロードの青灰色の瞳。

あの瞳は、何度も壊れたように目蓋の奥によみがえって、その記憶が消せない。

「わたし、殿下のことが好きだった。初めて会ったときから……好きでした」

もっと早く、自分から伯爵家の娘だと告白すればよかった。

けれども、司書の職を失って月々の利子の返済ができなくなることは怖くて、しかも、クロードの貴族の娘に対する冷たいあしらいも怖かった。自分も同じように冷たくされたら。そう思うと、どうしても言う勇気が湧いてこなかったのだ。

クロードの眼鏡をかけた端整な顔を思い出すたびに、つきんと胸が痛む。

ディアはとっくの昔に心を囚われてしまっていたのだろう。

なにせ相手は王子さまだ。

あんな素敵な人とずっといて、異性に免疫のない自分が好きにならないわけがない。

忘れたいのに、目を閉じるたびに勝手に再生されて、胸が苦しくなって仕方ない。

けれどもディアはその気持ちを凍りつかせて、考えないことにした。

少しでも笑顔を翳《かげ》らせれば、具合が悪いのかと両親は大騒ぎだし、ルイスはすぐに心配そうな顔をする。

だからだめなのだ。

ディアはため息をつくことも泣くことも忘れて、ただ形だけの笑顔を張りつかせる――ディアにはもう、それぐらいしかできることがなかった。


そうして数日後。

慌ただしく準備を進められ、結婚式の日はあっというまにやってきた。

朝早くからディアは大忙し。

お金もない上、働きに出ていたせいもあり、ディアはこのところ美容に気を使ったことがない。けれども公爵家の花嫁というのは、そういうわけにはいかないらしい。公爵家に連れられ、待ち受けていた侍女たちに全身磨き上げられた。肌に香油を塗りこめられ、爪の形も整えられる。かと思うと、コルセットを締め上げられて、そうそうにドレスの支度を始められて参ってしまった。

　このところ、ろくにまともなドレスを着ていないディアには、ほとんど苦行のよう。どうにか楽な姿勢にならないかと身じろいでいると、背中に触れた手が、少しコルセットの紐を緩めてくれたらしい。

「あ、ありがとう。息ができるようになったみたい」

「ディア……本当にいいの？　だってあなたはクロードと……」

　その言葉にはっと振り向くと、リネットが心配そうな顔をして立っていた。

　ディアは一瞬だけ菫色の瞳を驚きに瞠るけれど、すぐにふっと睫毛をふせる。

「わたしは世界一の幸せものです。借金を引き取ってくれて、わたしなんかに結婚を申し込んでくれるなんて……ランドルフ卿には本当に感謝してるんですよ？」

　静かな微笑みを浮かべてそう言うけれど、リネットは納得できないようだった。

「でも……だってクロードはあんなにディアのこと大切そうにして」

「――違うんです。あれはニセモノの恋人だったんですよ」

「ニセモノの恋人？」

　リネットの愛らしい小顔が、訝しそうな表情を浮かべる。

「殿下のお考えで、図書館塔にやってくる貴族の娘たちを簡単に追い払うためのお芝居にすぎなかったんです」

平坦な声を出そうとしても、声に苦いものが混じってしまう。

それでもディアは苦い笑いを薄く浮かべただけで、まなじりに滲んだ雫が零れおちそうになるのを必死に堪える。

殿下――。

クロードと名前を聞かされるだけで、とくんと鼓動が熱く跳ねる。

ふっと図書館塔の温室の陰で本を読む姿が目蓋の奥に浮かび、また消えていく。

考えてもしょうがないことなのに、未練がましい。

ディアは唇を固く引き結んで沈黙する。

「お芝居……でもディアは……違うのではないの？　私にはふたりともただのお芝居には見えなかったわ」

そうだろうか。リネットやランドルフの前では、クロードはなおさら芝居がかった調子になっていた気がするけれど。それともリネットにとっては変に口説き文句が饒舌なクロードのほうが本当のクロードだということだろうか。

「でも、これから結婚式をあげるんですから、お芝居だったということにしてください」

ディアはそう言って、会話はもう終わり。そんな気配を漂わせた。

リネットはまだ何か言いたそうにしていたけれど、結局、言葉を呑みこんだらしい。やるかたなさそうにこぶしを握り、ぱっと身を翻していなくなってしまった。

替わりにやってきたのは、友だちのノーラだった。

「ディア……なんだか私､悪いことをしたみたいで気が引けるんだけど､これでいいの？」

ものすごくすまなそうな顔をして、謝ってくるのはなぜなのだろう。

「あのね私、先日、殿下にお会いしたの」

その言葉に、ぎくりと体が震えるのはおかしい。これから花嫁になる娘は、今日結婚してくれる花婿以外の男の話でなんて、動揺してはいけないのに。

「ディアの家のことや、あなたが借金のために前から働いていたことを話に行ったんだけど、すぐに追い出されてしまって……」

「当然じゃない、そんなの。だって殿下にはなんの関係もないんだもの」

「でも、ディア――……」

顔を背けてもう話はしないと意思表示すると、はぁ、とどこか悲しそうなため息を吐いて、ノーラも部屋を出て行った。

みんな、なにをそんなに心配そうにしているのだろう。

せっかくの理想の結婚式だっていうのにおかしい。ため息なんて吐かないで欲しい。

公爵家との結婚なんて、いまのウィングフィールド家には奇跡的な良縁だ。普通ならみんな、「おめでとう！」と言って祝福してくれるはず。

おかしい。ディアだってこんなに笑っているのに。

やってきたルイスがふっと苦い顔をして、ディアの頰にハンカチを当てるのだっておかしい。せっかく綺麗にした化粧が落ちてしまうじゃない。

「姉さん……ごめん。何も力になれなくて……」

そう言ってまだ少年の線の細さが残る肩を震わせる意味がわからない。

時間だとはしゃぐ母親のように、無邪気に明るくしていてくれればいいのに。

そうすればディアも、これが幸せな結婚式だと錯覚することができる。

ディアの菫色の瞳から零れているのは、うれし泣きの涙なのだと——。

† † †

急な結婚式だったから、公爵家の結婚式にしてはずいぶんと親族が少ないらしい。

王都でもっとも大きな教会に集まった人々。その豪奢な出で立ちを見て、ディアはどこが少ないのだろうと思ってしまうから、感覚の違いかもしれない。先が思いやられる。

華やかにリボンと生花の飾り付けがされ、大勢の人が集う式は充分すぎるほど豪華だ。

それでも最新のデザインだという図書館塔の装飾を見慣れてしまったせいだろうか。

天井高い教会は、石造りの装飾を飾り立てても古めかしく感じる。どうしてもディアは、自分がまるで墓場へと向かっている気分が拭えなかった。

気になることもあった。さっきからランドルフの妹のリネットが見当たらない。親族席の筆頭に座っているはずの少女は、いつもと同じようにレースをたっぷりあしらったかわいらしい装いをしていて、とても目立つはずなのにおかしい。

そういえばさっき話したあとは、ずっと見かけなかった。

公爵家から教会まで連なって出かける馬車のなかに、あの少女の姿はあったのだろうか。

ディアにはすぐ思い出せなかった。

そもそも使用人も参列者もたくさんいるし、どこか知り合いのところにでもいるのかもしれない。そんなふうに思い、あまり深く考えないことにした。

だってディアは純白のウェディングドレスで、真っ赤な絨毯の上を歩き進むのに忙しい。

祭壇へと向かうこのバージンロードの先でランドルフが待っている。

なのに、その姿をベールの向こうに認めたところで、ディアはごくりと生唾を飲みこみ、思わず歩みを止めてしまった。

——ここから先に行ったら、もう引き返せない。


「ディア？」

腕を組んでいた父親が、怪訝そうに問いかけてくる。

わかっている。引き返せないにしても、もうどうにもできない。

それにこれは、幸せな結末のはず——。

何度も何度も、壊れた機械のように、初めて会ったときのクロードが思い浮かぶ。

神経質そうに、眼鏡をかけた顔を歪めて、青灰色の瞳がじっとディアを見ていた。

あれこそが、夢だった。目が覚めれば消える——はかない夢。

ディアは父親の腕を、震える手でぎゅっと握りしめて、唇を引き結んだ。

「……行こう、ディア」

もう一度促されて、ディアはもう足を止めることができなかった。

ランドルフに引き渡されて、式次第が始まる。

司祭が結婚の秘蹟《ひせき》を授けるための、祝詞《のりと》を紡ぎ出す。

ディアは天井から降り注ぐ光が眩しくて困った。まるで図書館塔の最上階に降る光みたいで。あの光が、その光の中に佇むクロードを見るのが、ディアはとても好きだった。

さようなら、クロードさま。

そう心のなかで呟いて、ディアも誓いの言葉を復唱しようとした、そのとき。

ガターンと派手な音を立てて、教会の大扉が開いた。

風が勢いよく吹き抜けて、列席していた人たちから、どよめきがあがる。

「ディア！」

風に、金糸の刺繍がついた白い肩かけが翻る。

クロードがずっと身につけていた、図書館館長の特別な肩かけ。

その模様が見えるはずがないのに、ディアにはなぜかはっきりと見えた気がした。

背の高い姿がさっきディアが歩いてきた真っ赤な絨毯の上を、長い脚で大股に走ってくる。眼鏡をかけた顔。鼻梁の高い端整な相貌がはっきりとわかるほど近づいて――。

「おい、おまえいったいなんだ!?」

はっと我に返った誰かがクロードの腕を摑んだけれど、すぐに振り払われる。

「おい、バカ。その方は──」

焦ったような声を皮切りに、どうやら闖入者《ちんにゅう》が王子だと気づいたのだろう。教会のなかはざわめきが広がるばかり。列席者たちはいったい何が起きたのかと訝しんで、王子の挙動を見守っている。

「ディア！　ちょっと──話がある」

いったいクロードは、こんな場でなにを言い出したんだろう。

唖然としたまま動けないでいると、まるでクロードからディアを隠すように、ランドルフが間に立ちはだかった。

「クロード、悪いがこの娘は俺の花嫁だ。勝手に触らないでもらおう」

「花嫁などと……借金のカタに無理やり迫ったそうじゃないか。見損なったぞ」

「ふん、俺が調べたところでは、おまえだってやってることは大して変わりないだろう。金を払ってその娘に恋人になるように脅したと聞いたぞ」

クロードがランドルフを力で避けようとして、ディアに手を伸ばしたところで、もう片方の腕をランドルフが摑む。これはいったいどういうことなのだろう。

ディアは混乱して動けなかった。久しぶりに見るクロードの顔に、声に、すっかり惹きつけられていたせいかもしれない。眼鏡をかけた端整な顔は、神経質そうでいて男らしい。

ほんのわずかな間、見なかっただけなのに、ディアはずいぶん久しぶりにクロードの顔を見る気がして、とくんと鼓動が速まるのを感じてしまう。

殿下、殿下……会いたかった。

ディアはレースのついた純白の手袋をしたこぶしを胸に押し当て、ぎゅっと握りしめる。

すると、クロードは制服の胸の辺りからおもむろに書類の束を取り出して、ばさっと大仰な仕種で辺りにばらまいた。ひらひらと、白い紙が散らばる。

「債権譲渡の書類だ。ディアの家の借金は俺が買い取った」

その言葉にランドルフがはっと表情を変えた。書類を手に取り、中身を確認している。

「偽のサインなんて無効だぞ！　な……リネットのサイン!?」

「聞いたぞ、ランドルフ。金貸しの会社を作るとき、たまたまおまえはほかの事業で金がなくて、リネットにも出資してもらったらしいな。実のところロイスダール金融会社の最高責任者はおまえじゃなくて、リネットだっていうじゃないか」

ひらりと手元に舞い飛んできた書類を見れば、ロイスダール金融会社がウィングフィールド家の債権を王子クロードに売却するという内容だった。いくつにも分かれた債権のひとつひとつがこんな書類で売られたということらしい。

クロードがディアの腕を強く摑んで、さっと腰回りに手を回して抱きしめる。

「つまりこの債権譲渡は有効。この借金のカタはもう——俺のものだ。もらっていくぞ。来い、ディア！」

「な、待てクロード。俺は認めないぞ！　おい、おまえら捕まえろ！」

急にクロードに手を引かれたまま、走り出された。

わけがわからない。しかも脚の長さが違うせいだろうか。図書館塔の引きこもりのくせに、クロードはやけに走るのが速い。ディアがドレスをからげて必死に走りながらも肩越しに振り返ると、背後でリネットが手を広げて、ロイスダールの雇われ社長たちを止めるのが見えた。

「でで で、殿下！　待って！」

「走りながらしゃべると舌嚙むぞ、ディア」

いやだって殿下が立ち止まってくれないからじゃないですか。

なんでわたし、自分の結婚式から逃げなくちゃいけないんですか！

街中の石畳のうえを純白のウェディングドレスで逃げるのはひどく目立つ。おかしい。立ち止まろう。そう思うのに、後ろから変に柄の悪そうな金貸したちに追いかけてこられると、やっぱり捕まりたくない気がしてしまう。

「まぁいったいなにごとかしら」

「見世物の宣伝じゃないか」

そんな声が風に乗って聞こえてくるから、ディアは恥ずかしくて仕方ない。

そこに現れたのは、街の——乗り合い自動車だろうか。

馬車じゃなく、開け放した自動車から中年の運転手が速度を落としてディアとクロードに並び、冷やかすようにクラクションを鳴らしてきた。

「お、なんだ貴族の兄さん。花嫁さんなんか連れて」

「攫ってきた。いま追いかけられてるところだ」

その言葉に、さっと背後を振り返ると、乗り合い自動車の客が振り返って声をあげる。

「ありゃあ、金貸しのロイスダールの取り立て屋たちじゃないか」

「ほんとだ。ずいぶん慌てて追いかけてくるな」

「金貸しか！　あいつらに追いかけられてるんなら協力しないわけにはいかないな。乗れ」

どうやら運転手は、金貸したちの悪評を聞いてるらしい。

いったいあの金貸したちは街でどんな恨みを買っているのか。ディアは運転手に感謝していいのかわからないまま、クロードに手を引かれ、オープンタイプの車に走りながら乗りこまされた。

「リネットが——図書館塔まで来て……今日のことを知らせてくれた」

「……さようですか」

「いったい何をしてるのかと怒られて、俺も目が覚めた。騙されたことに怒りを覚えたけれど、おまえをやっぱり愛してるのだと——ディア、かわいこちゃん？」

「な、なにを突然言いだすんですか!?」

ディアは真っ赤になって、甲高い声をあげた。

眼鏡の奥の青灰色の瞳が、まっすぐにディアの菫の瞳を射貫く。

黒髪に縁取られた顔が、やけに真摯な表情をして見えるのはなぜなのだろう。

「お、兄ちゃんいうねーヒューヒュー」

「いやぁ若いっていいねぇ……熱い略奪愛！　頑張れよ！」

ふたりの客と運転手に冷やかされて、ディアはますます真っ赤になってしまう。なにかおかしい。クロードはこの間、『もう二度と会うことはない』。そう言ったのだ。

しかもディアの理想の結婚式を台無しにしてくれて――。

この暴虐を許すなんてできるわけがない。できるわけがないのに。

どうして自分はクロードに手を取られて、いっしょに逃げてしまったのだろう。

わけがわからないうちに王宮について、クロードの指図で図書館本館の入り口に横づけにされた。客たちはどうやら目的地で下りるのも忘れて、クロードの言う行き先につきあってくれたらしい。というか、運転手たちは目の前の青年がこの国の王子だと気づいている様子はない。もし気づいていたら、あんなふうに囃《はや》したてることなんて、できないだろう。それとも街人というのは知っていても、やっぱり簡単に冷やかすのだろうか。そうかもしれないけれど、ディアにはなんとも判別がつかない。

クロードが金を払おうとすると、運転手が固辞するのが見えた。曰《いわ》く、

「ロイスダールから逃げてるやつから金なんて取れない！」

――のだそうだ。こういうところで妙に如才ないクロードは、運転手や客に名前を聞いて固く握手を交わしている。

「すまないな。この礼はいつかする」

そう言うと、車を下りて、さっとディアを腕に抱きかかえた。

「ええっ⁉　ちょっ、殿下⁉　わ、すみませんおじさんたち、ありがとうございました！」

「いいってことよ！　お幸せにな！」

そう言うと、クラクションを鳴らして去って行ってしまった。

王子は図書館塔に向かおうとしているのだろうか。ディアがよくしていたように、図書館本館の真ん中を、ディアを抱きあげたまま通り抜けようと歩き出す。すると当たり前のように目立って、本館の司書たちが目を瞠って仕事の手を止めた。

「え、あれ殿下なにして……ええっとその方は……？」

聞き知った声に振り向くと、チェルニー副館長だった。どうやらウェディングドレス姿では、ディアがわからなかったらしい。目を何度かしばたたいて、はっと目を大きく瞠る。

「ディアじゃないか！　おまえどうしたんだ⁉　この間からずっと休んで――」

「休んでって、え？　いや、ちょっとわたしランドルフ卿と式を……」

おかしい。ディアは解雇されたはずだ。それともチェルニーに話が伝わってないのだろうか。抱きかかえられたクロードの胸で、ディアが首を傾げると、クロードがすかさず口を挟んだ。

「俺の花嫁だ」

「は？　や、ちょっと待って殿下それおかしい。だって殿下が！」

「俺が、何だ？」

問い返すクロードの目元が赤い。照れてるときの甘やかな気配に思わずディアは言葉を

呑みこむ。青灰色の瞳に見入って、つい時間が止まったかのような錯覚を覚えて——。

「あーやだやだ。引き止めるんじゃなかった。こんな公の場でふたりの世界を作らないでくださいよ！　とっとと王宮でも図書館塔の温室でも人目につかないところに行ってください。仕事の邪魔ですから！」

呆れたようなチェルニーの声に、ディアも我に返る。

「え、だから違うんですってば、それにわたし解雇され……んぐっ」

ばふっと勢いよく口を覆われた。

抱きかかえながら口を塞ぐなんて器用なことはやめて欲しい。

「違わない。ちょっとおまえいいから黙ってろ」

そう言うと、端整な顔が降ってきた。眼鏡の縁が頬に当たって冷たい——そう思ったときには、抱かれたまま唇を唇で塞がれていた。

「ひゅーやるぅ。館長ってば仕事一番みたいな顔して、いつも貴族のお嬢さんを追い返してばかりいたくせに」

「バカ、殿下になんて言い種だ！　おまえら散れ！　仕事に戻れ！」

チェルニーに追い返されたらしい見知らぬ司書の冷やかしは、しばらくディアの頭のなかでも、ぐるぐると消えなかった。

第八章　楽園で溺愛されて乱されて

チンと軽い音を立てて、エレベーターが最上階で止まる。

鉄格子とガラスでできた円天井から、光が降り注ぐ本と緑の楽園。

しばらく見なかったけれど、図書館塔の温室は今日も美しい光景のまま。

最後に見たときより緑が瑞々しいような気がするけれど、ほかは何も変わっていない。

それがなぜだか妙にうれしい。

ぷしゅっと噴水が上がる音さえ、まるでディアに「おかえり」と言っているよう。

つい口元が微笑みの形に弧を描いてしまう。

それでもディアの心は、いま自分の身に起きたことを受け止められずにいる。

ここに戻ってくるはずじゃなかった。そう思うからこそ、ソファに純白のドレスを広げられるようにそっと降ろされると、ディアはきゅっと唇を引き結んで、目を吊りあげた。

「なんなんですか、いったい！　も、もうニセモノの恋人の契約は終わりですよ。殿下が自ら破棄されたんですからね。まさかお忘れになったとかおっしゃいませんよね？」

「そうだな……。確かに破棄したな」

「図書館だって、解雇されたはずですよ⁉」

「うん。そう……そうかもしれない。ただ、退職届をもらったわけじゃないし、ひとまずおまえは休職扱いになっている」

「な……そんなの詭弁ですよ！」

ディアの菫の瞳は、いまにも零れおちそうに潤んだ。そこに、するりと指が伸びて、深いはちみつ色の髪を撫でる。怒りたいのに、愛撫する指先に慰められてしまう。

「確かにニセモノの恋人は終わりだ、ディア。俺は劇を見にいったときにもそう言ったな」

クロードは低い声で囁いて、座るディアを腕で囲むように、ソファに膝をつく。

「……それは」

ディアははちみつ色の睫毛をそっとふせて、言葉を切った。

こんなのは間違っている。心の奥底でなにかが悲鳴を上げるように叫ぶから、ディアは唇を噛んで、ぎゅっとウェディングドレスの光沢のある純白を握りしめた。

「教会に帰してください。わたしはランドルフ卿と結婚するんですから！」

この純白のドレスを見て。といわんばかりにディアはドレスを指で抓んでみせる。

綺麗に化粧を施した顔はくしゃりと歪んで、いまにも泣き出してしまいそうだった。

「憧れの結婚なんですよ⁉　借金を引き取ってくれて、三十も年上の金貸しじゃなくて、わたしとちょうどいい年齢の人で――!!」

「ディアもういい。もうランドルフに嫁ぐ必要はない。俺がおまえの家の借金を買い取ったんだから、おまえは俺のものだ。その綺麗なはちみつ色の髪の一筋も、おまえのその菫の瞳の一瞥だって、もう全部――俺のものだよ……ディア」

ちゅっと髪をくすぐられる久しぶりの感触がくすぐったい。心はぐらりと揺らぐけれども、ディアはクロードの言葉を簡単に受けいれる気分には到底なれなかった。

「バカじゃないですか!? ウィングフィールド家の借金がいったいいくらだったと!!」

見ず知らずの他人のために、簡単に出すような金額じゃない。いくらクロードが金持ちだと言っても、気まぐれで引き取るにしては、ずいぶん無駄な買い物のはず。

クロードに意味もない負債を押しつけるなんて、ディアはできればしたくない。

ディアの菫色の瞳が揺れているのは、怒りなのか、苦しみなのか。

よくわからないまま気丈にふるまおうと努力していると、額に口付けが降ってきた。そのまま鼻の頭に、頬にとキスされると、眼鏡のフレームの固く冷たい感触に震える。過去に何回もやさしくキスされた記憶がやさしくよみがえり、ディアは泣きたい心地を必死に堪えた。

「ディア……顔をふせるな。目を見て話がしたい」

顎に伸ばされた指にびくりと身を硬くする。いやだ。そう言いたいのに、クロードの言うことに逆らうべきじゃない。そう囁く自分もいる。

「なにがお望みですか？　躯で……奉仕して差し上げれば満足ですか？」

「ディア――かわいこちゃん？　そういうことを言ってるんじゃない」

「好きに、したらいいじゃないですか？」

思っていたよりも低い平坦な声が出て、ディア自身驚いた。

目を真っ赤にして嗚咽を堪える。表情だって冷ややかさを保って。

「ディア？」

「殿下が買い取った債権なんですから、殿下の好きになさってください……愛人だって、殿下専用の娼婦だって思うままですよ？」

ディアの言葉に、クロードが息を呑んだのがわかった。驚きに青灰色の瞳を大きく瞠ったあと、さらりと流れる黒髪を、苛立ったような仕種でかきあげる。

「……わかった、そんなに言うなら好きにさせてもらおうか」

低い声がやけになにかを強く決心したように聞こえて、どきりとさせられてしまう。

自分から言いだしたことなのに、好きにさせられるというのが怖い。

クロードになら何をされてもいいと思う。それでもただの慰みものみたいに扱われるのは、ディアの心が受け入れられないらしい。

クロードの手が頬に触れる感触に怯えて、身を引きそうになる。だめ。殿下の手に逆らっては――。ディアは目を固く瞑って何をされても仕方ないのだと身構えていると、躯を引き寄せられ、あっと思ったときには抱きしめられていた。

「殿下、なにをして……あ」

髪を撫でられ、さっき髪の一筋も自分のものだと言ったのを確かめるかのように、結いあげた髪を留めるリボンや三つ編みを解いて、丁寧に髪のなかに指を挿し入れる。ゆっくりと骨張った指が髪を梳いて、その愛撫が心まで染み渡っていくかのよう。

「ディア、ディア……愛してる。俺のかわいい菫ちゃん？　おまえのことを……愛してるんだ。おまえに会えなくて……頭がおかしくなりそうだった」

「な、何をバカなことを言って……こんなのおかしいですよ？　放して……」

心がわけもわからない軋んだ音を立てるから、ディアは躯が震え出してしまいそうだった。違う。こんなのは間違っている。

「殿下が言ったんですよ？　『今後一切、この図書館塔に足を踏みいれるな！』って！『もう二度と会うことはないと思うが』――そう言ったのを忘れたんですか？」

声が震えてしまった。いまでもあのときのクロードの冷たい声を思い出すと、心臓が凍りついてしまいそうになる。躯が冷たくなるような錯覚さえ覚えてしまう。

なのになんでいま、ディアの躯を強く抱きしめるのだろう。いくら好きにしていいとは言え、やめて欲しい。髪をやさしく撫でるのだって、なにか違う。

「忘れてない――ディア。俺が悪かった。おまえがあんまりにもほかの貴族の娘と違うから、俺はまったく気づけなかった。馬鹿だ。おまえの一面だけ見て、すべてを知っている気になっていたんだ」

わたしもそうだった。王宮にいる殿下を見たとき、ひどく見知らぬ人のように感じて、なんだか勝手に失望していた。

「ディア……俺の本好きの菫ちゃん？　いつのまにか――こんなにもおまえのことが好きになっていることにも……全然気づかなかった」

額をコツンとくっつけられて、やさしい声で言うのはずるい。簡単に許してしまいそうになるからやめて欲しい。

「裏切られたと思ったんだ。こんなにも好きになったのが、あんなにも避けていた母上の手の内で仕組まれた罠だったのかと思って。まんまとはまって騙されて馬鹿みたいだと頭に血が上ってしまった――おまえを信じていただけに、貴族の娘だったことで裏切られたと勝手に思いこんでしまった」

「……べ、別に違ってませんよ？　わたしは殿下に嘘をついてました。大罪です。だからもうわたしのことは捨て置いてくださ……」

ディアは深いはちみつ色の髪に縁取られた顔にきっと険を強め、クロードの肩を押して引き剝がそうとする。なのに、クロードは少し困ったように微笑み、ディアの頰にいとおしそうに口付けた。

「駄目だよ？　かわいこちゃん……もう駄目だ。もうおまえを手放さない……ディア」

そんな言葉を囁かれ、ぎゅっと強く抱きしめられると、心臓が壊れそうに高鳴ってしまう。こんなの受けいれられない。殿下はほんの少しだけ惑わされているだけなのに。

「だいたい、なんで黙っていたんだ？　もっと早くただ借金のために働きにきたのだと言ってくれればよかったのに」

「で、殿下には、関係ないことですから」

いまだって本当は関係がない。でもクロードが債権を買ったというなら、ディアはランドルフではなく、クロードに奉仕しなくてはいけないだろう。ときめきを抑えこんで冷ややかな気分でそんなことを考える。なのにその考えを一蹴するかのように、またぎゅっと温かな胸に抱きしめられた。

「関係ないわけがあるか！　俺は——劇を見た夜、おまえに言ったことは真剣だった！」

『本当の恋人同士になって欲しい』——その言葉を聞いたとき、ディアの心だってひどく震えていた。できればあのときうなずいてしまいたかった。

「本好きの菫ちゃん？　ランドルフの隣にいるおまえを見たとき、心臓が止まるかと思ったんだからな？　ほかの男に取られるかと思って俺は……」

髪に口付けられる気配に震えが起こる。ダメ。愛人や専用の娼婦はともかく、こんな言葉を受けいれたら、クロードのこれからが台無しになってしまう。

世継ぎの王子に相応しいのは、たとえばノーラのような成功した伯爵家の娘だし、たとえばリネットのように、なんの瑕疵《かし》もない公爵令嬢だ。決して借金だらけの没落貴族の娘じゃない。だからディアは悲痛な声で叫ぶしかない。

「わたしを……教会に帰してください、早く！　結婚式が台無しになってしまいます！」

「冗談じゃない。誰がランドルフなんかにかわいこちゃんを――渡すものか、ディア。俺の心が壊れてしまう――あんな……ほかの男の隣で、おまえが宣誓するところなんて！　あんなの二度と見ないですむと思えば、伯爵家の借金なんて安いものだ。俺はおまえのためなら全財産だって、投げ出しても惜しくない」

「そんな……そんな価値がわたしにあるわけないじゃないですか！」

悲鳴のような声が温室のなかに響き渡る。ぽっかりと天井高い空間のなかで、必死に叫んだ言葉はあっというまに霧散して、まるで自分が道化になったかのようだった。

「ある。俺にはあるからいいんだ、ディア。国ひとつ買える価値の稀覯本よりもおまえが欲しい。ディア、おまえが一番――俺にとって価値がある」

「なにを言って……頭をどうかされたんじゃないですか⁉」

本が大切なくせに。こんな特別な塔を作って稀覯本を蒐集するくらい、好きなくせに。

本よりもディアが大切だなんて言わないで欲しい。

まるでディアは、クロードの邪魔をしてるみたいだ。こんなことなら、いっそどこかにうち捨てて欲しい。そう思うのに、心は勝手に王子の言葉に熱くなるからやめて欲しい。

「ふたりで見に行った舞台劇のように、世界にたった一冊しかない本とおまえを天秤にかけられたとしたら、ディア」

甘く言い聞かせるような言葉に、胸がとくんと跳ねた。

リネットに声をかけられて見に行った舞台劇――焚書騒動で、恋人と稀覯本の引き替えを迫られる場面がディアの目蓋の奥によみがえる。舞台がはねたあと、劇場の前の噴水の飛沫があがるさまが切ないまでにひどく美しかった。

あのときもクロードは同じような話をした。稀覯本よりもディアをとると言ったのをはっきりと覚えている。覚えているからこそ、ディアは小さく首を振って抗うしかない。

「……ダメですよ、そんなの」

「俺はおまえをとる……絶対に。もうディアを絶対手放しはしないと——決めたんだ」

両手で顔を挟まれて、まっすぐに視線を合わせられると、青灰色の瞳は色を濃くして、ディアを見つめている。ディアだけを——。

「だからそれはまた……別の話ですよ？　そんな価値、わたしにあるわけが」

「ディアは違うのか？　俺と世界にたった一冊しかない本と——どっちを選ぶんだ？」

真剣なまなざしで問いかけられるから、心臓が苦しいぐらい高鳴る。喉が塞がるような心地にくらくらと眩暈がしてしまう。真っ赤な顔で消えてなくなってしまいたいぐらい。

「……そ、その喩《たと》えはおかしいですよ。だって殿下は世継ぎの王子さまなんですから、そんなの当然、殿下をとるに決まってるじゃないですか！」

比べるべくもない。クロードの価値はディアなんかとは違うのだから。

ディアは拗ねたように唇を尖らせて、視線をふせた。

「かわいこちゃん、そうじゃなくて……ああ、もう……おまえは俺よりランドルフのほうがよかったのか？　ん？」

どっちなんだ、かわいこちゃん？　そういって涙がいまにも零れそうな目元に口付けてくるから、ディアはもう堪えきれなかった。

ぽろりと眦《まなじり》から溢れ出した涙が頰を伝って落ちていく。

「あ、当たり前じゃないですか！　公爵家の御曹司ですよ？　お金を持ってるどころか金貸しまでするお金持ちで、わたしと結婚しておかしくない年齢で……」

「そんなの全部俺にだって当てはまる。答えになってないぞ、ディア？」

「え……あ、だから……わたし、あの……そう赤い髪の人の方が好きなんです！」

クロードになくてランドルフにあるものと言えばそのぐらいしか思い浮かばなかった。ほかにどうしようもない。だから放してくれとばかりに身を捩るけれど、クロードはむしろ力を強めるばかりで、放してくれそうになかった。

「俺に髪を染めろと？　ディア・マイスィート……頼む。恋しい人を自分の身勝手で傷つけてほかの男に奪われそうになったこの愚かな男に、もう一度チャンスをくれないか？」

「そんな言い方……ずるい……です」

ディアは唇を尖らせて、上目遣いにクロードを睨みつける。

命令してくれるほうがよほどいい。いやだと突っぱねたのに、王子のほうから下手に出られるなんて。どうしたら、いいかわからなくなってしまう。

「じゃあ……本の楽園に閉じこめておきたかった部下を、自分の失敗でうっかりと飛び立たせてしまった間抜けな上司を憐れんで、もう一度だけやり直させてくれ」

「……いったいなんですかそれ」

しかめ面を通すつもりだったのに、思わず笑ってしまった。しまった。そう思ったときには遅い。すかさずクロードの指が、ディアの頑なな心を融かすように熱く肩を撫でた。

「ディアが好きだってことだが？　愛してる、ディア。かわいい俺の菫ちゃん？　頼むから……俺を好きだと言ってくれ」

好きかどうかなんて決まってる。でもやっぱりダメだ。どう考えたって借金のカタにもらわれてきた伯爵令嬢なんて、世継ぎの王子の花嫁に相応しいわけがない。

ディアが頑なに首を振ろうとすると、またそっと温かい胸に頭を寄せられた。

「母上は、侯爵家の娘だったけれど、その母親の身分が低かったせいで、ひどく劣等感を抱いていてね……俺が図書館の館長になり、庶民と関わるようになったせいで、貴族との違いを好ましく思うという話をしたら、あんなふうに極端なことをするようになった」

首筋に口付けられる感触に、ざわりと悪寒めいた甘いざわめきが背筋を走る。ダメ。流されてしまう。鼻先をクロードのさらりとした黒髪が動いて、くすぐったい。唇が耳朶を甘く食《は》むから、ディアはくらりと酩酊したような眩暈を感じる。

「俺は母上の考えを拒絶し、母上はムキになって貴族の娘を押しつけての平行線だった。でもディアのことは認めていたから、喧嘩しなくていい。だから助けると思って――ディア、俺を愛してると言ってくれ」

そんなの、愛してるに決まってる。

でもダメ。そんな都合のいい夢を見る権利なんてないのに。

拒絶の言葉をくりかえそうとすると、背中がやけにすーすーと涼しい。

光沢のあるドレスがいつのまにか肩まで剝かれている。

「殿下……わたしが返事をする前にドレスを脱がそうとするの、やめてください！」

ディアは抱きしめられた腕のなかから逃れようともがく。でもクロードは取り合わずに、ドレスを肩から引き下げて、ディアの軀をソファに押し倒した。

「でもかわいこちゃんの菫の瞳は、もう蕩けてる——抱いて欲しいって俺に訴えてるぞ」

「なっ！　……あ」

胸の膨らみに口付けられて、ディアは思わず、じわりと涙が湧き出すのを感じてしまう。吸いあげられる感触に、肌に赤紫の痕が花開いたところを思い出して、思わず目を閉じた。熱い涙が頰に一筋流れた。

「ふぇ……って、もう……前に殿下がつけた所有の証だって、消えてしまいましたよ？」

何度も抱かれ、ずっと軀のどこかに痕が残っていたのに、ここ数日会わないでいたら、跡形もなくすべて消えてしまった。

所有の証だというクロードの言葉を信じていたわけではない。

けれども痕が消えてしまったことで、本当にクロードから好きだという気持ちが消えてしまったような気がして、ディアはひとり泣いていた。

いままた、白い肌に所有の証を刻まれて、ディアの鼓動はとくんと高鳴ってしまう。

「いっぱいいっぱい——降るようにディアの軀に、この赤紫の花を刻んでやろうな？　ん？　もう菫ちゃんに悪い虫がつかないようにしないと」

そんな言葉は、まるでディアの不安を見透かしたようで——。

ディアは嗚咽を堪えきれなくなってしまった。

「だって殿下がぁ……ッ！　殿下が、貴族の娘なんて嫌いだって言ったんですよ⁉」

首筋にぎゅっと抱きついて「殿下殿下」とうわ言のように呼びかける。

すると髪に口付けられ、次に鼻先に、そして口元に軽いキスを落とされた。

「うん。だから悪かった……ディア。それにディアはずっと頑張ってきたから……もういいんだ。お金のことも何もかももう心配しなくていい。黙って俺に甘えて愛されるのが、これからはかわいこちゃんの仕事だからな？　俺の菫ちゃん？」

——『頑張ってきたから』、『何もかももう心配しなくていい』。

甘やかな言葉に、ディアはもっと涙が溢れるのを感じた。ひっくひっくとしゃくりあげて、うまく言葉が返せない。するとまたやさしく髪のなかに指を挿し入れられ、慈しむように頭を愛撫されるから、ディアはクロードの袖をぎゅっと摑んだ。頑ななディアの心にもあまりにも甘く響くから、逆に拗ねたこどものような声を上げたくなってしまう。

「ふぇ……黙って殿下に甘えて愛されるだけじゃ、この図書館塔の、本の整理ができないじゃないですかぁッ！」

クロードの言葉はうれしいけれど、それだけは譲れない。

だってこの楽園のような場処でクロードとふたりで過ごす時間が、ディアは心から好きだった。少し埃っぽい本の匂いに、濃厚な緑の気配。高い円天井まで届きそうな南国の植物の大きな扇を透かして漏れる光。そのなかで少し神経質そうな面差しで、クロードが本を手にしている瞬間が――。

「かわいこちゃんは相変わらず俺より本が大事なんだな？　俺は本よりディアを取るって言ったのに――。こんなにも王子である俺を振り回して……ディア。愛してる。愛してるよ、俺のかわいい菫ちゃん？」

呆れたように嘆息したあとで、どうしてこんなに真摯な声で愛を囁けるのだろう。

いつものことながら、クロードの表情の多彩さにディアは翻弄されながらも目が離せない。だって、

「そんなの！　わたしだって殿下のこと、す、好き……愛して……るんですからぁッ」

ひっくとしゃくりあげながらやっと答えると、まるでご褒美のように唇を塞がれる。

「ん……あ……ふぁッ」

唇で器用に唇を抓まれて、口腔の柔肌を嬲られると久しぶりの感触に軀の奥が熱くなってしまう。これ以上くっつけないと思うほど、軀を抱きしめられて、絡まり合うようにして口付けを貪られていく。舌先を絡ませては触りとした感触に舌腹を撫でられるとざわりと悪寒めいた快楽が背筋を走り、ディアはぶるりと身を震わせた。

「殿下、苦し……あ、んぅ」

「やっとディアが愛してるって言ってくれたから、うれしくてつい……な」

ついなんですかつい！

と思ったけれど、ディアは真っ赤になって固まり、動けなくなった。

「やっとってだって……わたしは殿下にはふ、相応しくないし……ひゃっ」

ディアが目を明後日の方向に逸らしていると、不意に首筋に顔を埋められ、変な声が飛び出る。クロードの眼鏡の縁が当たり、金属の冷たさにほんのわずか震えるけれど、そのままちゅっと音を立てて首筋を愛撫される感触に、愉悦を感じさせられてしまう。

「世界でたった一冊しかない稀覯本よりもディアをとるから……だからディアは、その分だけ俺を楽しませてくれればいいよ、魅惑的なかわいこちゃん？」

それならどうだ？　と言わんばかりにからかうような人の悪い顔で問いかけられれば、意味を悟ってディアは真っ赤になるしかないわけで。

骨張った手でドレスと下着から胸の膨らみをまろびだされて、くすりと笑われる。

「ほら、ディアの胸の真っ赤な果実はもうこんなに鮮やかに色づいて――硬くすぼまって俺に食べて食べてと誘っているぞ？」

「そ、それはその……あ、ふぁッ！　や、ぁ……ッ」

舌先がちろりと胸の先を舐めると、ディアはびくん、と大きく躯を揺らした。

ざわざわした痺れるような疼きが甘く躯の奥から広がっていく。

喉がからからに渇いたときのように、ディアの華奢な躯はもっと甘く疼かせて欲しがって、切ない吐息を漏らしてしまうくらい。

「甘くて甘くて……おいしい。かわいこちゃんを食べちゃおうな?」

「は、ぁ……ひ、殿下、やぁその、舐め方……あぁんッ!」

クロードは腋窩から胸までをさわさわと疼くざわめきをかきたてるように撫でながら、熱い口腔でディアの乳首にしゃぶりついている。くりんと一度舐ってから押し出すように吐き出されるのが、妙な刺激になって、またきゅっと先端が硬くすぼまるのがわかる。

「ああ……やぁん、それ、待って殿下、熱い……」

舌先が先端の敏感なところを何度も押し開くようにつついて、かと思うと括れたところを確かめるように執拗に舐り回る。そうなると舌先で弄ばれる片方の先端はすっかりと快楽を開かれて、唇に甘噛みされても舌先がちろちろと先端をくすぐっても、ディアの軀は感じてびくびくと跳ねてしまう。「あっ、ひゃああッ」と甲高い嬌声が止まらないまま、クロードの舌戯に翻弄される。

しかも放置されたままの乳首のほうが、なぜかじんじんと熱く疼いてたまらない。

「殿下、殿下ぁ……いじわる、しないでください……ッ」

ディアは感じさせられるあまり、涙を流しながら甘ったれた声で訴える。

なのに答えるクロードの声はそっけない。

「上司にしてこの国の王子である俺が、かわいこちゃんのかわいい胸をかわいがってあげているのに……意地悪とは」

やっぱりかわいこちゃんは贅沢だな。

なんておかしい。あまりの不条理さに、涙がさらに溢れてしまう。

「わ、わかってらっしゃるくせに！　ひ、卑怯ですよ、そんな言い方……ひゃあっ」

ディアが苦情を嘯くところに、ランドルフのために着ていた純白のドレスを脱がされ、ディアの豊かな胸が揺れる。その振動にさえ、胸の先が熱く痺れてしまうから、ディアは「ん……」と喉の奥で嬌声を堪えて、ぶるりと震え出しそうになる自分の躯を抱きしめた。

「何が……わかっているって？　菫ちゃん？」

ちゃんと言ってくれないとわからない。言葉ではそう匂わせているけれど、顔にはニヤニヤ笑いを浮かべているから、たちが悪いと思う。絶対にわかっていて、ディアに言わせようとしている。そうわかるから言いたくない。

「で、殿下はさっき、稀覯本よりわたしを選ぶって……あれは嘘だったんですか!?」

唇を尖らせて、上目遣いに睨んでみせると、ふ、と手を取られて、重ねるようにしてなぜか、クロードの胸元のリボンを解かさせられてしまう。

「嘘じゃない……ただ、真っ赤になって拗ねたような顔で俺を睨んでくるディアの顔も好きなだけだが」

「だからそれがいじわるなんじゃないですかぁッ！」

　真っ赤になって反論した鼻先に、くすくす笑われながら口付けられるのは、なんだか納得がいかない。しかもそっと大きな手を膨らみに添えられて、ピンと硬くなった赤い蕾を

さらに上向かせるように持ちあげられて、

「触って……欲しい？　ディア……？」

情欲に満ちた声で甘く囁かれると、その声音の真剣さが少しだけ怖い。なのに、色が濃くなった青灰色の瞳が、もどかしそうに早くと目線だけで急かしてくるから。

「……触って、舐めて、めちゃくちゃにして欲しい……です」

ごくりと生唾を呑みこんで、ディアは自分から誘いかけるようにクロードの鼻先に口付ける。すると、そっと開いた目蓋の向こうで、クロードが顔を真っ赤にして怜悧なまなざしを瞠っていた。

「本当にもう……かわいこちゃんはそんな男殺しの言葉を――ほかの男に使ったら承知しないからな……俺だけに、俺を狂わせるためだけに口にしろよ？」

「そんなの……んぅ……だって殿下が言わせたんじゃないですかぁッ！」

言い争いの間にも器用に唇を奪ってくるのは嫌がらせに近いと思う。うれしいかうれしくないかで言ったらうれしいのだけれど、やっぱり困る。

さらさらの黒髪に縁取られた顔がふっと艶やかに綻んで、クロードの眼鏡の飾りがしゃらりと音を立てて頬に当たる。わずかに触れる金属が冷たくてどきりとさせられるのさえ、うれしくて胸が高鳴ってしまう。そんなこっちの気持ちも少しは察して欲しいとディアは思う。

「んん……胸がときめきすぎて壊れてしまいそうなんだからと。

「んん……でん、か……ひゃあッ」

深く口付けられたあと、今度は胸の蕾を食べられた。

さっきまで存分に熟れさせられた尖端を、甘噛みされただけで雷に打たれたかのような愉悦が背筋を走るから、ディアは堪えきれないようにぶるりと快楽に身を震わせる。その刺激に攫われるようにして、ディアは頭が一瞬真っ白になった。甘やかな恍惚に蕩けて、ふっと意識が飛んでしまいそうになる。

「あ……あぁ……殿下、殿下わたし……」

軽く達して快楽を貪った軀が、熱を帯びて気怠い。それでもどこか充たされた心地に浸って、ディアがうまくものを考えられないでいると、クロードは自分の制服の長上着を脱いで、白と黒の大理石の床に落とした。

「かわいこちゃんの蕩ける顔を見ると、もっともっと蕩けさせたくなるな」

ひたりと少し汗ばんだ肌が密着して、ちゅっちゅっと鼻先に頰に耳の後ろにとバードキスを降らせられるのがくすぐったい。もっと離れられないくらい軀をくっつけたい。もっともっと欲しい。そう言われているようで、胸が苦しくなる。

陶然とした感覚に満たされて、どんなことを言われても許しそうになってしまう。

だって殿下のこと、好きだから――。

ディアがクロードの首に腕を絡めて、眼鏡がずれるのも構わないまま、深く口付けあっていると、ソファに押し倒された。刺繡が施された布が露わになっている素肌にひんやりと感じられる。

それでディアは自分だけ腰の辺りでたぐまっている下着とガーターベルトというあられもない姿なことに気づき、クロードの喉のリボンを引っ張って解く。華奢な指でボタンを外し、どうにかシャツを脱がそうとしていると、くすくす笑いが降ってきた。

「何だ、ディア？　俺を脱がそうとでも言うのか？」

「そ、そうですよ？　だってわたしだけこんな恥ずかしい格好なんですからッ」

うーっと子猫が毛を逆立てるように言い返すけれど、まるで相手にされていない。王子は自ら躯に残っていた服をすべて脱ぐと、ぱっとディアの膝を開いた。ディアはもっと恥ずかしい格好をさせられてしまう。

「やぁあっ！　ちょっと殿下なにして！」

「だってディアはもう全部俺のものなんだから仕方ないだろう？　ほら、下着のなかもこんなに濡れて……ディアだって恥ずかしい格好を愉しんでいるんじゃないか」

「やぁ……ち、違ッ……」

火がついたように真っ赤になって震えるけれど、力で敵うわけがない。布の上から舌を突き立てるようにして嬲られ、「ひゃあああっ」と甲高い嬌声を上げて、躯を跳ねさせた。

「あぁ……やぁん……ッ」

身をくねらせて逃れようとしたところへ、不意にぷしゅっという噴水があがる音がして、緑の匂いが濃くなる。その瞬間、舌先が絡んで、ざらりとした感触が擦れあって、下肢が期待に咽《むせ》んで熱く疼いた。肌が粟立ったところに下着をするりと脱がされる。

「だからディア？　かわいこちゃんはいつになったら、俺の名前を覚えるんだ？」

「ええっ!?　あ！　えと、だから……ひゃんっ！」

　クロードはお仕置きだとばかりに、硬く起ちあがったディアの胸の果実を口に含んで、甘噛みしてみせる。舌先で押し潰すように捏《こ》ねられて、ざわりと軀が反応する。肌が粟立って、下肢の狭間がさらに熱く濡れたのがわかった。

「うぅぁ……やぁん、それ、ダメっ殿下、あぁぅ……ッ！」

　そこへ骨張った指先がディアの濡れた陰部に伸びたからたまらない。ひくんと華奢な軀が大きく跳ねる。しかも、じわじわと滲んできた淫蜜といっしょに花弁を捏ねるように執拗に撫でられて、ディアはどうしたらいいかわからなくなった。

　もどかしくて熱くてみだりがましい愉悦が軀を侵して、太腿を擦りたくて仕方ない。

「やだ、殿下、それ……ッ！　あ、やぁ……はぅ……おかしくなるから！」

　指先がばらばらに陰部を動くと、気怠いほど熱い。なのに、じっとりと官能を掻き立てられたまま、ざわざわと予感を高められるだけで止められる。快楽の一歩手前でお預けを食らわされ、ディアは艶めかしく腰をくねらせてしまう。

「でもかわいこちゃんがいけないだろう？　さっきから殿下殿下と……それともわざとかな？　もっと激しく焦らして欲しいと――そういうことなら要望にお応えしようか？」

「え、あ……やぁ……ッ！」

　ディアは軀を開かされて、その熱い狭間に、黒髪眼鏡の王子が顔を埋めた。

ぬぷり、とどこか冷たい舌が熱い淫唇を割って入り、ディアは大きく嬌声を上げる。

陰部に舌を這わされる感覚は何度やられても慣れない。

やわらかくも生々しく動く舌先はまるで見知らぬ生き物のようで、これがクロードの舌だと思うから耐えられるくらい、ざわざわとおののく軀を侵していく。

「ん……ほら、ディア？　またじゅくじゅくと蜜が溢れて……物欲しそうにひくひくしてる。それとも……ああそうか。ここがお腹空いてるのかな？」

「へ？」

そう言うと、クロードはローテーブルの隅に置いてあった瀟洒な小箱を手に取る。その顔は心なしか、からかうような気配を帯びてうれしそうだ。なんだか嫌な予感がする。

「殿下、待ってわたし、別にお腹空いてない——ああっ！」

クロードは小箱からひと粒、綺麗な紫色の菫の砂糖漬けを指先に拾いあげると、あろうことか、ディアの濡れた蜜壺に、その紫色のお菓子をつぷりと入れてしまった。

「ひゃあん！」とディアがいやいやをしながら、喘ぎ声を漏らすのをくすくすと笑ってまたひと粒。クロードの指先に包皮を剝かれて、ぷっくりといやらしそうに起ちあがった芽芯にちゅ、と口付けてはまたひと粒。

「ほら、菫ちゃんのなかに、いっぱい菫の砂糖漬けが入ってるよ？　まだ物欲しそうにひくついて——物足りないのかなぁ？」

そんなふうにからかいながらも、またひと粒。

しまいには、いくつの菫の砂糖漬けがディアのなかに入ってしまったのだろう。

少し動くだけで、軀のなかで菫の砂糖漬けがぶつかり合って、膣壁を変に刺激する。クロードの肉槍に突かれるのと違い、変にぎちぎちと膣のなかで動くから、絶え間なく軀のなかを攻めたてられているようで、ディアは甘い吐息を漏らして悶えるしかない。

「うぅ殿下のバカぁ……！　こんなのひどい、ひどいです。綺麗な菫の砂糖漬け……食べられなくなっちゃうじゃないですかぁ！」

ディアは涙目になって叫ぶ。

「ひどくなかったら、お仕置きにならないだろ、かわいこちゃん？」

そう言って、頬に唇の端にキスの雨を降らせるのはなんなのだろう。

甘くやさしい口付けを感じると、ディアの胸がとくんと鳴って、頭が甘く痺れてしまうから、これじゃお仕置きにならないと思う。絶対おかしい。

ひっくと嗚咽を漏らすと、汗ばんだ額から髪をかきあげられて、額の際にもキスをされた。そのやさしい仕種に心が満たされるから、やっぱり泣きたくなる。のどの奥から、堪えきれない嗚咽が漏れてしまう。

「菫ちゃんはなんで泣くんだ？　こんなことをされて、俺が嫌いになった……とか？」

控えめな呟きに、ディアまで切なくなる。違う。嫌いになんてなるわけない。だって。

「っく……ち、がっ！　殿下にならっ……わたし、なにされても、いい……嫌いになったり、しませんよ？」

嗚咽を堪えてどうにか途切れ途切れに告げると、目の前の端整な顔が真っ赤に染まった。

「え？　あの、殿下？　どうかされました？」

ディアが戸惑っていると、頭を肩口に預けるように抱えこまれた。

「かわいこちゃんはもう――恐ろしいな。ずっと箱入りだったくせに、どこでそんな男殺しの台詞を覚えてきたんだ？　もう……」

「男殺しって、なにをそんな――あ、ふぁあ……ッ！」

抱きしめられたまま、急にクロードのものがディアの蜜壺に――菫の砂糖漬けがいっぱい詰まった場処を突いてきたからたまらない。

「ああんっ！　やぅ……ダメ。ダメぇ……殿下、奥は……当たって……ああ……ッ！」

クロードの肉槍が菫の砂糖漬けを絡めながら、あるいはもっと奥へと押しこめながら抽送すると、ずっとお預けを喰っていたディアの軀はびくびくと快楽に跳ねた。

「あ、やぁぁ……わたし、こんな淫らなの……ち、がうの、に～～…！」

ざわりと背筋をやわらかい羽で撫でられたときのように、気持ち悪いようで心地いい感触が軀を駆け巡る。

「淫らで、いいよ――ディア。かわいこちゃん？　気持ちよくなればいい……でもイくときは、ちゃんと名前を呼ぶんだよ？」

名前を――。

ディアは軀を貫かれる衝動が吹き荒れるなか、クロードの眼鏡の蔓に手をかけて、そっと外してみた。手を伸ばして、どうにか眼鏡をローテーブルにおいて、クロードの素顔を初めて見たところで息が苦しくなって震える。そっと顔に触れて、普段は眼鏡に覆われた目元を辿って……口付ける。

この特権は自分だけのものだ。

ディアはいまようやく、心が満たされたときの、圧倒的な酩酊を感じた。

しゃにむにクロードの頭を抱きしめて、眼鏡のない顔に、壊れてしまうかもなんて心配をすることなく、口付ける。それはこの黒髪眼鏡の王子さまの恋人である、ディアだけがやっていい。ディアだけが素顔のクロードを裸の腕に抱きしめることが出来る。そう思った途端、やっぱりもうひとつだけ……甘やかな恍惚に促されて、自分の夢を叶えてみた。

「クロード……？」

恐る恐る呟いてみると、よくできましたと言わんばかりにキスが降ってくる。

「殿下……くろーど……あ、あの、す、き……です。殿下のこと、ずっと……初めて図書館塔でお会いしたときから……。ふふっ、本当は一目惚れだったんですよ？」

照れくさそうにディアが微笑むと、クロードも目元を赤くして、まるで子どもが拗ねたときのように嘯いた。

「そんなの俺だって……俺よりも稀覯本を優先させるとは、なんて娘だと……目が離せなかったんだからなっ！　おまえはまったく自分がかわいいという自覚もなくて……」

「ええっ……!?　なんですかそれ!?」

「ころころと、いつもディアが楽しそうに本に囲まれて笑うから……俺はおまえに嵌められたと思った。おまえをひどい言葉で追い出しても、もう逃れられないと思ったくらい」

甘い罠《ハニートラップ》——。

嵌められたのはディアだって同じだ。

美しい楽園の甘い罠。

囚われて、蕩けさせられて、どんどん深みに堕ちていくばかり。

「ディアがいなくなって、本の整理は進まないわ、王宮の仕事で失敗するわで……姉さんにもリネットにも呆れられた。つまりその……姉さん曰く、『重症ね』と。恋の病につける薬なんてないんだから、諦めなさいって言われて——」

なんだか言われていることが信じられない。

そんな想いが、まるく瞠った菫の瞳から透けて見えたのだろう。

「あ、やぁっ……動かないで～あ、あぁん……ッ！」

肉槍をぐるりと膣壁を抉るように引いて、また奥に動かされて、ディアの豊かな胸がふるりと揺れる。しっとりと汗ばんだ肌が桜色に染まり、引き寄せられるようにまた吸いあげられた。鈍い痛みに、もどかしさと所有の証をつけられた恍惚にディアは乱される。

「リネットにも、『ディアのことが好きなくせにいいの⁉』と強く詰問されて、あげく、『今日ディアは、ランドルフお兄さまと結婚するんだから、もう手が届かなくなるわよ！』と脅され——後頭部を分厚い辞書で殴られたかと思った……そのときようやくかわいこち

ゃんを誰にも取られたくないのだと、ディアがいないとダメなのだと気づいた」

「ん、あ……クロード……？」

甘い蜜のような口付けに蕩けるのは、ディアだけじゃない。ディアはようやくそのことに気づいて、舌を伸ばして、クロードとのキスをもっとと強請ってしまう。

「ディア？　かわいこちゃん、愛してる。これからも俺のそばにいてくれるな？」

この図書館塔で。この楽園のような場処でずっと――。

「ふふっ、じゃあまず積み本をもう少し片付けないと……わたしも好き……愛してますから、もう捨てないでくださいね？」

冗談めかして笑うと、了承の証だろうか。口付けが落ちてくる。

「じゃあやっぱり子どもができるまで、菫ちゃんはここに、閉じこめておこうか。そうそう母上に邪魔されないように外の鍵も新しくして……ん」

抽送を続けるうちにディアもクロードも息遣いが激しくなる。

「そんなの！　子どもなんて気軽に作るものじゃないですよ？　んぅ……ちょ、殿下」

「ったく、箱入りちゃんはもう～かわいくてもっとおかしくしたくなるじゃないか、どうしてくれるんだ」

おかしい。以前に抱かれたときもこんな話をして、最後にはクロードが拗ねるような顔をした気がする。意味がわからない。

「ディーア？　女はな、男に抱かれて子どもができたときにこういうものなんだ……つまり『子どもができたから、責任取って結婚してください』とな」

「あ……！」

「ようやくわかったか、ディアは……俺なんか下手したらおまえの友だちをおまえと間違えて抱かされて、そんな責任を取らされるところだったんだぞ？」

ディアは耳まで真っ赤になって、クロードの目元に口付けた。

ごめんなさい――そんな意味をこめて。

するとクロードも真っ赤になり、照れ隠しなのだろうか。また抽送が速まり、ディアは真っ白に吹き飛びそうな心地に震える。膣のなかの肉槍がぶる、と震えて、ディアのなかも収縮して、熱い白濁とした液を求めてる。

「ん……あ、だって……殿下……！」

熱に浮かされたように甘えた声で呼びかけるのは、クロードに抱かれているのが自分でよかったと安心したせいだろう。

「殿下、わたし、幸せかもしれません……」

この楽園に潜む危険な誘惑。

甘い罠に落ちてよかった――。

ディアはそんなことを考えながら、真っ白な官能に意識が飛んでしまった。

さわりと、力強い腕に抱きしめられるから、快楽に達するのはもう、怖くはない。

だからひどく満たされた心地で、陶然とした感覚のなかへとたゆたうに任せた。

エピローグ　そしてまた溺愛×罠《ハニートラップ》の日々

そうして今日も、図書館塔の最上階は楽園のように美しい。

本好きの娘と黒髪眼鏡の王子はやっぱり本ばかりの塔に囚われたまま。

間に本を置いて、仲睦《なかむつ》まじいやりとりを続けている。

「俺の本好きの菫ちゃん？　その本をちょっとこっちに置いて……俺を見てごらん？」

「う……いや、いいです。わたし、今日はちょっと……」

本を盾に顔を隠していたのに、さっと取りあげられて、顔をのぞきこまれた。まずい。と思ったときには黒髪に縁取られた顔が神経質そうに歪む。眼鏡の奥で、鋭いまなざしに睨まれて、ディアは思わず身を竦める。

「やっぱり……目の下が隈で真っ黒じゃないか！　昨日俺が寝たあともひとりで本を読んでいたんだろう、かわいこちゃんは本好きにもほどがあると思わないのか？」

「だってすごく面白いところで……あと少しとやめられなくてつい……」

はぁ、とため息をつかれて目元に口付けられる。

こんなやりとりはもう慣れたけれど、やっぱりまだくすぐったい。結婚式はまだ先だけれど、一足早くディアは王宮に移り住んで、いまは式の準備を進めているところ。

「まぁ……やっぱりウィングフィールド家の娘さんだったんじゃないの！　結婚式よ、あなた。やっとクロードも身を固めてくれるみたい！」

王妃殿下と国王陛下にお会いして報告すると、おふたりからもったいないくらいの歓迎をされて、ディアは戸惑ってしまったくらい。

「王妃……わかったから少し落ち着きなさい。エルフィンディア・フィル・ウィングフィールド」

「は、はい」

国王の威厳ある声に、ディアは思わず背筋を伸ばした。

「このとおり王妃があまりにも急かしているのでね……いますぐにでも式を挙げて欲しいところなのだがさすがに世継ぎの王子の結婚式はそういうわけにいかないんだ。許せ」

さっと片目を瞑ってウィンクする国王の顔。

その妙に落差のある仕種と表情を見て、ディアは目をまるく瞠ってしまった。

厳めしい為政者だとばかり思っていたけれど、目の前にいる髭を蓄えた国王は間違いなくクロードの父親らしかった。

しかも対抗するように隣に立つクロードから手をぎゅっと握られて、ディアはくすりと笑いを漏らさずにいられない。

「そんな……わたしにはもったいないお言葉です」

真っ赤になってそう答えながら、ディアは幸せを噛みしめていた。

公爵家ともいろいろあったらしいけれど、国王が仲裁に入ってくれたことで、どうやらディアが結婚式から連れ去られたことは不問にされているらしい。


「まさか姉さんが殿下を射止めるなんて……父さんの稀覯本蒐集癖を憎んだほうがいいのか、感謝したほうがいいのか悩むところだね」

なんて言ってきたのは弟のルイスだ。

「姉さんはしっかりしてるように見えて抜けてるから、しっかり幸せにしてくださいね」

なんてクロードに言っていた。姉に対してちょっと失礼だと思う――否定はできないけど。おまけにノーラにもさんざん羨ましがられてしまった。

「ま、王子なんて興味ないなんて顔をしているのが一番くせ者なのよね。まさかディアと入れ替わらされるとは思わなかったけど……元の鞘に収まったんだから、謝らないわよ？　結婚式には呼んでちょうだい」

と呆れ顔で告げてから、自慢の自動車で帰っていった。

どうやら婚約者の男爵とは別れていないらしい。

リネットからは、きらきらした瞳で、式の直前にクロードがやってきたときのことを、

「やっぱりディアとクロードの恋は、ロマンス小説みたいだったわ！」

などと熱っぽく語られた。さらには、

「あんまり素敵だから、誰かに小説にしてもらおうと思ってるんだけど、いいかしら？」

とかわいらしく首を傾げてみせるから、丁重にお断りしておいた。ごめんなさい。

クロードの姉君であるオリヴィア王女殿下からは、つくづくとした様子で、

「おまえの片思いじゃなかったのねぇ。振られるところを楽しみにしていたのに」

なんて言われたけれど、ディアも同じ姉だからわかる。本当はオリヴィア王女殿下もクロードのことをちゃんと気にかけているのだろう。

ついでに結婚式には、ディアとクロードを助けてくれた乗り合い自動車の運転手と客を呼べるかなぁ、なんて考える。もしあのときの青年がこの国の王子だと知ったら、あの人たちはどんな顔をするだろうか。

考えるだけで、顔がにやけるのを止められない。


日一日と結婚式が近づくなかでも、図書館塔でクロードと過ごす時間はやっぱり一番幸せを感じる。絡まり合う蔦《つた》のような長い長い二重螺旋階段を登り、最上階に辿り着く。

そして天井から降り注ぐ光のなかで、さらりとした黒髪をリボンで束ねて、本を読む姿

を見つけた瞬間、ディアはいつも、にへらと相好を崩してしまう。

　本と緑と光溢れる楽園でディアは思う。


わたしの旦那さまは眼鏡の王子さま。

わたしの上司で大好きな人で同好の士で、

——わたしの全部を買ってくれた人。


「ディア——俺の本好きの菫ちゃんは、そんなところに突っ立ってどうした？」

呼びかけられる声は甘い罠《ハニートラップ》。

でもディアは少しだけ頬を染めて、自分からクロードの腕の中へと——甘い罠へと飛びこんでいった。

〔f.i.n.〕

あとがき

はじめまして。もしくは、こんにちは。藍杜雫《あいもりしずく》です。あいもりーなと呼ばれて自分のことだと認識するようになってしまったのはいかがなものか。とプチ悩み中です。

おかげさまで四冊目の本です！　そしてやっと眼鏡ヒーローの希望が通りました！

眼鏡の黒髪王子なヒーローに、新米司書に身をやつした箱入りの貧乏伯爵令嬢ヒロインがなぜか溺愛されまくる。しかも本人よくわかってない。そんな勘違いエロコメですよー。

白か黒で言ったら白なお話。しかもいちゃらぶ溺愛なんだから、エロは王道で行こう！とか当初は思ってた気がするんですが、終わってみれば、拘束、○股、目隠し、○ェ○、○内に○の○○○け入れ（※自主規制）——と〝どこが王道エロだこれ〟状態で……。

……………溺愛いちゃらぶエロコメですよ？　きっぱり。

『ご主人様と甘い服従の輪舞曲《ロンド》』のフレイとか『皇帝陛下の隷愛』のクラウスとか、ややSっ気のあるヒーローのほうがある種ストイックなところがあり、そこが魅力だと勝手に思っているのですが、今回は一見、神経質眼鏡なのに、口説き魔のごとき弁舌豊かな文系肉食ヒーローでお送りいたします（笑）。心の中につっこみハリセンでもご用意の上、楽しんでいただければ幸いです。

『ロイヤル・スウィート・クルーズ』のユージンとか今回のクロードみたいに溺愛系ヒーローのほうが愛情表現に歯止めがかからないんですね！　きっと（笑）。

『眼鏡王子の溺愛×罠《ハニートラップ》』はもともと『ご主人様～』のあと、『ロイヤル～』より先に出していたプロットでした。そのあとティアラさんで図書館モノが出たため、当面書く予定はないな。と思っていたのですが、今回なぜかこれで。という話になり大幅に直しました。この最初のプロットを書いてる頃、ものすっごく「もっと普通の話にしましょう。魔法とかはダメ！」と言われたんですが、最近はまた魔法モノも出てますね（笑）。

今回の話もさまざまな人に助けていただきました。

担当さま。友人諸氏。いつも本っ当にお世話になっています。特に友人S。予定が変わる度に被害が及んで大変申し訳ないです。やっと黒髪眼鏡の恩返しが出来て自己満足（笑）。

イラストを描いてくださったもぎたて林檎《りんご》さま。クロードのラフが来たときはときめきすぎて、旅先の友人を無理やりネットに呼び出してまで自慢しました（笑）。それに表紙のディアの可愛さといったら！　眼福です。

校正さまやデザイナーさま、本を置いてくださってる本屋さまなどなど。関わってくださった全ての方に厚く御礼申し上げます。

どうもありがとうございました。

そして、最後にお手にとってくださった読者さま、感謝です！

ひととき、気分転換として楽しんでいただけているといいのですが。

またどこかで、お目にかかれることを祈りつつ……。

藍杜雫

眼鏡《めがね》王子《おうじ》の溺愛×罠《ハニートラップ》

ティアラ文庫をお買いあげいただき、ありがとうございます。
この作品を読んでのご意見・ご感想をお待ちしております。

✦ ファンレターの宛先 ✦
〒102-0072　東京都千代田区飯田橋3-3-1
プランタン出版　ティアラ文庫編集部気付
藍杜雫先生係／もぎたて林檎先生係

ティアラ文庫WEBサイト
http://www.tiarabunko.jp/

著者——藍杜雫（あいもり　しずく）
挿絵——もぎたて林檎（もぎたてりんご）
発行——プランタン出版
発売——フランス書院
〒102-0072　東京都千代田区飯田橋3-3-1
電話（営業）03-5226-5744
（編集）03-5226-5742
印刷——誠宏印刷
製本——若林製本工場

ISBN978-4-8296-6696-8 C0193